O CLUBE DOS AMIGOS IMAGINÁRIOS

GLAU KEMP

O CLUBE DOS AMIGOS IMAGINÁRIOS

4ª edição

Rio de Janeiro-RJ / São Paulo-SP, 2022

Editora
Raïssa Castro

Coordenadora editorial
Ana Paula Gomes

Copidesque
Maria Lúcia A. Maier

Revisão
Cleide Salme

Diagramação
Mayara Kelly

ISBN: 978-65-5924-025-8

Verus Editora Ltda.
Rua Benedicto Aristides Ribeiro, 41, Jd. Santa Genebra II, Campinas/SP, 13084-753
Fone/Fax: (19) 3249-0001 | www.veruseditora.com.br

CIP-BRASIL. CATALOGAÇÃO NA PUBLICAÇÃO
SINDICATO NACIONAL DOS EDITORES DE LIVROS, RJ

K72c

Kemp, Glau
O clube dos amigos imaginários / Glau Kemp. - 4. ed. - São Paulo [SP] : Verus, 2022.

ISBN 978-65-5924-025-8

1. Ficção brasileira. I. Título.

CDD: 869.3
21-71294 CDU: 82-3(81)

Meri Gleice Rodrigues de Souza - Bibliotecária - CRB-7/6439

Revisado conforme o novo acordo ortográfico.

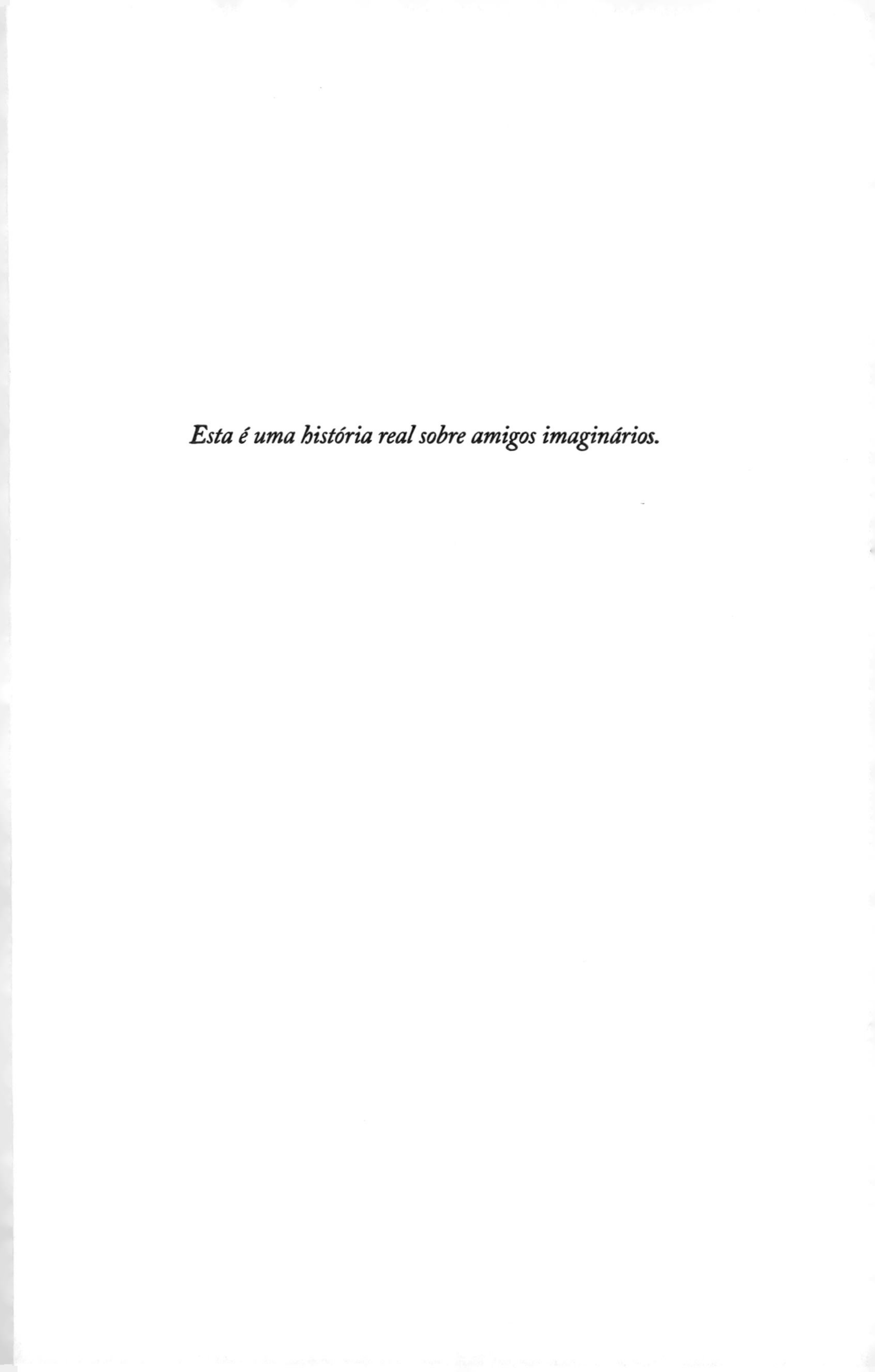

Esta é uma história real sobre amigos imaginários.

1

• • •

A Voz

O AMIGO IMAGINÁRIO DELE

Thiago era um garoto meio estúpido. Ele só notou que não estava sozinho no mundo lá pelos três anos. Eu explicava as coisas e tive de aguentar sua ignorância por um longo período, além de ouvir os elogios melosos de seus parentes: "O Thiago é muito inteligente... Nunca vi uma criança fazer isso... Ele vai ser alguém importante..." Um bando de idiotas. Era a mim que deviam agradecer, porque o garoto é um imbecil. Eu dizia tudo que ele devia fazer:

> *Coloca o quadrado naquele buraco, mais pra lá, isso, azul no azul. Não põe isso na boca; não é de comer.*

Santo Deus! O imbecilzinho teria morrido sem mim, perdi a conta das vezes em que, heroicamente, salvei a vida dele, evitando o pior em muitas maneiras bem idiotas de morrer: grampo de cabelo na tomada, morder o fio da televisão, enfiar a cabeçona dentro da privada ou beber água sanitária. Até chegar o dia de o "gênio" perceber... Tinha uma voz dentro da cabeça dele dizendo o que estava acontecendo. E foi um choque para a família saber que o menino especial era, na verdade, um doido varrido.

Os diagnósticos foram muitos e aos dezessete anos a família não conseguia mais sustentar a fachada de criança prodígio, porque os feitos extraordinários esperados pelos pais nunca se concretizaram. Thiago não era "normal" como o irmão. Era especial, mas daquele tipo que não faz coisas especiais, como aprender a ler com três anos ou memorizar as capitais de todos os países. O merdinha sempre se encaixou no grupo de crianças cujas mães eram chamadas para reuniões extras na escola, encontros marcados pela frase: "Estamos preocupados". Um garoto cheio de problemas.

Eu sou "a voz" dentro da cabeça dele e garanto: sou a parte menos louca dessa merda de garoto. Vou contar esta história para vocês e, pelo amor de Deus, ela não é uma dessas porcarias de histórias de adolescentes mimizentos! Só acontece coisa de maluco, tudo em que esse garoto se mete dá errado. Então esta é uma história real sobre amigos imaginários, uma história de:

Sexo adolescente = mão na bunda por cima da calça jeans.
Violência = tapas que não acertam a cara de ninguém.
E amizade = amizade verdadeira.

A história dessa improvável amizade, que reuniu quatro pessoas completamente insanas e seus amigos imaginários, é contada aqui. Pessoas vão morrer, se apaixonar, enlouquecer e recuperar a sanidade. Não nessa ordem, senão seria uma história de zumbis. E isso aqui é uma coisa séria, essa tranqueira toda aconteceu.

Vou começar com o estopim, todos os fatos que fizeram os pais de Thiago decidirem tentar mais uma vez um tratamento para o filho e tudo que culminou na entrada dele no grupo onde conheceu as *três* pessoas do que viria a ser o Clube dos Amigos Imaginários.

UM DIA DE FÚRIA ADOLESCENTE

5h35: O alarme do celular tocou. Sempre detestei acordar cedo, então falei: *Desliga essa joça e vamos dormir.* O garoto me ignorou. Tinha começado a dar uma de esperto e responsável. O tal sonho de ser arquiteto me irritava profundamente, porque ele não chegava mais atrasado às aulas. Nesse dia eu estava pessoalmente magoado, então fiquei em silêncio quando ele pensou em mim como um verme parasita. E lá foi a criatura, desengonçada, ouvindo música bem alto para não me escutar; não que eu quisesse dizer alguma coisa. Eu me calei, sabe-se lá por que, tipo uma dessas coisas que aconteceram porque têm que acontecer.

Destino.

No fim da manhã cinzenta de segunda-feira, Thiago se tornou um homem. Ninguém é realmente adulto até fazer três coisas:

1. Ter uma dívida alta o bastante que, mesmo vendendo um órgão, não possa pagar.
2. Pagar a dívida.
3. E surtar.

Thiago ainda não tinha a dívida, não financeira, entretanto se sentia em débito com a família. Sempre fracassando em tudo, mas nessa segunda-feira, meu dia preferido, foi o seu dia de fúria. Quando eu digo "surtar" não é gritar com as pessoas por motivos esdrúxulos ou ser mal-educado. Surtar é sentir vontade de estraçalhar sua vida em mil pedaços de modo que não seja possível ela voltar a ser o que era antes. Não importa quanto você queira ou o que faça, sua vida se transforma numa grande bosta pegajosa.

O garoto andava pelo corredor do curso pré-vestibular, os cadernos cheios de folhas soltas despontando entre as páginas. Camisa amarrotada, cadarços desamarrados, mas o cabelo estava ok, brilhante. Seguiu sozinho até entrar na sala de aula. Lá encontrou os amigos mais sem graça da face da Terra, dois caras e uma garota.

Feios.

Nunca vi pessoa para atrair mais fracassados do que o Thiago. Mas o problema não é esse, por mais que eu queira falar do menino alto, totalmente nerd e com cara de idiota sentado à direita.

— Como está seu trabalho de química? — o nerd perguntou, cutucando um bigodinho nojento.

— Deixa de ser chato, o professor passou isso ontem — respondeu a menina mais sem-sal em um raio de cem quilômetros, com seus cabelos e olhos castanhos, tudo comum e sem brilho. O tipo de pessoa que estuda na mesma turma quatro anos seguidos e quando muda de escola ninguém nota.

— Vou começar ainda hoje. Depois da aula vou na biblioteca — Thiago falou com um interesse sincero e enervante. Passar a tarde na biblioteca não era algo que me agradasse.

Nesse momento o professor chegou. Homem assombroso de voz grave e grande paciência, andou rápido até a mesa e despejou a pasta descuidadamente.

— As notas das provas foram horríveis! — sentenciou. — Só um dez e mais da metade da turma ficou no vermelho. Passar em qualquer universidade fica difícil assim, imagine em uma pública!

As mãos de Thiago logo suaram. Ele disfarçava bem o nervosismo diante dos colegas, sentando daquele jeito largado, mas de mim não havia maneira de esconder nada e seu mantra de:

por favor, por favor, por favor...

Soava infantil. Um medo descontrolado de estar no vermelho tomava conta de seus pensamentos. A nota baixa significava uma coisa: ele não estava preparado para o vestibular. Decepcionaria a família mais uma vez. O pior seria não conseguir a única coisa que realmente desejava: passar para a federal de outro estado. O melhor curso de arquitetura do país concentrava fatores importantes, era longe o bastante para não ficar com a família e bom o suficiente para enxergar uma ponta de orgulho no meio do riso amarelo do pai. Afinal a palavra *melhor* acompanhava a sentença. Entrar em qualquer outra, senão a melhor, acarretaria em mais risos de lábios repuxados, tão forçados a ponto de enrubescer seu rosto em genuína vergonha. Passar na "melhor" quitaria parte de sua dívida com a família.

O torturador/professor chamou os alunos um a um até a mesa. Lá os estudantes sentavam, e três minutos depois davam lugar ao próximo. Pela expressão dos rostos, sabíamos quem fazia parte do time vermelho. O grande problema de se chamar Thiago é sempre ficar no fim da fila de tudo que segue a ordem alfabética. Além, é claro, de sempre ter que acrescentar: "é Thiago com H". Após uma hora, ele foi chamado. A nota: 4,5. O professor falou seriamente, palavras de incentivo e coisas que eu jamais pensei em ouvir daquela boca seca.

— Acordar cedo, sentar aqui e fazer anotações não é o suficiente para passar nos vestibulares mais concorridos do país. — O professor negava com a cabeça, e pelos olhinhos de porco percebi uma pontada de satisfação. — Vocês têm que estudar mais. Porém sem desespero. Ser reprovado não é o fim do mundo. — O homem olhou diretamente para Thiago. — A questão é que todos aqui são capazes de passar, basta querer e se empenhar de verdade. Então chega de fazer figuração e vamos estudar, combinado?

Entretanto o garoto lerdo não ouvia nada. Apenas balançava a cabeça em um eterno afirmativo, constrangido e desolado. A prova foi dobrada amassada dentro da mochila. Ele riu de piadas sem graça e confirmou presença em um grupo de estudos no dia seguinte. Apertou a mão de alguns colegas e foi embora.

Tinha de concordar.

Era um fracassado.

Eu fiquei na minha porque nunca tinha visto uma cabeça tão oca. O percurso de volta para casa era para ser feito em trinta minutos com passos da terceira idade, mas Thiago conseguiu fazê-lo em quase uma hora, e bem na esquina do seu prédio as coisas começaram a dar errado de verdade. Uma gata preta atravessava a rua com um filhote na boca. A aparência melequenta de quem acabara de nascer deve ter ativado algum senso de bom samaritano no garoto. Agora ele estava diante da gata e começou a apertar o passo.

De onde surgiu aquele bicho? No centro de Icaraí, a cinco quadras da praia, simplesmente era um pouco difícil encontrar um animal abandonado. Estamos falando de um bairro chique com coberturas milionárias, um dos endereços mais caros de Niterói. Onde os animais usam sapato para sair na rua ou, pior, passeiam em carrinhos, como esses de bebês, e tomam água de coco no calçadão de frente para o mar, com vista privilegiada da baía de Guanabara. Thiago assustou a gata, que claramente não precisava ser salva. No entanto, o pensamento de ter que salvá-la do mundo cruel impregnou o vazio desolador do merdinha. Uma capa imaginária esvoaça atrás dele, porque nada nem ninguém impediria o resgate de mãe e cria.

Quebrei meu silêncio e disse para irmos embora. Falei que gato preto dava azar. Argumento idiota, eu sei, mas, se quer conversar com um doido, fale a mesma língua que ele. Ele correu com o olhar fixo na gata e acabou afundando o pé em um buraco na calçada, um pequeno desnível que roubou seu equilíbrio. Toscamente, chacoalhava os braços no ar em busca de algo sólido para se amparar, em vão, e as pessoas ao redor não sabiam se deviam rir ou ajudar.

Olha por onde anda!

Caiu dois metros adiante, feito mocinha tonta de filme de terror. Depois dos dezoito, essas quedas machucam de verdade. Dificilmente você vai levantar sorrindo se estiver sozinho e sua coluna vai doer uns três dias. Thiago caiu da forma mais ridícula possível, o vidro do celular trincou, a gata sumiu em uma construção e a coluna já estava doendo.

Decidido, levantou devagar e ficou em pé na frente da construção, olhando em volta e esperando o melhor momento para entrar sorrateiramente. O lugar estava cheio de mato e entulho. Era uma dessas casas centenárias de Icaraí caindo aos pedaços, um terreno que valia milhões, mas que na certa era disputa de algum inventário.

— Psiu, psiu... Vem aqui, gatinho — disse, esfregando o dedo polegar no indicador.

Como a maioria das pessoas, ele achava que isso traria a gata para perto dele no mesmo momento. Graças ao bom Deus não tinha nenhuma menina bonita por perto, isso retardaria em uns cinco anos as chances de ele perder a virgindade. A gata não desentocou, e ele desistiu da técnica popular. Entrou na casa abandonada passando por cima do portãozinho de ferro de meio metro de altura. Não sei o que passava na cabeça das pessoas de antigamente para construírem um murinho de pedras com cinquenta centímetros. Realmente devia ser outro tempo, uma época onde ninguém invadia seu quintal para roubar nada, nem mesmo uma gata preta imunda e sua cria melequenta.

Entrou com a maior masculinidade que as costas doloridas lhe permitiam e deu um grito apavorado quando um gato com manchas amareladas do tamanho de um buldogue francês passou correndo.

A essa altura, eu tinha desistido de ficar calado.

Você é um caso perdido. Tem burrice crônica ou o quê?
Deixa essa merda de gata pra lá!

Mas o moleque seguia com o olhar injetado, grandes olhos muito doidos, os olhos que usava para cumprir missões desvairadas que surgiam em momentos difíceis da vida. Coisas sem sentido, escolhidas aleatoriamente somente para preencher o vazio dentro dele. A gata preta e seu filhote eram a missão atual. Eis que ela apareceu, com um miado estranho, alto demais, diria até ameaçador.

Só que o lerdo não entendeu o recado e tentou pegar a bichana. Ela correu e ele também, tomando a estúpida decisão de pegar na ponta do rabo da gata. Foi engraçado e assustador, porque em segundos o bicho se transformou em um minidemônio, mostrando as garras assassinas, encravando pequenas lâminas afiadas no antebraço do merdinha. Depois sumiu na escuridão da velha casa, deixando-o para trás, histérico. Thiago gritou, furioso consigo mesmo, chutou algumas coisas no chão, e um barulho esquisito começou a disputar com seus grunhidos de dor e raiva.

Durante seu minissurto psicótico, quando quebrou coisas já quebradas e machucou o pé chutando um pedaço de ferro que mais parecia papelão velho, acertou uma colmeia. Uma maçaroca que só pôde ser notada depois de o entulho que a recobria ser chutado. O som crescente das abelhas enraivecidas vindo em sua direção não foi o suficiente para fazê-lo correr como deveria. Elas o pegaram, foram dez ferroadas. A maioria na cabeça. Thiago foi para casa feito um sobrevivente de guerra, um soldado derrotado.

Seu José, o porteiro, se mostrou preocupado, mas aquele careca nunca me enganou, ele estava mesmo era curioso. O fofoqueiro queria saber em que o moleque tinha se metido e disparou três perguntas como tiros de metralhadora: "Que é isso? Você está bem? O que aconteceu?" Thiago disse que estava bem e que tinha sido um pequeno acidente. O lábio superior, já inchado, o impedia de falar com naturalidade. A tensão aumentava porque o porteiro estava ao seu lado fazendo perguntas e o elevador nunca chegava. Acabou desistindo de esperar e subiu as escadas antes de perder o controle e mandar o homem cuidar da própria vida.

— Jesus! Thiago, meu filho, você foi assaltado? — a mãe dele gritou. — Senta aqui, vou ligar pra polícia imediatamente! — A mão direita apertava a testa, já prevendo a dor de cabeça iminente, enquanto a esquerda tateava o rosto de Thiago.

— Não, mãe — ele respondeu, segurando a mão da mulher antes que ela apertasse sem dó a região dolorida do seu rosto. Ficou preso entre a porta e a mãe, que impedia sua passagem.

— Seu braço... Quem fez isso? — Ela se assustou, indecisa se fechava a porta ou se corria para desligar a chaleira no fogão, que chiava alto.

— Foi só um gato, mãe — ele respondeu, jogando a mochila para a frente, tentando encobrir o ferimento e poupar Adriana de olhar. Ele só queria evitar aquela velha expressão de preocupação, medo e desapontamento.

— Eu não acredito nisso. Olha o seu tamanho, e a grossura desse braço. — Adriana segurava o braço do filho, examinando os cortes. — Você está com a cara toda inchada, não acredito que isso foi só um gato! Isso foi briga.

— Na verdade eram dois gatos, mas só um me atacou, uma gata. Ela acabou de ter filhote. — Thiago jogou a mochila em cima do balcão da cozinha e sentou no banco alto, soltando o ar dos pulmões.

O irmão de Thiago entrou na cozinha com um controle de videogame na mão.

— Eu ouvi direito? Você apanhou de uma gatinha que acabou de ter filhote? — o irmão escarneceu.

— E o seu rosto? Está inchado... — Adriana o segurava pelo queixo.

— Ai! Isso foram as abelhas, mãe. — Thiago fez uma careta e afastou o rosto. Ele só queria encerrar o assunto. — Não aperta que está doendo.

O irmão puxou um banco ao lado de Thiago. O divertimento no rosto dele deixava Thiago deprimido, pois sabia que a história renderia muito na língua do irmão mais novo.

— Me conta mais sobre essa incrível aventura no reino animal.

— Não enche, Gustavo. — Thiago tirou a camisa e coçou a barriga. Alguma abelha devia ter picado ali também. — Não quero falar sobre esse assunto! E, pelo amor de Deus, alguém desliga isso! — Apontou para o fogão e a chaleira insistente.

— Não enche? — Adriana gritou. — Quero saber o que aconteceu, Thiago. Além do mais, suas costas estão raladas... Jesus, o que você andou fazendo desta vez?

— Eu caí, mãe, só isso.

— Caiu enquanto a pobre gatinha fugia de você ou enquanto corria atrás das abelhas pra dar umas cabeçadas nelas? — Gustavo desdenhou.

O interfone tocou e Adriana mandou Gustavo atender.

— Filho, por favor...

— Mãe, eu caí enquanto corria atrás da gata e depois as abelhas me atacaram. Foi só isso. — Ele fez um gesto com as mãos, como se afastasse algo no ar.

— Essas coisas malucas só acontecem com você.

— Desculpa... — Thiago levantou o rosto e encarou a mãe com tristeza.

— Mãe — Gustavo chamou a atenção dos dois e entregou o interfone para ela. — Você tá fodido! O porteiro tá com um cara lá embaixo. Ele tá dizendo que você bateu no gato dele e quebrou uns bagulhos. E além disso sua cara tá mais inchada.

Toda a situação se resolveu com a chegada de Santiago, pai de Thiago. O dono da casa abandonada não prestaria queixa desde que o garoto consertasse tudo. Não sei como esse homem chegou tão rápido, mas ele estava muito irritado. Santiago, o pai detestável, ficou mais chateado de voltar cedo do trabalho do que qualquer outra coisa. A caminho do hospital, ele não se preocupou se o olho do filho estava quase fechando de tão inchado ou se o gato poderia transmitir alguma doença.

— Francamente! Vandalismo, Thiago? Vai consertar tudo que o homem mandar. E, afinal de contas, por que não deixou o gato em paz?

— Eu só queria ajudar.

Só dá merda quando você ajuda alguém.

— Então me deixe trabalhar em paz e não arrume mais confusão. — Santiago olhou para o banco de trás um segundo, encarando o rosto do filho. — Por que essas coisas só acontecem com você?

— Desculpe por te atrapalhar!

Desculpe te atrapalhar, paizinho, ai, papaizinho. Se começar a pedir desculpas por todas as cagadas da sua vida, não vai sobrar tempo pra mais nada.

— Cala essa boca! Escuta aqui, Thiago, eu estou cansado das suas maluquices. Amanhã mesmo você vai começar aquele tratamento novo e vai consertar a casa do homem. Está me ouvindo?

Agora fodeu.

2

•••

O Urso Bobo

O MAIS BONITO E A GAROTA MAIS LEGAL

Não sou modesto, mas, se você fechar os olhos e botar um pouco de fé na sua imaginação, vai conseguir enxergar o Urso mais bonito da face da Terra. *Eu*. Ela me deu um nome simples, um abraço quente e uma mordida na orelha. Quem poderia resistir a uma menina como a Vanessa? E assim começou a nossa história, o amor entre uma garota e um urso. Tudo que aconteceu depois foi loucura e, em sua maior parte, proporcionada por quatro pessoas incríveis. O clube dos amigos imaginários.

Não fui o presente mais caro daquele aniversário. Fui o *melhor*. O único a dormir com ela naquela noite e em todas as outras desde então. Até os doze anos de Vanessa ninguém ligava muito para o tempo que passávamos juntos. Eu ia para a escola com ela e até ajudava nos trabalhos de casa. Nossa vida era boa até os pais dela se divorciarem. Então tudo mudou muito e a família passou a dar um tipo de atenção negativa para nós dois. Todos estavam muito ocupados decidindo quem ficaria com o freezer e a televisão nova, até descobrirem que não dava para dividir uma filha ao meio, como fizeram com a coleção de discos antigos. No auge de toda a confusão, era eu que distraía a Vanessa naquelas madrugadas longas em que o pai e a mãe dela brigavam. Minha garotinha tinha medo, os pais gritavam e as escadas desciam escuras e sinuosas para a lavanderia, mas aquele era um lugar seguro, longe de todo mal.

— Bobo... Tô assustada.

Vamos descer, só tá escuro; e o escuro é igual quando tá claro, mas sem luz.

— E se o meu pai ficar com raiva de mim por eu ter me escondido?

Ele não vai, mas, se ficar, vai saber que fui eu. Todo mundo sabe que você tem medo do escuro.

Então eu a peguei pela mão e a levei até a lavanderia. Descemos as escadas escuras e nos enrolamos em um edredom. Ela chorou encostada na máquina de lavar, e fomos embalados pelo seu balanço.

Foi a melhor decisão que tomei, porque naquela noite o pai da Vanessa, o Oswaldo, estava muito bêbado. Lá pelas três da manhã, ele entrou enfurecido no quarto dela. Não encontrou nenhum de nós — é bem verdade que se irritou ainda mais, quebrou algumas coisas e ainda bateu na mãe dela. Eu só penso no que teria acontecido se a Vanessa estivesse naquela cama. Depois desse dia, ela perdeu o medo do escuro, se sentia segura nele, pois fora a escuridão a responsável por escondê-la. E um cantinho aquecido ao lado de uma máquina de lavar ganhou um novo sentido em uma casa. Ali era o canto da Nessa e do Urso Bobo. Um lugar que visitávamos quando o mundo estava muito errado.

Com a separação dos pais de Vanessa, tudo dobrou: a preocupação, o arrependimento e o cuidado. De repente não era mais adequado uma menina andar com seu Urso Bobo.

Eu.

Assim como levantar no meio da noite e ficar em uma lavanderia escura se tornou anormal. Então, aos catorze anos, aconteceu nossa primeira separação, uma coisa horrível... A Vanessa dormia ao lado da máquina desligada, eu estava com a perna naquele vão do pescoço dela, do jeito que eu gostava. Nós dormíamos tranquilamente. Dona

Sara chegou na ponta dos pés e me tirou dali. Eu passei os três piores dias da minha vida na lixeira do condomínio. Mas, quando minha garotinha teve de ser levada para o hospital e se recusou a comer ou beber, eles tiveram que revirar toda a imundície atrás do Urso Bobo maltrapilho.

Eu.

A sorte foi que era fim de semana e o lixo só seria recolhido na segunda-feira. Milagrosamente no domingo, no fim da tarde, eles me encontraram. Com pó de café misturado com mamão podre espalhado por todo o meu corpinho. O Urso Bobo aqui nunca foi feio, mas nesse dia tive medo de ela não me querer mais.

— Olhe para isso, Vanessa! — Sara disse apontando para mim, com o asco se misturando à maquiagem que preenchia cada ruga do rosto. — É um lixo fedorento, filha...

— Você o jogou no lixo!? — Vanessa protestou, me puxando para junto dela, sem se importar com meu estado deplorável. — Você fez isso com o Bobo? Ele é meu amigo, mãe.

— Ele é só um urso bobo! Um brinquedo velho. — Ela sentou na beirada da cama e pousou a mão na coxa da filha, mas Vanessa se retraiu puxando a perna com violência, fazendo a mãe perder o pouco controle que ainda possuía. — Seu maldito pai é que te deu isso!

— Foi a única coisa boa... — Pude sentir o leve tremor de seus braços e a parada na respiração. — E você quer tirar ele de mim, mãe.

— Vanessa, eu trouxe essa coisa de volta. Agora coma, você tem que ficar forte pra sair dessa cama. — Seus olhos ficaram vermelhos e preocupados. Olhos de mãe. — Você prometeu.

— Prometa que vou poder ficar com ele. — Era a primeira vez que a mãe via tamanha decisão em seus olhos.

— Está fedendo.

— Não importa.

Nossa relação se fortaleceu; laços eternos de uma verdadeira amizade. Eu e Sara tivemos certeza: a Vanessa faria qualquer coisa por mim e uma guerra tinha começado. De um lado, uma mãe, e do outro, o Urso Bobo mais bonito e a garota mais legal.

Passei a ser levado para todos os lados dentro de uma mochila. Eram poucas as vezes em que eu via a luz do sol, e, para me aliviar da clausura, ela fez uma pequena abertura na parte de cima da lona. Dali eu podia saber para onde íamos. Quando Vanessa me resgatava do espaço apertado entre cadernos e me colocava ao seu lado em um banco de praça, o sol retirava da pelúcia de meu corpo um pouco da murrinha que o consumia. Esses dias foram felizes, só eu e ela, o calor da primavera aquecendo nosso rosto, às vezes requentando uma lágrima insistente. Sempre gostei do Largo São Bento e do cheirinho de pipoca que às vezes era trazido pelo vento.

No entanto, se minha menina chorava, o riso também brindava seu rosto, porque ali, naquele velho banco rodeado de pombos, podíamos ser amigos e ninguém se importava. Parecia uma cena triste para uma menina de dezessete anos, sentar com um Urso Bobo velho e fedido em uma praça cheia de pombos doentes e pessoas decrépitas misturadas à gente rica, mas era nosso momento. Ela me olhava e abraçava forte, contava histórias e comia um chocolate atrás do outro. Passávamos duas ou três horas ali, tempo durante o qual Vanessa recarregava suas forças, pois tudo não passava de um ritual, repetido todo final de semana. Seu pai chegaria no horário combinado, eu entraria na mochila e nós iríamos para a casa dele.

— Esperou muito tempo, filha? — Oswaldo perguntou com um meio sorriso falso. Ele sempre foi o tipo de pessoa que sorria, mas nunca achava graça de nada. "Humor de advogado", era assim que sentenciava as próprias piadas em festas regadas a uísque, uma época que Nessa era muito criança e não compreendia o que era ironia, e gargalhadas representavam apenas alegria e nunca perigo.

— Não — ela mentiu, mas nem se sentiu culpada, porque não estivera ali nas últimas horas à espera do pai, e sim para ficar comigo. — Acabei de chegar — acrescentou, dando de ombros.

— Hoje nós vamos a um lugar. — Oswaldo tirou as mãos dos bolsos e olhou para os lados, como se procurasse apoio. — Me prometa que vai tentar ser paciente.

— Lugar? — Vanessa perguntou, abraçando a mochila, pelo que pude sentir o típico tremor de seus braços.

— Não faça essa cara, eu e sua mãe estamos preocupados. Vanessa, eu estava na esquina dentro do carro e vi quando você chegou aqui na praça. — Os olhos do pai pesaram sobre a mochila. Acusatórios.

— Você ficou me espiando? — Ela se revoltou. A paradinha na respiração, eu bem conhecia, antecedia o choro prestes a brotar.

— Uma hora e quarenta minutos conversando com um urso de pelúcia. — Transtornado, ele apontava para o celular. — Dando chocolate para ele. Você acha isso normal? Acha que ficar em um lugar como esse, cheio de mendigos e viciados, dançando com um brinquedo seja normal? — Veias grossas pulsavam no pescoço dele e seu rosto adquiriu um rubor levemente doentio. — Você precisa de ajuda, filha — ele disse por fim, deixando os ombros caírem.

— Preciso que me deixe em paz! — Nessa levantou, segurando a mochila com força.

— Por favor, é um grupo de adolescentes, pessoas como você. No mínimo vá conversar com gente de verdade.

Vanessa não podia evitar, era menor de idade, dependia financeiramente dos pais. Eles tinham muitas maneiras de obrigá-la a ir. Oswaldo nos levou direto para o local e já na entrada dava para notar como era um lugar sombrio. Pela abertura na mochila, eu podia ver: o prédio era assustadoramente repleto de concreto, nem uma planta de plástico enfeitava o lugar. Tudo na portaria era muito cinza e sem vida, destacando-nos de modo opressor. Uma escultura metálica e retorcida prendia a atenção da maioria das pessoas que aguardavam o elevador. O espelho refletia a cara fechada do pai e o vinco da testa da minha menina. Um tênis rosa e outro azul. Foi como tentar colocar um arco-íris dentro de uma caixa de fósforos. Aos poucos, eu via a luz se apagando e as cores dela perdendo a tonalidade, ficando cinza. Sendo absorvida pelo ambiente, *morrendo.*

Oswaldo ficou na recepção falando ao celular, e nós entramos na sala. Algumas pessoas nos olhavam, assustadas. Vanessa sentou em uma cadeira e eu em outra.

— Boa tarde, Vanessa. Eu sou a dra. Elaine. Bem-vinda ao grupo. — Vanessa concordou com a cabeça, sem emitir nenhum som. Realmente ela não sabia o que dizer, não queria estar ali, mas também ser malcriada gratuitamente com as pessoas nunca foi da personalidade dela. — Vamos esperar nosso último integrante entrar para começar, tudo bem?

A menina sentada à direita de Vanessa sussurrou um comentário que fez minha garotinha engolir a saliva com força para não responder um palavrão bem feio, coisa rara em nossa vida.

— As cadeiras são para pessoas, acho melhor você tirar o urso para dar espaço para o colega sentar. — Vanessa encarou a menina com raiva. *Quem ela pensa que é para se meter assim com a gente?* O rosto dela era meio sem expressão, mas pelo tom de voz calmo e baixo dava para supor que sua intenção não era agredir.

Vanessa estava pronta para esbravejar e me defender, como sempre fazia. Calmamente eu pedi para ela não reagir, pois nada de bom viria daquilo. Com a gentileza habitual, ela me pegou no colo e me cedeu parte de seu assento. Ficamos ali, espiando os outros. Esperando mais alguém, aquele que se sentaria na única cadeira vazia, a cadeira que me foi negada. Vanessa observou os demais integrantes do grupo: dois rapazes bem diferentes, um alto de cabelos loiros que trocava olhares com a menina enxerida, e o outro, que mal cabia na cadeira por causa da obesidade, mantinha os olhos fixos na janela. Vanessa olhou para o mesmo lugar e não havia nada para ver.

3

•••

A Voz

Delinquentes, é isso que são. Jovens completamente perturbados que, por razões que não consigo entender, foram colocados em uma sala fechada. Ponha uma fruta podre com as outras e veja lentamente a podridão se espalhar. Mas o que acontece quando todos os frutos já estão estragados? Em outros casos, não sei dizer, mas nesse, especificamente, aconteceu o *clube dos amigos imaginários*. Quer saber os ingredientes necessários para se formar um clube como esse? Vou fazer a gentileza de listar didaticamente: junte dois rapazes e duas moças com idade entre dezesseis e dezenove anos, todos com família complicada e uma gama interminável de distúrbios dos mais variados. Se você tiver tudo isso dentro de uma sala fechada, é quase formação de quadrilha.

A dra. Elaine era uma mulher brilhante e houve um momento em que acreditei que ela conseguiria. É lamentável que o quinto paciente não pensasse assim. Terapia em grupo nunca foi o objetivo da doutora para os jovens pacientes até observar uma conversa entre Thiago e Ricardo na sala de espera. De dentro do consultório, ela ouviu a conversa deles.

— É muito sério. — Ricardo falava levando as mãos à cabeça, um riso divertido brotando dos lábios. — Que tipo de garota vai querer ficar com um cara assim?

— Tenho certeza que a doutora vai resolver seu problema — Thiago respondeu, tentando esconder o riso.

Olha só quem tá achando as maluquices dos outros engraçadas: O sr. Ouço Vozesss.

— Você tá achando engraçado porque deve ser um desses garotos ricos e descolados. As garotas devem fazer fila pra babar em cima de você. Se tivesse um problema esquisito como o meu, estaria superpreocupado.

— Mas me conta isso direito, você consegue sem colocar as mãos? — Thiago perguntou, olhando de esguelha para os lados. Ele tentou disfarçar, mas um leve rubor brotava em seu rosto.

— Tá surdo? As mãos invisíveis estão aqui agora e eu tô me controlando.

— Juro que se encostar em mim...

— Sai fora, cara. — Ricardo levantou as mãos, se rendendo, porém estava sério, querendo mudar de assunto. — Qual é o seu problema? Parece ser rico demais pra ser maluco.

— Eu ouço uma voz...

— Puta merda! Você é um desses caras que ouve vozes na cabeça que te dizem para matar os outros?

— Eu não ouço *vozes*. — O merdinha perdeu levemente a paciência, como se fosse muito absurdo ouvir vozes, no plural. E como se ouvir uma voz, no singular, estivesse dentro dos padrões de normalidade. Um nível quase aceitável de anormalidade, algo que beirava o excêntrico. — É só *uma* voz.

Milionários são excêntricos, garotos como você são loucos mesmo. Se conforma.

— Isso me deixa muito mais tranquilo — Ricardo debochou, mas mudou de atitude ao ver Thiago ameaçar levantar. — O que ela diz? Coisas ruins?

— Ele fala um monte de besteiras, mas nada sobre matar, se é o que quer saber. E, mesmo se ela falasse essas coisas, eu não obedeceria porque não sou uma marionete.

Imagino que a dra. Elaine tenha percebido naquele diálogo algo que eu mesmo nunca consegui. Cinco anos antes, quando o pai do Thiago tentou um primeiro tratamento em grupo, não avançamos. O merdinha não admitia a minha existência. Um homem de meia-idade disse já no primeiro dia do grupo antigo que ouvia uma voz dentro da cabeça dele que o incentivava a se machucar. Aquilo assustou tanto o garoto que ele passou a me negar. Não queria se tornar o velho maluco.

Deixa de ser idiota que eu nunca vou fazer isso.

Foi uma época muita chata. O merdinha desconfiava de mim, passou a ter medo das coisas mais inofensivas, guardava os remédios dentro da gaveta da escrivaninha e passava a chave, como se em algum surto eu pudesse convencê-lo a tomar todos de uma vez. A última gota foi um chilique besta que teve na piscina do clube. Eu fui brincar e disse alguma coisa idiota que nem lembro mais, e ele achou que eu podia convencê-lo a se afogar. Detalhe: a piscina era rasa. Depois de contar para a Adriana sobre o homem estranho e como a presença dele na terapia o perturbava, a mãe tirou o merdinha do tratamento.

Mas isso foi há muito tempo. Thiago era um garoto espinhento de treze anos, facilmente impressionável pela maluquice dos outros. Agora era um homem feito, um adulto. MERDA NENHUMA. Continuava o mesmo babaquinha de sempre, a única diferença era que podia ser preso caso suas maluquices fossem ilegais.

A doutora sabia da experiência ruim de Thiago com a sessão de grupo, mas a conversa franca dele com outro paciente era animadora. Em meses, Thiago não falava abertamente sobre isso com ela, mas para Ricardo, um estranho, ele se expunha. Uma semana depois desse dia, a doutora realizava o primeiro encontro com os cinco jovens pacientes.

Imagino que talvez tudo pudesse ter corrido bem e alguns deles até pudessem ter tido chance de cura. Mas um quinto *não elemento* foi adicionado ao grupo.

Os pais culparam a doutora pela tragédia, mas eu não... Que graça teria minha vida se o merdinha fosse um nerdinho normal? Foi dessas reuniões chatíssimas que o clube dos amigos imaginários nasceu e eu só posso agradecer por isso. Então não vou me lamentar por todos os acontecimentos que destroçaram o garoto ou pelo curto tempo que passamos no prédio cinza.

A coisa boa de contar uma história é que você conhece o final e consegue ver o quão idiotas as ações das pessoas podem ser antes de elas se darem conta. Do Thiago sempre espero essas coisas, das outras pessoas, as ditas "normais", eu tinha a ilusão de encontrar maior sensatez. Mas eu descobri que não é bem assim. Todos são loucos em algum nível, e a verdade é que, para alguns, só falta o diagnóstico.

4

O Urso

Enquanto esperava o tal paciente importante para começar a sessão, Vanessa acariciava minha pelúcia. Um ato de carinho, mas, acima de tudo, de preocupação. Um ano atrás ela fez terapia com outro grupo, mas não era permitido que eu entrasse na sala. Parece que existe alguma convenção entre adultos e terapeutas de que ursos não podem fazer terapia. Dessa vez eu podia estar ali e de alguma forma isso parecia errado, quase uma armadilha.

Vanessa me contou como aquele tratamento era horrível. Tinha uma antessala com um armário e todos guardavam suas coisas lá antes de entrar. Eu era considerado uma coisa, jogado com bugigangas em cima de mim, como se eu não tivesse sentimentos. Eu evitava reclamar disso com Nessa, pois ela já tinha muitos problemas. Então aguentava em silêncio a dor de ficar preso durante duas horas em um armário xexelento mal ventilado. Sem bons resultados e com a atitude da Vanessa de não falar durante as sessões, por fim dona Sara acabou suspendendo o tratamento, umas das poucas coisas inteligentes que a mulher fez nos últimos anos. Vanessa emagreceu e passou a ter pesadelos em uma idade que já não convinha ter medo de dormir à noite. Os pesadelos continuam até hoje, mas ela aprendeu a conviver com eles. Ela é uma menina muito forte; eu ficava impressionado de ver como suportava as coisas. À sua maneira e no seu ritmo, conseguia seguir em frente.

Ali sentada esperando o novo tratamento, ela teve medo de acontecer como da última vez. O medo chegou com violência, trazendo lembranças ruins. Ela me apertou. Negar-se a fazer terapia só trazia mais discussões. Sua mãe chorava e tomava cada vez mais remédios para a gastrite nervosa. Sara até vomitou certa vez na sala ao ver Vanessa conversando comigo. Essas lembranças ajudavam na hora de enfrentar um novo grupo de terapia contra a sua vontade.

Pelo menos estamos juntos, não tem por que ter medo.

Sua mente conjecturava de forma racional que não teria medo, mas seu corpo discordava e tremia diante do terrível pensamento: *E se ela tentar tirar você de mim?* Assim, Nessa me apertava mais e mais contra seu corpo e eu tentava distraí-la. Propus jogar nosso jogo preferido: ver com que celebridade as pessoas ao nosso redor se pareciam.

O menino loiro é uma versão jovem do Kurt Cobain
com leves traços do Ryan Gosling.

Ryan Gosling?, ela pensou, finalmente dando atenção para o que eu falava só porque era o ator de *Diário de uma paixão*, seu filme preferido no mundo inteiro. Lembro o dia em que vimos esse filme. Vanessa, na época com uns quinze anos, tinha acabado de dar seu primeiro beijo. Foi uma coisa pegajosa e muito, muito tensa. O menino em questão foi superescroto e contou para todo mundo do colégio que a Nessa beijava muito mal.

Seu primeiro beijo coincidiu com o primeiro amor, seguido da grande desilusão amorosa da adolescência. O garoto que ela passou dois anos sonhando em beijar em nada lembrava o príncipe de seus sonhos ou o galã dos filmes. Na frente dela, ele bancava de sensível e falava sobre música e super-heróis, mas, quando ela não estava por perto, ele classificava as meninas de acordo com seus atributos físicos e as chances que ele tinha de explorá-los.

Tipo: peito pequeno e nariz grande ou bundudinha fedorenta. Vanessa descobriu depois que ele a chamava de "gostosinha retardada". A pior palavra do mundo para quem recebia olhares estranhos quando falava que precisava ter consultas regulares com um psiquiatra.

Na segunda-feira, depois da festa junina na escola e do tão esperado beijo atrás da barraca de pescaria, minha garotinha teve um de seus piores dias: ela descobriu a verdadeira personalidade do garoto. A Nessa voltou para a casa chorando, desiludida. Quis o destino que naquela tarde o filme *Diário de uma paixão* passasse na televisão. Sou testemunha de como ele mudou o ânimo dela. Afinal, o amor deveria ser estranho e complicado, e por dois anos atenderia pelo nome de Ryan Gosling.

Se ele cortar o cabelo fica igualzinho ao garoto do filme. Agora é sua vez. Com quem a menina se parece?

Vanessa olhou bem para ela. As primeiras palavras da menina foram extremamente desfavoráveis a um início de amizade, mas no fundo ela simpatizava. Os cabelos negros, muito escuros para serem naturais, caíam cacheados pelo rosto rechonchudo. Imediatamente Vanessa se censurou pelo pensamento *baixinha gótica*. Era um estereótipo cruel, e disso ela entendia bem, porque o "maluca colorida" a perseguia bastante.

Bobo, acho que essa menina é uma mistura da personagem Abby da série NCSI com a atriz Mariana Xavier.

Acertou em cheio! Ela parece mesmo! E a terapeuta?

Ela eu não sei, talvez com outras roupas, roupas esportivas, ela fique diferente, mas agora eu só consigo pensar em uma pessoa. Presta atenção e vê se ela não te lembra a Glória Maria.

E o menino gordinho que olha para janela o tempo todo?

Hum, não sei. Ele me lembra o irmão da Vandinha. Esqueci o nome dele, da família Adams. Só que adulto e mais triste.

Consegui distrair Vanessa com nosso jogo preferido e os pensamentos ruins foram embora. Sem querer ela sorriu com o rosto virado para a menina, que retribuiu. Torci para que dali surgisse uma amizade, apesar de estar desconfiado. Ela pediu para eu sair da cadeira. *Será que não gostava de mim?* Qual seria o problema dela e dos outros? Ninguém tinha um amigo como eu? Senti seus olhos sobre mim, mas era um olhar diferente, quase amigo.

De uma forma estranha elas combinavam, cada uma em um oposto, e se engana quem pensa que a forma de se vestir era para fazer parte de um grupo ou chamar atenção. Ali as cores ou a falta delas faziam parte de um sentimento, um interior que transbordava.

Sem saber o nome da menina, Vanessa a batizou com um sentimento bom. Ela era a confiança, podia acreditar que a menina vestida de cinza diria a verdade, mesmo que a verdade fosse difícil de ser ouvida.

5

A Voz

Os deuses ouviram meus lamentos e desfiguraram essa carinha rosada.

Me deixe em paz, Thiago pensou, com a mente em um estado crítico de desânimo. A nota baixa, o incidente desastroso com as abelhas e o gato haviam deixado marcas não só no braço repleto de curativos ou no rosto inchado. O garoto estava triste como nunca. Eu o provocava porque uma reação malcriada era melhor quando comparada ao silêncio. Ele sentou na cama, horas antes de o despertador tocar, metade do rosto refletido no espelho na parede. A cara feia não o incomodava, não o atingia como faria com outros jovens. Seus pensamentos visitavam lugares obscuros, puxando-me para as sombras de sua mente.

É sério, seu merdinha?

Seus olhos mal piscavam observando a "caixa da morte", uma caixa amarela que ficava em cima da escrivaninha e que sua mãe abastecia com os medicamentos dele. Foi apelidada de "caixa da morte" porque o garoto dizia que os remédios dali matavam seus neurônios. Ele nunca havia pensado na caixa da morte daquela maneira. Uma ideia muito forte crescia, pesando em meus ombros. Pela primeira vez na vida, ela surgia com intensidade. Thiago se imaginava enchendo a boca com os comprimidos, escolhendo os corretos.

Não queria correr o risco de fracassar nisso também.

Ao menos em se matar teria êxito. A morte dele era a minha também, e eu não queria morrer.

Para com isso! Você nunca foi muito esperto mesmo... Se todo mundo que se dá mal numa prova se matasse

Eu zombava, mas o conhecimento que eu tinha de sua mente, de suas lembranças, construíam um quebra-cabeça para mim. Tudo isso levou Thiago a segurar a caixa da morte com bastante força e pensar nela não mais como um alívio passageiro, mas como um alívio definitivo. O despertador tocou, e ele logo interrompeu a campainha. Já estava arrumado. Pronto para tudo, menos para falhar novamente, então quando sua mãe deu uma batida na porta, já enfiando a cabeça dentro do quarto, se deparou com o filho assustadoramente parado. Talvez seja assim que os verdadeiros suicidas ficam momentos antes do ato. Sem lágrimas, tremor ou hesitação.

— Filho? Já está arrumado. — Adriana parou um instante, surpresa com a cena. — Você está bem?

— Sim.

Ela não acreditou. Quantas vezes o diálogo se repetiu durante a vida? Tanto perguntou ao filho se estava bem, e ele sempre respondia um "sim" fraco e profundo. Em algum idioma desconhecido significava um desesperado *não*.

Mas ela não falava essa língua, ajudava como podia e achava que era certo, lustrando a mesa onde repousava a caixa da morte, certificando-se de não faltar o conteúdo dentro dela. Isso e um beijo na testa do filho, três palmos mais alto. "Remédios e beijos teriam de bastar para curar todos os filhos", ouvi duas ou três vezes sua mãe murmurar pelos cantos. Por isso sempre a detestei. E o malvado era eu? Justamente a única pessoa capaz de orientar e impedir as imbecilidades do garoto Thiago.

O dia passou como em um filme mudo, não dos bons, um filme ruim só de imagens sem vida e um roteiro capenga. Falei durante todo o tempo tentando resgatá-lo dos pensamentos suicidas. Sua letargia me enfraquecia e contaminava. O fim de tarde chegou e Thiago se preparou para ir ao tal encontro. O novo tratamento não poderia ser evitado. Seu pai detestável o esperava na sala.

— Faça valer o meu dinheiro, garoto — disse Santiago antes de entrar no elevador. — Sinceramente não acho que isso vá resolver, mas ninguém vai poder me acusar de não ter tentado.

Apenas os dois ali dentro daquela caixa de ferro arrepiavam até os pentelhos da minha bunda. Nunca fui uma dessas vozes que dizem para matar alguém, mas fiquei imaginando a cabeça desse homem gordo e antipático presa na porta do elevador, o sangue escorrendo pelo nariz e a porta batendo repetidas vezes.

Abre e fecha.

O bigode bem aparado, o corpo largo que ocupava muito espaço no sofá, tudo nele era irritante. Ficou falando do dinheiro gasto no tratamento do Thiago como se realmente fosse dele. Na verdade, era um sanguessuga. Casou-se com a Adriana pelo dinheiro, isso todo mundo parecia notar, menos ela. Também, com esse nome de cafajeste espanhol...

Santiago.

— Tive que sair mais cedo do trabalho e nada me deixa mais estressado do que não poder trabalhar em paz. — Chegaram ao estacionamento e não pude reprimir a vontade de que o merdinha roubasse a chave do carro e fugisse. — Deixar os negócios nas mãos dos urubus dos seus tios é sempre uma péssima ideia. Não posso me ausentar um segundo que eles gastam todo o meu dinheiro.

Ninguém entende por que a Adriana, formada em administração e economia, deixa o marido, um verdadeiro zé-ruela, administrar a parte dela nos negócios da família.

Esse insuportável deve ter habilidades excepcionais que só podem ser reveladas para a esposa, essa é a única explicação, porque além de ser um bostão é feio pra cacete.

— Não precisa me levar, eu posso ir de ônibus — Thiago tentou mais uma vez convencê-lo da alternativa.

— Entra no carro. — Santiago bateu no volante e inclinou a cabeça para o vidro do passageiro, chamando o filho. — Essa merda faz parte do plano da sua mãe para a gente passar um tempo junto. — Ele deu a partida, fechou os vidros, ligou o ar-condicionado e o som em um volume impossível para conversar.

Santiago também era obrigado a passar um tempo com Thiago, mas, nesse contrato invisível de fingir ser um bom pai, não parecia estar explícito que ele deveria se esforçar. O que mais doía era ver Santiago com Gustavo, o irmão mais novo de Thiago. Entre eles tudo dava certo e parecia agradável, mas bastava Thiago ser incluído que as coisas mudavam. Essas ocasiões são as poucas em que eu defendo o garoto, puta merda! Essa gente gosta de frisar sempre que o problema é do merdinha, e talvez até seja, mas não vejo ninguém se esforçar para incluí-lo.

Ao chegar ao prédio da sessão de terapia, Santiago deu os piores conselhos.

— Você já é maior de idade, não posso te obrigar a fazer o que não quer, mas já passou da hora de aprender a falar para as pessoas o que elas querem ouvir. Fazer cara de retardado ou dizer que tem uma voz dentro da sua cabeça não é uma boa ideia. — Santiago alisou o bigode. Pelos anos de convivência, reconheci o ato como o prenúncio de uma fala bastante imbecil. — Se não puder ser normal, apenas finja. Isso vai evitar problemas e deixar todo mundo feliz. Você quer deixar sua mãe feliz, não quer?

> *Merdinha, vamos subir... Senão eu realmente vou te convencer a empurrar esse filho da puta na frente de um carro.*

6

•••

O Urso

O último paciente chegou atrasado, desengonçado o pobrezinho, em péssimo estado. Percebi que a doutora se preparava para recriminá-lo, mas, ao se deparar com o rosto inchado do garoto, não falou nada. Thiago era o nome dele, pessoa triste, de rosto macambúzio, evitava o olhar de todos. No entanto, quanto mais tentava se esconder, mais chamava atenção.

— Você pode sentar ali? — Ela indicou a cadeira vazia ao nosso lado, e o rapaz olhou para mim tão rápido que mal pude ver tudo de errado em seu rosto. — Obrigada pela presença de todos. A partir de hoje nossas sessões serão nesta sala. Vocês estão de acordo? — A mulher esperou as respostas, e Vanessa acenou com a cabeça. Com um rosto amigável, a terapeuta continuou: — Nosso objetivo é simples. Reconhecer, interpretar e compreender as dificuldades dos colegas. Vou pedir uma breve apresentação, e depois o que acham de responder a duas perguntas do formulário? — A doutora entregou uma folha para cada um. — Ricardo, eu gostaria que você começasse, por favor. Responda à pergunta número três.

O rapaz se ajeitou na cadeira, colocando os cabelos lisos atrás das orelhas. O queixo quadrado lhe dava um ar rebelde e forte, mas os olhos... Os olhos verdes eram frágeis. Ele se apresentou em voz alta e grave:

— Eu me chamo Ricardo, tenho dezenove anos e sofro com a presença de uma criatura que me persegue. A sorte é que eu tenho braços invisíveis. — Ele encarou todos da sala por uns segundos e depois leu uma pergunta no papel. — Qual o seu maior desejo? — Ele olhou ao redor, passou os olhos por todos e depois respondeu de forma automática. — Viajar? — Seu tom era mais uma pergunta e não uma afirmação.

— Vamos, Ricardo, não gostaria de compartilhar um desejo mais profundo? — Ela se inclinou para a frente com o rosto simpático. — Só uma palavra?

— Eu respondi a verdade, doutora.

— Tudo bem — ela disse, apaziguadora, retornando a posição, mas sem deixar de estender os lábios em um leve sorriso. Passou as mãos nos cabelos perfeitamente alinhados antes de continuar: — Poderia responder à pergunta número dez, então?

— A coisa mais triste que aconteceu comigo? — Ricardo soltou o ar, relaxando o corpo na cadeira e depois se jogando para trás. — O fim do Charlie Brown Jr. Não tem coisa mais triste.

— O término de algo que amamos pode ser triste, mas eu gostaria que você fosse mais fundo. Deixe que seus colegas te conheçam. — Elaine olhou no rosto de cada um e repousou o olhar um instante em Ricardo. — Vocês gostariam de fazer novos amigos? — Todos concordaram com a cabeça. — Então se abram, esta sala é livre de julgamentos. — Elaine repetiu a pergunta para Ricardo. — Qual foi o momento mais triste da sua vida, Ricardo?

— A morte do meu irmão. — Vencido, ele respondeu com um riso no rosto. — Era um dia feliz e perfeito — os dentes sumiram, dando lugar a lábios finos e esticados —, até que ele se foi.

— Sim — a doutora o encorajou e a tensão aumentou. Vanessa apertava os dedos, descarregando a ansiedade. A menina da direita acariciava os cabelos escuros com suas assustadoras unhas compridas e negras enquanto o garoto gordo olhava para a janela, hipnotizado por ela.

— O Sérgio era o irmão mais velho perfeito. Inteligente, ele me ensinava tudo sobre o mundo e sempre me levava para conhecer a vida com ele. Tinha o sonho de ser médico e sair por aí ajudando as pessoas. E ele teria conseguido. Ele passou numa universidade federal, sabia? — Ricardo balançou a cabeça, concordando, uma mecha de cabelo loiro bem claro escapando da orelha e cobrindo o olho esquerdo. — Toda a minha família estava orgulhosa, ele estudou tanto. — Ele parou de falar. A palavra "tanto" ia além, falava dos dias em que o irmão se trancava no quarto para estudar. "Tanto" significava que os últimos dois anos não haviam bastado. Nesse tempo, sair, jogar videogame ou ouvir música era cronometrado porque o Sérgio tinha que estudar. Foi pouco. — Mas na volta do trote da faculdade aconteceu um acidente. Meu irmão morreu na hora. Nós estávamos esperando a chegada dele. Eu, meus pais, primos de outras cidades... Uma festa com bolo e churrasco. — Ricardo pigarreou, afastando a emoção acumulada na garganta. — Enquanto eu pendurava uma faixa na sala, meu irmão morria espremido dentro de um carro. Pela hora do acidente eu sei que música estava tocando no rádio antes de ele morrer. Era o Charlie Brown, e, se eu conhecia o meu irmão, ele estava ouvindo... — A voz do rapaz foi morrendo aos poucos. Ele seguiu o olhar perdido do grandalhão, Valter, sempre distraído olhando pela janela, que mostrava apenas um recorte do céu, feito um desses quadros de arte abstrata que ninguém entende.

— Muito bem, Ricardo. Obrigada por compartilhar. Mesmo nesse ambiente seguro, existem coisas que são difíceis de dizer, e justamente pela dificuldade são as mais importantes. Vocês se sentiram mais próximos do Ricardo conhecendo um pouco mais da vida dele? — O ambiente tenso foi ficando mais suave. — Perder entes queridos é uma jornada compartilhada por toda a humanidade, e ninguém pode dizer a maneira certa de passar por ela, mas conversar faz bem. — A terapeuta observou o grupo, todos olhando para a janela alta. — Valter? — Chamou o rapaz muito calado. Ele a encarou e baixou a cabeça. — Você gostaria de responder à última pergunta do formulário? — Ele balançou a cabeça para os lados, negando o pedido. — Tudo bem.

Gostaria de falar sobre outro assunto? Talvez contar como foi seu dia hoje ou falar do que mais gosta de fazer? — A terapeuta insistiu, mas Valter negou mais uma vez. — Tudo bem. Se preferir falar em outro momento, nós vamos compreender e esperar. — A mulher assentiu com a cabeça, virou para o menino Thiago e perguntou: — Thiago, a pergunta número cinco do formulário é muito interessante. Você pode dividir conosco onde gostaria de estar daqui a cinco anos?

— Onde eu quero estar daqui a cinco anos? — O menino pigarreou, repetindo a pergunta. — Bom, é tempo demais, e talvez não queira estar. Só não queira estar.

— Thiago, sonhe, imagine. Se pudesse escolher, onde estaria?

Sou um Urso Bobo, mas não sou tolo e me perguntei se o menino era um suicida. Pelo estado de seu corpo, não era difícil imaginar uma tentativa de tirar a própria vida ou que ele tenha vivido um desses acidentes quase fatais, capazes de fazer uma pessoa repensar toda a sua existência. Os olhos desgostosos e quietos demais apontavam para um caminho derrotado, onde o fim seria o objetivo, a linha de chegada. Mas ele levantou o rosto para a doutora, um pequeno sinal de afirmação, e pude ver a magia acontecer. O exato segundo em que as cores de Vanessa invadiram o mundo cinzento do menino. As pupilas oscilaram entre a incredulidade e a euforia, a boca se entreabriu e as palavras escorreram pelos lábios feito saliva sem controle. O menino disse tantas coisas sem sentido que Vanessa sorriu. A loucura dele era cativante, tão visceral e ao mesmo tempo tão simples. Eles se comunicavam.

— Se for para sonhar que seja acordado, porque dormindo é impossível imaginar tantas cores. É impossível não olhar, não querer, não ser. Se eu estiver dormindo, não me acorde. — Ele desviou o olhar de Vanessa para a doutora. — Eu quero ser arquiteto e quem sabe daqui a cinco anos eu possa construir um prédio arco-íris.

— É um sonho bom, Thiago, um sonho muito bom.

7

A Voz

Eis que, de onde menos se esperava, surgiu a esperança, vinda de uma garota que mais parecia um desenho animado. Tantas cores emanavam de seu corpo, tudo misturado e estranho, duas blusas, uns troços amarrados na cintura e um tênis de cada cor. Dava dor de cabeça.

A garota era um carro alegórico, e seu distúrbio, bem evidente e patético, um urso bobo de pelúcia. Entretanto fiquei feliz, porque a vontade de morrer se foi de imediato e Thiago pensou em um futuro distante, perdido no emaranhado de cores do cabelo da garota. Ela era um arco-íris triste de ver, apertando um brinquedo como se estivesse perdida em um parque de diversões.

> *Garoto estúpido! Se quer chamar a atenção da garota colorida melancólica, fecha a porra dessa boca e diz alguma coisa inteligente e não essas babaquices...*

Thiago se calou para ouvi-la e infelizmente ela não vomitou unicórnios. Imaginei suas maluquices como coisas de histórias em quadrinhos e desenhos japoneses, entretanto as porcarias que ela disse saíram fáceis e fatais. Palavras muito infantis e sentimentos adultos. Ela começou falando sobre seu maior medo.

— Meu maior medo é... — Vanessa parou para acomodar o urso na cadeira, apertando as mãos em volta dele. — É perder o Bobo — falou de forma sombria. Em seguida encolheu os ombros, entregando os pontos. A resposta era verdadeira.

— Você percebe que muitas pessoas consideram o urso um brinquedo? — a doutora perguntou, e eu diria que foi bastante boazinha, porque, se fosse eu o terapeuta, teria arrancado aquela porcaria dos braços dela e jogado pela janela.

— Sim. Para as outras pessoas ele pode ser um urso bobo, um adjetivo — a garota olhou para o urso patético —, mas pra mim, Urso Bobo é um substantivo. Foi ele que evitou o mal, pegou a minha mão e me levou para um lugar seguro, tapou os meus ouvidos quando foi preciso, me impedindo de gritar. Não é todo urso que faz isso por alguém, mas o Bobo fez isso por mim. E ainda faz.

— Amigos são importantes, nos ajudam a atravessar momentos difíceis. Vanessa, você acha que pode fazer isso por outra pessoa? Ser uma amiga de verdade? Hoje temos pessoas reais aqui. Pessoas que se você abraçar receberá um abraço de volta. Esse é o exercício corporal de hoje. — A doutora se levantou e abraçou Vanessa, pediu para todos repetirem o gesto se desejassem fazer amigos.

Foi um desses momentos constrangedores que ninguém gosta de comentar, mas, no segundo em que o garoto pôs a mãozona cheia de dedos na senhorita cores malucas, tudo mudou. O cabeça-oca começou a pensar em passeio de mãos dadas, em lábios... O imbecil nem conseguia imaginar um beijo de verdade, só encarava a boca daquela menina, sorrindo.

Se for pra imaginar alguma coisa que seja essa menina sem roupa, besteiras do tipo passeios estranhos, tô fora.

Mas eu falava por falar, pois o Thiago não me ouvia. Ele acabara de adentrar uma região do cérebro nova, desconhecida e inexplorada para mim. Ele estava se apaixonando por uma garota tão ou mais louca que ele. E agora teria de dividir espaço com um urso maltrapilho. A porcaria de um Urso Bobo em forma de substantivo.

8

•••

O Urso

Então aconteceu. Gostei desse menino Thiago porque, mesmo perdidos, seus olhos eram bondosos. Não que a piscadinha que ele deu para mim não tenha pesado no conceito positivo. Abraçar pessoas estranhas é bem…

Sei lá. Estranho mesmo.

Então a sessão acabou com um monte de jovens sem saber o que fazer com os braços. A menina chamada Júlia abraçou Vanessa muito rápido, mas na vez do Thiago ficou bem um minuto encravando as garras nas costas dele. Achei muito assanhada essa Júlia na hora de abraçar os meninos.

Após o término das atividades, os cinco pacientes se encontraram com seus acompanhantes na sala de espera. O menino loiro saiu praticamente correndo, visivelmente atrasado. A menina Júlia saiu amigavelmente com uma mulher muito parecida fisicamente com ela e deixou a impressão de ser a única adolescente confortável com a situação. Vanessa encontrou o pai com os olhos e ambos comprimiram os lábios de forma inconsciente — ele cansado de esperar e ansioso para o fim de semana começar, e ela triste e ansiosa pela segunda-feira, quando voltaria para a casa da mãe.

Quando um adolescente gosta muito da segunda-feira, é porque tem alguma coisa errada.

Nem vem, que você também gosta, eu sei.

Andamos pela Amaral Peixoto que, se você não conhece, é a principal rua do centro de Niterói. Cheia de pessoas, carros, alguns vendedores ambulantes e semáforos que ficam abertos para os pedestres por um minuto inteiro. Oswaldo tentava vencer os sons da cidade para perguntar como tinha sido a terapia sem deixar as pessoas ao redor saberem. Vanessa só concordava emitindo sons desanimados, mas eu sabia bem no que ela estava pensando.

— Como foi, filha? — Estávamos preparados para atravessar a rua e ir para o estacionamento, mas Oswaldo parecia aflito, com as mãos nos bolsos da calça, que eram pequenos e não permitiam que o ato fosse natural. Por fim, ele se ofereceu para segurar a mochila dela. — Deixa que eu levo. Tá pesado?

Vanessa sentiu um medo crescente, como se o pai fosse sair correndo com a mochila, desviar dos carros no último segundo e sumir na multidão. A sensação de que ele estava sempre prestes a ir embora pesava no coração, porque havia ocasiões em que ele *realmente* desejava isso. Oswaldo ficou aguardando com a mão esticada, nitidamente magoado com a demora. Vanessa apertava cada vez mais a alça da mochila no ombro, e a falta de coloração dos dedos dela dizia o que a expressão neutra do rosto tentava esconder.

O semáforo abriu, pessoas passaram entre eles, interrompendo aquele duelo de olhares, e Vanessa atravessou a rua na frente. Iria completar dezoito anos, estava chegando a idade em que seria ela a deixar alguém para trás, e talvez não sentisse muita saudade do pai. Pela abertura da mochila, vi como o homem baixou a cabeça e demorou alguns segundos para segui-la. Quase tive pena, quase.

O diálogo do percurso até o apartamento dele foi recheado por comentários sobre músicas, praticamente a única afinidade entre eles. Ambos fizeram até um esforço para não deixar o assunto acabar. Eu costumava incentivar Vanessa a evitar conflitos. Fazer um esforço para ser gentil às vezes rende muitas coisas boas, porque de bom humor as pessoas tendem a tolerar com mais simpatia a minha presença. O castigo mais frequente da mãe de Vanessa era me tirar dela e, vejam só que crueldade, me trancar no armário. Gentileza gera gentileza.

— Não é possível que se possa ganhar dinheiro com isso — Oswaldo comentou, torcendo o nariz. No rádio do carro tocava a música sensação do verão. Vanessa riu, mexendo o corpo ao som de uma letra muito ruim.

No entanto logo mudou de estação, à procura de qualquer música da década de 80, a década de ouro da música, segundo o pai.

— Esses funks são bons pra dar umas risadas, mas essa aqui agrada mais aos ouvidos. — Vanessa soltou um riso sincero, lembrando um vídeo na internet no qual cachorros dançavam a balada.

Oswaldo deve ter pensado que toda a diversão espontânea no rosto da filha fosse para ele, porque, apesar da canção um tanto melancólica, o rosto dela mostrava alegria. Vanessa encontrou uma música que agradasse aos dois, encostou a cabeça no banco e relaxou para ouvir o Legião Urbana com sua "Angra dos Reis".

Tem dias em que tudo está em paz
E agora os dias são iguais
Se fosse só sentir saudade
Mas tem sempre algo mais

Ela sempre deixava a mochila entreaberta, ampliando assim minha percepção do mundo, e de lá eu assistia ao desenrolar da sua vida, como em um filme cult de cores vibrantes. Eu não podia ver o calçadão da praia de Icaraí, mas soube quando o carro passou por alguém com um cachorro. Minha menina era apaixonada por bichos e, não importasse o problema, Vanessa sorriria diante de um.

Chegamos ao apartamento, um ambiente masculino sem nenhum objeto que não fosse totalmente necessário. Isento de coisas coloridas. Dentro do quarto quase asséptico, bem em cima da cama branca, havia uma almofada colorida ainda dentro do embrulho de papel-celofane rosa brilhante. Um ponto luminoso em meio a todo o restante.

— Quer pedir uma pizza mais tarde ou prefere sair? — Oswaldo perguntou, depois de bater na porta mesmo aberta. Ele estava feliz e seu olhar procurava a almofada, mas logo se inquietou ao ver meu corpinho na cama ocupando espaço.

Ela pensou um instante, tentando decidir o que seria *menos pior*: ficar em casa e assistir a um programa qualquer na televisão ou correr o risco de parecer uma dupla estranhamente calada em alguma pizzaria. Em casa, Vanessa poderia evitar conversas longas simplesmente se levantando para ir beber água toda vez que começassem os comerciais ou aumentando sutilmente o volume da televisão quando Oswaldo insistisse em um assunto.

— É melhor pedir — respondeu por fim, sentindo os olhos dele baixarem, levemente decepcionados. — Estou supercansada, talvez amanhã.

Fiquei sentado ao lado da almofada nova. Uma coisinha toda rosa, bem diferente daquelas de patchwork do quarto da Nessa. Ela pediu para Oswaldo fechar a porta antes de sair, o que acabou deixando os dois ainda mais tristes. Imagino que ele tenha ficado um tempo parado no corredor, pensando onde tinha errado. O engraçado é que todos sabiam, mas ninguém nunca falava nada. Nem comigo Nessa tocava no assunto... Eu sei porque estava lá quando aconteceu.

9

•••

A Voz

O merdinha estava mais aéreo que o normal, fato percebido pela família. Adriana fez hambúrguer gourmet, coisa triste de ver, um minipãozinho escuro, no meio de um prato gigante. Ela é um clichê de socialite desocupada que me dá nos nervos.

Me fala que você não vai comer essa joça! Cara, aqui na rua tem os principais fastfoods, é só ligar. Fala pra ela que tá passando mal.

Só para me contrariar, ele comeu e se arrependeu instantaneamente, quando, de dentro da carne, escorreu um troço verde e grudento. Os quatro comeram no balcão da cozinha. Adriana em pé, inacreditavelmente maquiada e penteada para alguém que havia cozinhado. O pai engoliu tudo rápido e tenho certeza de que foi para não sentir o gosto. Eles ficaram ali, ao som de mastigadas e talheres, mas ninguém falou quanto aquilo era ruim ou perguntou sobre a sessão de terapia de Thiago.

— Mãe, você se superou. — Gustavo largou o sanduíche no prato, fazendo uma careta. — Não acredito que isso seja um hambúrguer.

Adriana tirou o avental de setenta dólares e sentou de frente para os filhos.

— Pode parar Gustavo, estou cansada de ver você comendo essas porcarias que entregam aqui em casa. Seu paladar é de uma criança de cinco anos.

— O cérebro também. — Thiago saiu da minialucinação colorida para responder no automático. Por experiência, sabia que respostas malcriadas ou provocações ao irmão caçula eram vistas como comportamento normal pela família.

A verdade é que Thiago achava o irmão inteligente, o tipo de garoto que conseguia conquistar as pessoas e ter seus desejos realizados por elas com o mínimo esforço.

É sério que você acha mesmo seu irmão um cara legal?
Esqueceu que esse bostinha te entregou no Natal passado?

O último Natal entrou para a galeria vergonhosa de festas de família. Como em todos os feriados importantes, os quatro tiveram que marcar presença no casarão da família de Adriana, em Petrópolis. A viagem se tornava desagradável com o excesso de paradas para tirar fotos para o Instagram da mãe, famosa na internet. Mesmo sendo péssimo, o percurso sempre foi a parte mais suportável porque, ao chegar no casarão secular e encontrar com o bando de imbecis com quem Thiago dividia o sobrenome, tudo piorava.

O primo, dois anos mais velho, exibia músculos, medalhas e conquistas. Além de uma futilidade típica de quem é rico e não tem problemas. Se fosse apenas prepotência e abundância de privilégios, o Thiago até daria um desconto, afinal ele também era um pobre menino rico. Mas o Rodnei era um canalha!

Cansado de ser bombardeado por tanta intromissão e humilhação parental, Thiago resolveu fazer um Natal diferente. O primo babaca teria um pouquinho de atenção negativa. O plano era bem simples: expor para a família aquilo que Thiago conhecia bem. Só teria que aproveitar uma distração do primo e pegar o celular dele. O problema era que o Rodnei não desgrudava do iPhone. E, como sempre sou eu que resolvo tudo na vida de bosta desse moleque, tive que impedir que ele fosse pego em uma tentativa ridícula de tirar o celular do bolso do primo.

> *Babaquinha! Não tá vendo que ele vai perceber? Você tem que separar os dois. Dá um jeito nas tomadas do quarto dele, assim, quando ele for dormir, vai colocar o celular para carregar em outro lugar.*

Thiago aceitou minha ideia, mesmo que beirasse a psicopatia. Primeiro, ele fez o esforço de sentar ao lado do Rodnei durante o almoço e descobrir a senha para desbloquear o celular. Essa parte foi até fácil. Meu raciocínio se mostrou lógico e, às onze da noite de 23 de dezembro, Rodnei entrou na cozinha furioso. Nós ouvimos da copa todas as suas reclamações e o barulhinho do celular ao ser conectado ao carregador. Assim que a porta do quarto dele fechou, Thiago pegou o celular e se trancou na despensa. Conseguiu retirar uma dúzia de vídeos comprometedores, mensagens onde ele admitia roubar dinheiro dos avós e prints provando que ele tirava fotos de meninas usando o banheiro da faculdade.

A grande ideia era acabar com o jantar de Natal do dia seguinte. Teria apenas que imprimir tudo e espalhar pela casa, enfiar dentro dos pacotes de presentes e substituir as músicas do pendrive pelos áudios do celular do Rodnei. Thiago juntou tudo. Um verdadeiro dossiê que mancharia permanentemente a imagem do primo, mas o merdinha não teve coragem para colocar o plano em prática. Dobrou a papelada do mal e guardou debaixo da cama.

Thiago encarnou seu pior personagem: o de menino bonzinho que não quer decepcionar a família. Na cabecinha oca dele, os dedos acusatórios se levantariam na sua direção se alguém descobrisse que o culpado de estragar o Natal era ele. Concordo que era uma possibilidade, mas toda vingança é arriscada. Thiago não queria ser um cuzão, e a vingança parecia que o transformaria nisso — uma grande besteira, é claro. O Rodnei merecia. Lentamente o merdinha colocava os anos de humilhação debaixo da cama, como um garotinho assustado escondendo algo errado dos pais. Assim, ele jogava fora a chance de quitar o grande débito do primo em sua vida e talvez dar uma grande lição de moral para todo mundo.

Isso tinha um fundo de verdade e até podia ser a coisa certa a fazer, mas o gosto de ver Rodnei se estrepar valia o risco. Notando o movimento estranho no quarto, Gustavo foi investigar por que o Thiago tinha deitado às duas da manhã. Ardiloso, o moleque descobriu os papéis e fez o que nenhum irmão deveria fazer. Pegou tudo e entregou nas mãos do pai. Ele traiu o Thiago da pior maneira possível.

O estranho é que o Thiago foi o grande vilão da história. O adolescente invejoso e perturbado que perseguia o primo. Todos pareciam se esquecer da vez em que Rodnei quebrou o braço do Thiago "sem querer", ou quando o merdinha acordou com as sobrancelhas raspadas. Além do mistério que rondava os presentes do aniversário de dez anos do merdinha nunca ter sido solucionado.

Thiago não era inocente, sabemos disso, mas a culpa recaiu apenas sobre ele. Ninguém quis saber que coisas terríveis ele descobrira a respeito de Rodnei. Adriana se trancou no quarto com vergonha de encarar o rosto esnobe das irmãs, e Santiago fez questão de tocar no assunto em todas as oportunidades.

— Minha esposa não quer admitir que o garoto tem problemas — dizia o pai durante o almoço na mesa do jardim, com a boca cheia de molho, enfurecido. — Onde já se viu? Espionar a própria família?! — Bateu na mesa, encarando o filho.

Tio Henrique, um quarentão baixinho e careca, apareceu em auxílio do sobrinho, pedindo a ajuda dele para mudar um móvel de lugar. Eles arrastaram um bufê para dar mais espaço para a árvore de Natal e o homem fingiu não entender que Thiago enxugava o rosto por causa das lágrimas e não do suor.

— Tá calor, né? — disse em tom divertido, olhando em outra direção. — Vai lá tomar uma água e traz um pouco pra mim também. — Nem tudo naquela família era ruim, mas as coisas boas pareciam ser direcionadas a Thiago em pequenas doses espaçadas.

Talvez para ele não se acostumar.

10

O Urso

— Vanessa, promete que vai tentar, filha. — Ele sentou na beirada da cama, afundando o colchão. Na minha opinião era tarde demais para tentar ser um bom pai, mas existia uma parte dela que desejava que tudo acabasse bem. — Eu sei que cometi muitos erros. — Endireitou-se na cama, alinhando a coluna. — Sua mãe também! — acrescentou com inoportuna firmeza. Um lapso de ressentimento. — Todos cometem erros. Não faça isso para me punir, por favor.

— Fazer o quê, pai? — ela perguntou com o coração partido. *Por que ele achava que o modo de ser da filha era uma afronta?*

— Você sabe que estou falando do urso. — Oswaldo olhou na minha direção, o rosto neutro, mas os olhos tensos. Raivosos. — Isso tem que parar! A cena que vi no Largo São Bento ontem me deixou assustado.

— O Bobo foi um presente seu... — Vanessa sentou, recostando-se à cabeceira e me puxando para junto de si.

— E me arrependo todos os dias por ter comprado esse maldito urso! Me arrependo de tudo naquele dia. — Oswaldo cerrou os punhos, a voz grave trovejando no quarto cutucando feridas antigas, e Vanessa se encolheu, me apertando contra o peito.

— Não, papai. — Fazia anos que Vanessa não o chamava assim e de alguma forma ele compreendeu que era uma acusação, quase um insulto. Ela ainda tinha medo, e esse medo alimentava seu maior poder contra ele. — É uma das poucas lembranças boas.

— Leve a terapia a sério, filha. — O homem soltou o ar pesadamente e esteve perto de me enganar e fazer com que me apiedasse dele. Em seguida se levantou, com ar sisudo. — Vê se se esforça porque minha paciência tem limites.

Era assim que ele queria uma reconciliação?

Me ameaçando?

Então bateu a porta e Vanessa jogou a almofada cor água de salsicha nela. Escutei os passos duros pararem um instante no corredor do apartamento, na certa para tentar entender de onde vinha o barulho. Depois que a compreensão chegou ao cérebro dele, o corredor pareceu pequeno para sua fúria, os pés calçados em chinelos de couro afundavam no piso de madeira laminado com vontade. Fiquei desanimado. Era só a manhã de sábado, e o fim de semana se desenrolava mais desastroso a cada minuto. Eu precisava fazer alguma coisa para alegrar minha menina.

Ei, garotinha! Não sei por que está com essa carinha murcha. Afinal você arrasou o coração do menino Thiago. Ele parece um bom garoto, sabia?

Não sei do que você tá falando, Urso.

Claro que sabe. E você bem que gostou do abraço dele, que eu sei.

Bobo, você é um bobo mesmo. Eu abracei todo mundo.

Mas só na vez dele você fechou os olhinhos. Meio doido. Vamos combinar que aquela história de prédio arco-íris foi muito estranha.

Eu achei uma ideia maravilhosa, incrível, bonita... Vanessa respondeu com um olhar sonhador. O tipo de expressão que nunca deveria abandonar o rosto de um adolescente.

Um prédio arco-íris. Já pensou?

De repente uma alegria sem tamanho invadiu o quarto e Nessa levantou animada para olhar a rua pela janela.

— Bobo, já pensou se todos os prédios fossem coloridos? O mundo seria um lugar melhor, não seria?

A escuridão fica tímida na presença da luz.

Ao dizer essas palavras, lembrei a primeira vez que Nessa deixou o colorido entrar na nossa vida. Na memória, era um dia de céu nublado, cinza como todos os dias ruins, porque o sol é reservado para momentos felizes na memória dela. Talvez na realidade nem fosse um dia tão feio assim, mas lá no coração ele foi guardado desse jeito. A avó da Vanessa era uma pessoa feliz, um adjetivo bem simples e verdadeiro. Mesmo com idade avançada e saúde frágil, a senhora conservava aquilo que, já muito jovem, Vanessa perdia.

Mas a avó deixou uma valiosa lição antes de morrer. Na cama da casa de repouso, ela pediu um batom para a nora, a mãe de Vanessa. Disse com a voz fragmentada que aquele era seu último desejo. Ela pediu ajuda para Nessa, que pintou os lábios da avó.

— Não deixe seu mundo em preto e branco, minha filha — ela disse para a neta. Essa foi a última vez que elas se encontraram. Uma lágrima escorreu na pele enrugada, descendo pelos sulcos até chegar ao batom. Os pais estavam sérios, mas avó e neta sorriam. A avó não lhe era próxima, mas aquele encontro foi marcante, talvez pela visita da morte, dias depois.

Acho que a pré-adolescência também ajudou nessa drástica mudança. Uma cor de cabelo passou a ser insuficiente, e o tempo que passava deitada na cama mexendo no celular finalmente virou perda de tempo.

Então as cores vieram para afastar as sombras. Começaram com maquiagem e depois contaminaram tudo. Roupas de uma cor só somente seriam toleradas se fossem vibrantes e com muito brilho. Mas tudo não passava de uma fantasia, um personagem que a Nessa interpretou tantas vezes que passou a ser real. O choque do seu visual ofuscava as pessoas para a realidade. Apesar de parecer alegre, a garota colorida estava triste. A tristeza mais profunda que uma pessoa poderia experimentar. Ela sentia que o mundo estava errado e que ele era indiferente à sua tristeza.

Ela estava sozinha...

Se me perdesse, não teria mais ninguém, e então surgiu o medo. O medo de que alguém pudesse nos separar. As pessoas cresciam e morriam sozinhas. Abandonadas por todos. Mas ela tinha a mim. Tinha um amigo para aconselhá-la em todos os momentos, e sem mim Vanessa se tornaria exatamente como a avó no leito de morte.

Uma cor triste e solitária.

11

A Voz

Acorda, garoto insuportável!!! Por que você não é normal como o seu irmão e levanta pra ir surfar e ver as meninas de biquíni?

Não enche, ele pensou, cobrindo a cabeça. Adriana entrou sem bater e desligou o ar-condicionado, seu melhor truque para fazer o filho levantar. Com uma roupa superjusta, típica das aulas de pilates das manhãs de sábado, escancarou a cortina.

— São dez da manhã — disse, puxando o edredom. — Você já tomou seus remédios?

— Tomei, mãaeee — ele respondeu, impaciente, cobrindo os olhos para evitar a claridade. A janela foi aberta, trazendo os sons da rua.

— Vamos almoçar fora. — Adriana abriu a caixa amarela de medicamentos, constatando que Thiago tinha mentido. O comprimido daquela manhã ainda estava na cartela. — Isso não faz mal só para você, filho.

Então saiu do quarto, deixando Thiago acordado. Decepcionado. Parte da tristeza era falta do princípio ativo do medicamento. Mas Thiago não gostava do tipo de felicidade que o remédio proporcionava, porque era falsa. A cabeça ficava leve e eu me calava por longos períodos. Eu o deixava sozinho com sua tristeza e até ela era diferente. Suspensa no ar.

Perigosa.

A médica começou a achar que o garoto tinha tendências suicidas. "Ele está vulnerável", disse a doutora em uma consulta dois meses atrás, mas quem não está? Quem é normal nessa porcaria de mundo? O que é ser normal? Para eles, não me ouvir é normal... Só que eles se esquecem de que sou eu quem traz sanidade para os pensamentos dele. Eu é quem tento persuadi-lo quando ele passa muito tempo olhando da janela do vigésimo andar. *Por que a tela de proteção? A gente não tem crianças em casa...*

Eles se esquecem do Thiago e de como ele gosta de abrir a janela da varanda e sentir o vento no rosto. Tem vezes que ele fecha os olhos e fica imaginando como o vento seria gostoso se subisse na mesa de pedra e pulasse. Não sei exatamente o que ele pensa, tudo é confuso e doloroso. *Medo.* Apenas eu estou ali para dizer que é uma babaquice, mas nem sempre consigo falar. Quando ele toma todos os remédios da caixa nos horários certos, eu sumo por algumas horas e quando volto me pergunto: *Quem esteve ali para impedir o Thiago de sentir o vento?*

Ele levantou e pegou a cartela de comprimidos de dentro da caixa.

> *Larga essa merda! Se você tomar, vamos ficar lerdos o dia todo e a coroa já tá puta mesmo.*

— Eu sei. — Retirou dois comprimidos da cartela e jogou pela janela. — Hoje e amanhã. Pronto. — Seguimos a trajetória deles enquanto caíam, quase até o chão, mas em algum momento eles se perderam, próximos à portaria do prédio.

> *Você não devia ter feito isso.*

— Por quê? — Thiago coçou as coisas nojentas e soltas dentro do short largo do pijama azul. Essa é a pior parte de dividir esse corpo com ele. Ter que ver e sentir esse corpo peludo me dá vontade de tomar os remedinhos da caixa da morte, e o maldito nem se dignificou em colocar uma camisa. — Agora, quando chegar amanhã, ela vai acreditar que eu tomei. Idiota!

Seu merdinha. Algum cachorro pode comer as droguinhas do Thiago e PAM! Morrer.

— Puta merda! — Thiago se inclinou no parapeito e por longos segundos achei que ele fosse pular. Olhou para os lados e, lá no fim do quarteirão, sua visão perfeita de um rapaz de dezoito anos avistou um homem com dois cachorros, passeando bem devagar. Thiago correu, abriu a porta do quarto e avançou pelo corredor.

— Thiago? — Adriana gritou ao ver o filho passar correndo, descalço e sem camisa, e sair pela porta da frente. — Thiago!

Entramos em mais uma missão. Encontrar os comprimidos e salvar cachorros que, por uma possibilidade muito remota, poderiam morrer. Ele apertou três vezes o botão do elevador, mas nem sinal. As máquinas sentem quando você está com pressa, então simplesmente demoram. Quase como uma rebelião. E tem gente que não acredita que um dia elas vão dominar o mundo. Um aviso: elas já começaram. Quando Adriana chegou à porta, estarrecida pelo estado perturbado de Thiago, ele decidiu descer os vinte andares pela escada.

Irrompeu na portaria. Seminu. Escandalizando a senhora do 17 e divertindo o porteiro. Adriana vinha logo atrás, gritando pelo marido, que preferiu esperar o elevador. Aquele amontoado de carne peluda e preguiçosa!!

— Tranca o portão! — Adriana berrou, segurando-se no balcão e assustando o porteiro. Mas já era tarde. Sem o menor senso do ridículo, Thiago estava de quatro na calçada, procurando os comprimidos no canteiro.

Sabe que isso vai custar caro, né?

— Thiago? — Adriana choramingou, pousando a mão no ombro do filho. As pessoas pararam para ver. Primeiro com aquele olhar espantado, para em seguida cochicharem: "Um menino tão bonito... Deve ser droga. Isso acaba com a família".

Thiago se levantou desistindo. O pai estava de braços cruzados, observando tudo pelas grades brancas do portão. Para dar prosseguimento ao show, o homem com os dois cachorros se aproximou, os animais farejando a rua, até que um parou perto do canteiro de flores. E nesse sábado, sem pretensão de se fixar na memória das pessoas como um dia importante, um menino branquelo de classe média-alta atacou um casal de yorkshires velhinhos em Icaraí.

Foi mais ou menos assim que o jornal *O Fluminense* publicou a matéria na segunda-feira. Um vídeo foi parar na internet. Thiago embrenhado no canteiro, segurando um cachorro pelo pescoço enquanto o outro latia. O dono dos animais começou a chutá-lo, e Adriana gritava e puxava o merdinha pelo short, piorando ainda mais a situação ao mostrar a bunda do garoto para a câmera de uns cinco celulares em volta.

Foi um desses momentos em que a pessoa se desconecta da racionalidade. Dias depois, Thiago pensaria se realmente algum animal morreria se ingerisse o remédio. Mas já era tarde, o mal estava feito. O merdinha virou meme internacional.

12

• • •

O Urso

O fim de semana passou devagar. A briga com o pai da Nessa instalou algo muito ruim dentro do apartamento. O homem ficou visivelmente magoado e ela não fez questão de remediar a situação. Possuía uma distração poderosa e pensava em outras coisas além do mal-estar com Oswaldo. Ela construía aos poucos um pensamento bom que nutria certa ansiedade para chegar o dia da próxima sessão. O domingo acabou triste para ele e esperançoso para ela. Na manhã seguinte iria para a escola e de lá voltaria para a casa da mãe. Uma trégua até o próximo fim de semana.

Na manhã de segunda, estava de pé muito antes de o relógio despertar. Animada com a promessa de uma semana maravilhosa.

Nessinha, você está linda com essas mechas verde-azuladas.

— Já estou pensando em mudar, Bobo — ela respondeu, encaracolando uma mecha especial da frente. — Estou pensando em lilás. O que acha?

Antes que eu respondesse, a máquina de café apitou na cozinha e ela saiu do quarto. Então me enfiou na mochila, colocando meu olho na abertura, e deu bom-dia para o pai. Só por educação.

— Sexta-feira sua mãe vai te levar para a terapia e depois vai te deixar aqui, tudo bem? — disse, sem tirar os olhos do café.

— Perfeito. — Vanessa enfiou todo o pão de forma na boca e continuou a falar: — Você vai me levar para a escola? Porque eu posso ir andando, até prefiro.

— Está muito cedo... — Ele desligou a máquina de café, um apertão pouco natural.

— Só não quero me atrasar — mentiu com facilidade, usando o atraso da semana anterior para provocar o pai.

— Pode ir, então — ele respondeu, enrijecendo os lábios. — Ainda vou demorar.

Vanessa bebeu metade do suco em um só gole e saiu batendo a porta, querendo ir embora o mais rápido possível. Uma hora e meia adiantada, caminhou tranquilamente pelas ruas de Icaraí, pegou o caminho mais longo, só para poder passear no calçadão. Sentou no banco de cimento de frente para o mar e assistiu a uma aula de ginástica de um grupo da terceira idade. Como não poderia ser diferente, fez amizade com dois cachorros e seus donos.

Está pensando no menino?

— Bobo. — Vanessa pôs a mochila nas costas. — Estou pensando que quando este ano acabar tudo vai ser diferente. Vou ser um pouco mais feliz quando fizer dezoito anos e terminar a escola.

Pare de condicionar sua felicidade às coisas que ainda vão acontecer. Seja feliz agora, Nessa.

— Não aguento mais ser jogada de um lado para o outro. Quando eu for maior de idade, eles não vão poder me obrigar, Urso. — Ela queria pensar de outra forma, mas a vontade de sumir e deixar os problemas era mais forte. — Não é normal uma pessoa da minha idade odiar os fins de semanas, sabia?

Isso não era verdade, porque um dia mais velho não torna ninguém imune à autoridade dos pais, que são as pessoas que pagam as contas. Independência significava outra coisa, mas eu sou um Urso Bobo que finge vomitar quando tem quiabo no almoço, e eu não sei de nada. Vanessa queria ser independente mais que qualquer coisa na vida, e isso assustava muito, pois, se ela conseguisse, teria que me deixar para trás. Falar sobre independência seria um erro, então nesses momentos eu simplesmente mudava de assunto.

Sou o que ela mais ama no caminho da coisa que ela mais quer.

O ônibus da linha 49 buzinou alto e gritou com os pneus. Um rapaz bem louco passou correndo na frente dele. Era ele: o Thiago cara quebrada da terapia. Ele era inacreditavelmente bonito, mas não corria em nossa direção. Senti o coração de Nessa disparar emocionado e depois entristecer ao notar que o menino corria para encontrar Ricardo, o garoto em luto pelo irmão. A segunda-feira seria antológica se um menino bonito corresse o risco de ser atropelado pela linha 49 só para encontrá-la. Levando em consideração todo o visual colorido, havia apenas uns dez por cento de chance de eles não terem visto a Vanessa.

— Esta semana vai ser uma bosta! — Vanessa chutou o chão com as mãos na cintura.

Um senhor que fazia ginástica na areia ouviu e a repreendeu.

— Olha a boca-suja, minha jovem. — Depois pulou em uma barra e em menos de dez segundos subiu e desceu várias vezes.

— Não acredito! — Ela se espantou com os músculos do senhor, muito senhorzinho, tipo noventa anos.

O homem desceu sem parecer nem um pouco cansado e reparamos que ele calçava um par de patins muito antigos. Pareciam feitos com o couro de algum animal em extinção.

— Desculpa — ela respondeu, arrancando um sorriso de dentes de ouro.

> *Esse homem saiu de uma história em quadrinhos, tenho certeza. Ou será que tinha alguma droga no suco que o seu pai fez?*

— Está desculpada, mocinha. — Ele ficou em pé com um sorriso largo no rosto magro. — Muita gente parece espantada com a felicidade dos outros. Com esse cabelo colorido você deve saber. A felicidade incomoda.

Vanessa sentiu uma vontade louca de correr e patinar com aquele senhorzinho. Ele se vestia como queria e parecia fazer tudo que tinha vontade. Exatamente como ela desejava, mas faltavam muitas coisas para alcançar esse ideal. Talvez realmente fosse necessário atingir certa idade para poder fazer o que quisesse da vida. Ela acompanhava com os olhos o homem tomar distância.

Duas meninas com uniforme escolar sentaram no banco ao lado de Vanessa, agitadas com algo que viam no celular.

— Aconteceu sábado, aqui perto — uma delas disse, rindo alto demais para uma segunda-feira de manhã. — Mas ele é gatinho.

— Olha essa bunda branca!

Sem conseguir suportar as risadas histéricas, Vanessa levantou e foi embora.

Um homem centenário, musculoso, com meias até os joelhos, andava de patins e sorria com dentes de ouro. Meninas riam de vídeos idiotas da internet e ela fora ignorada pelo menino que passou o fim de semana em seus pensamentos.

Vanessa se sentiu agradecida por morar ali. Coisas ruins aconteciam como em todos os lugares, mas Icaraí era ao menos bonito. *Colorido.* Pegamos um caminho mais longo para não correr o risco de cruzar com os garotos. E fico triste em admitir: o velho de patins foi a única coisa divertida daquela semana. Tentamos encontrar com ele nos dias seguintes, mas não conseguimos.

13

• • •

A Voz

Puta que pariu! Esse é o pior fim de semana de todos os tempos!

O merdinha não podia me ouvir de tão chapado de remédios. Thiago ficou doidão de tranquilizantes por ter surtado ao se livrar deles e depois tentar recuperá-los e impedir que um casal de yorkshires morresse. O que a gente não sabia era que aqueles cachorros filhos da puta eram velhos para cacete! Eles estão fazendo hora extra nesse mundo com quase quinze anos! Que porra de cachorro vive tanto tempo?

Como ninguém é normal nessa família, Thiago ficou sentado na pontinha do sofá da sala com o short do pijama rasgado pelas unhas de porcelana da mãe. O pai gritou um monte de verdades dolorosas. Por que ele não fazia o menor esforço para entender o que tinha acontecido? Adriana correu no quarto e pegou a caixa da morte.

— Você é retardado? — Realmente essa é uma péssima pergunta para quem acabou de lutar com cães e mostrar a bunda. Entretanto, o pai babacão fez questão de perguntar e usar a pior palavra para definir uma pessoa, não importa qual seja a sua condição. — Envergonhar sua mãe na frente do condomínio? — As veias da testa, saltadas, irrigavam a cabeça dele com uma quantidade absurda de sangue, o que provavelmente influenciava na sequência de perguntas retoricamente imbecis, que, pelos pentelhos do meu saco imaginário, continuaram por uns trinta minutos.

Até a imagem de Adriana no Instagram foi usada para ferir Thiago.

— Sua mãe pode perder seguidores, sabia? — Nossa, que tragédia se algumas mulheres não gostarem mais das fotos dela porque seu filho teve um problema com remédios e cães, como se grande parte delas não passasse por coisas piores. — E seu irmão é um atleta, não podemos ter o nome da família exposto ao ridículo, entendeu? Onde você estava com a cabeça?

O garoto passou o fim de semana deitado de barriga para cima. Adriana entrou no quarto algumas vezes para oferecer um copo de suco, sentava na cama e ajeitava o edredom como se o filho tivesse cinco anos. A dieta de sucos e comidinhas leves era enjoativa, mas o pior foi encarar as bolsas embaixo dos olhos sem maquiagem da mãe. Ela ficou de cara limpa durante todo o domingo, e isso era um sinal. Um sinal terrível de que a loucura do garoto contaminava a família. Mas o menino não era louco, eu sabia disso, só tinha que parar de incentivar que ele fizesse essas coisas e tudo voltaria ao normal. Naquela família de quatro pessoas, cada um interpretava seu papel, e, se um deles saísse do roteiro, todo o teatro viria abaixo.

Quebra a perna, Thiago! Você vai quebrar a porra dessa perna, porque agora eu vou ser o diretor dessa sua vida idiota! Merda, muita merda pra você! Tô cansado dessa sua versão cuzão, e a partir de hoje vamos ter uma vida incrível. Chega de suquinho na cama. Chega de mamãe chorona, chega! Levanta essa bunda daí, garoto!

— Cala a boca! Eu vou ficar em casa hoje...

Não, caralho! Você vai levantar, jogar essa cueca no lixo e ir pro cursinho.

— O que deu em você querendo que eu vá pro cursinho? Devo estar maluco mesmo. — Thiago virou para o lado, cobriu a cabeça e entendeu logo o motivo, quando sentiu o fedor de dois dias sem tomar banho e escovar os dentes.

Você vai, porque eu não aguento mais ficar em casa. E vê se fica feliz no fim desta semana. Tem a sessão de terapia. Ou já esqueceu aquela garota?

— Sou doido, com certeza. Quando a voz na sua cabeça diz para você ficar ansioso para a terapia é um sinal...

Seu merdinha! A garota arco-íris vai estar lá. E, se uma garota não é um bom motivo pra fazer alguma coisa, nada mais é.

— Ela tem cheiro de chiclete.

Foi gasto um tempo absurdo no banho muito quente para tirar o futum. Um banho e a esperança de beijar na boca são suficientes para deixar a vida de um rapaz, mesmo a do Thiago, melhor. O efeito da bomba de medicamentos diminuía e eu podia até cantar, se quisesse. Seria como nos musicais, ele escovando os dentes e girando no banheiro. Mas nada disso contribuiria para a nova imagem que eu queria para o Thiago, então fiquei calado.

Ele saiu adiantado e não encontrou ninguém acordado na casa. O porteiro tentou arrancar alguma declaração do Thiago para dividir com os vizinhos fofoqueiros, sem sucesso. Agora sou eu que mando nessa merda, e ele não vai mais tomar esses remédios! E nem fazer tanta bosta!

E, se existe um Deus bondoso, ele pôs o segundo garoto da terapia do outro lado da rua. O pervertido tomava um daqueles achocolatados de caixinha enquanto passeava pelo calçadão. Tenho que admitir que os cabelos dele ficavam lindos com o sol da manhã, mas jamais diria uma coisa dessas em voz alta. Isso poderia arruinar as chances do Thiago com a menina colorida.

Thiago, atravessa a rua e fica o melhor amigo do cabeludo. Agora! Se mexe.

— Não vou atravessar a rua.

Tá vendo aquele cabelo loiro, lindo, brilhando no sol?

— Sim. — Thiago estreitou os olhos, tentando encontrar o cara.

Ele vai pegar a sua garota em duas semanas se você não fizer nada a respeito.

O modo "missão impossível" foi ativado e o idiota atravessou a rua na frente do ônibus. Tirando a parte vergonhosa e desnecessária, porque a trinta metros tinha um sinal de trânsito, meu plano foi um sucesso.

— E aí, cara? — Thiago chegou rápido demais, parecendo que era um assaltante, e eu juro que o maluco tremeu na base.

— São sete da manhã, por que você tá tão animado?

Ele tá certo, relaxa.

— Eu não estou animado. Na verdade, está tudo um saco! — Thiago deixou os ombros caírem, e eu pude ver como seria difícil fazer o garoto interpretar. — Você tem namorada?

A sutileza de um cavalo.

— Eu não sou gay, cara. — O cabeludo parou de andar com um tranco. — Cara, eu te respeito, mas...

— Quê? Eu não...

Assim começou uma amizade, com um esclarecimento nada casual sobre qual era a orientação sexual de cada um. Eles seriam amigos por toda a vida, mesmo quando um deles fosse o responsável pela morte do grande amor do outro.

14

• • •

O Urso

Na escola as coisas iam mal. Uma garota chamada Anneliese, o ser mais arrogante que tive o desprazer de conhecer, implicava com a Vanessa. Não faço ideia de como aquele corpinho adolescente de quarenta quilos sustentava tanta antipatia.

Por alguma questão relacionada aos signos, a lua devia estar na casa errada ou o ascendente de uma não combinava com o da outra, mas a verdade é que elas nunca se bicaram. Sabe aquela coisinha que dizem sobre o santo não bater? Foi assim desde o primeiro dia naquela escola. Vanessa nunca alimentou a rivalidade abertamente. Seguiu meus conselhos e evitou confrontos desnecessários.

Mas infelizmente a outra menina não tem um urso sábio como eu para orientá-la e passou os últimos cinco anos olhando torto para Vanessa. Lise provocava com piadas relacionadas à aparência de Vanessa, pois a direção da escola mandava chamar a dona Sara toda vez que o cabelo da Nessa aparecia com uma cor diferente. Por algum motivo que a gente desconhece, o cabelo azul deve dificultar o aprendizado ou fazer o jovem usar drogas.

Pó descolorante é a porta de entrada para o mundo do crime. Certa vez brinquei quando a diretora questionou se a Vanessa não era viciada em amônia ou, como ela disse, "as reações químicas do processo de descoloração dos cabelos podem ser prejudiciais e até causar dependência". Uma cena cômica de um ano atrás. Dias depois o colégio recebeu palestrantes para falar de dependência química na adolescência. A diretora olhou feio para a Vanessa no momento em que um caso de crianças que cheiravam esmalte de unhas era relatado.

Outra vez a grande perturbação foi a cor dos cabelos da Vanessa. Por coincidência, ou intervenção negativa do universo, a Vanessa tinha usado uns produtos e seus cabelos passaram do verde para um tom de lavanda. E adivinhem quem apareceu com metade do cabelo dessa cor na segunda-feira? Para completar a desgraça, a invejosa da Lise chegou atrasada. Na minha opinião, ela planejou esse atraso para que seu novo visual chamasse bastante atenção. Para o azar dela, a Vanessa estava sentada bem na frente.

Chegamos cedo. Vanessa conversou com os colegas, todos vieram ver de perto a novidade, gostaram da cor, e um dos meninos disse: "Essas coisas coloridas só ficam bem em você. Ficou legal, ainda mais com esse olhão azul". Coitadinho. Ele tentou jogar um charme para ela, que percebeu e logo deu um jeito de se afastar. Ele era legal, mas ali naquele coração seria bem difícil de fincar bandeira. Primeiro, ele tinha que me conquistar para ter uma chance com a minha menina. Tarefa difícil conquistar um urso que vive fechado numa mochila.

Quebrar essa regra significaria perder os poucos amigos e arrumar grandes problemas com os pais e a direção da escola. Então nunca insisti, mas, aqui bem dentro do meu coração, toda vez que a Vanessa ficava na frente da turma para apresentar um trabalho, eu sonhava em sair da mochila. Em uma cena dramática, Vanessa me pegaria nos braços e eu finalmente seria apresentado para todos.

Esse é o Urso Bobo! Meu melhor amigo.

Se um dia isso acontecesse, poderia ser o estopim para uma separação definitiva entre nós dois. A interferência da escola em nosso relacionamento acabaria com tudo! Nesses trabalhos difíceis, ela enfiava a mão dentro da mochila e apertava o meu braço. Eu mandava beijos e confiança, e no final tudo sempre acabava bem. Depois de dar o primeiro beijo em um garoto da escola e ter o coração partido, minha menina decidiu que nunca mais ficaria com um menino dali.

Da lista das piores coisas feitas por Anneliese nos últimos anos, posso citar uma infinidade delas, como grudar chiclete no cabelo da Nessa, fazer fofoca dela e lembrar para todo mundo que a maioria da turma ia se formar no ensino médio com dezesseis anos, menos a Vanessa. "A repetente", como a Lise gostava de chamá-la.

Repetir o ano aconteceu ainda no ensino fundamental, mas era sim uma coisa chata que a minha menina não gostava de lembrar. Toda vez que a Vanessa fazia uma pergunta para os professores, a Lise cochichava no fundo da sala: "Tadinha, a repetente não sabe". Esses comentários magoavam muito.

Enquanto de um lado tinha Lise para dizer coisas maldosas, do outro estava eu, sempre com Vanessa para impedir que o veneno da garota penetrasse muito fundo. Anneliese chegou fazendo barulho com a porta, mas antes que ela visse a Vanessa, alguém gritou lá atrás:

— Ih, alá! A Lise tentou copiar o cabelo da Vanessa. — Alguns meninos assobiaram enquanto as meninas escondiam o riso. — Ficou melhor na Vanessa.

Esse último comentário provocou uma arruaça geral. O professor pediu silêncio e Lise passou por Vanessa com um olhar matador. Minha garota fechou os olhos. Ela já sabia que a semana seria a pior dos últimos tempos.

E foi.

15

• • •

A Voz

Ricardo, o cara cabeludo, era bem legal. Trabalhava na loja do tio, perto do campus da Universidade Federal Fluminense, se é que dá para chamar um metro quadrado e uma máquina fotocopiadora de loja. O rapaz era completamente normal até cismar que um coelho gigante estava atrás dele para matá-lo. Um pequeno detalhe que deixava suas outras maluquices parecendo charmosas excentricidades, afinal o que são braços invisíveis diante de coelhões assassinos?

— Deixa de ser idiota, Thiago. — Ricardo fechou a porta da loja. — É uma pessoa vestida de coelho e não um coelhão, entendeu?

— Você sabe que isso não muda nada e a sua história continua parecendo engraçada. — Thiago ofereceu um chiclete. — Coelhos são fofos.

— São animais terríveis. Pragas que se multiplicam muito rápido. — A porta de enrolar emperrou e ele fez peso com o pé para conseguir baixá-la. — Você já viu aquele filme do coelho assassino, *Donnie Darko* ou *Hop - Rebelde sem páscoa*?

— *Darko* é bem assustador mesmo, mas *Hop* é um filme infantil.

— Eu não assisti. — Ele finalmente conseguiu fechar a porta. Limpou as mãos sujas de graxa na calça. — Filmes de caras que viram coelhos não são pra mim.

— Mas qual é o lance do coelho? Trauma de Páscoa? — Thiago fez uma bola com o chiclete, a primeira a dar certo. Parou no meio da rua, impedindo a passagem das pessoas, e ficou apontando os dedos para a bola que crescia cada vez mais. Olhos grandes e felizes, esperando aplausos.

Para com essa merda! Tá me envergonhando, sabia?

Ricardo estourou a bola de chiclete com a chave da loja.

— Você sabe dizer quando começou a ouvir vozes? — Ricardo indagou, fazendo uma careta.

— PORRA! Era meu recorde — ele resmungou com uma fina película de chiclete cobrindo grande parte do rosto. — Eu já falei que não são vozes, é uma só. E sempre esteve comigo. Um puta saco.

Lava essa sua boca imunda para falar de mim, merdinha.

— Melhorou muito. — Ricardo sorriu, mas sua expressão era de amizade, um falso deboche muito bem-vindo na vida solitária de Thiago. — Se fossem várias vozes, eu ficaria preocupado — completou, encolhendo os ombros e exibindo uma de suas caras engraçadas, que consistiam em fazer ondular as grossas sobrancelhas douradas.

— E se as outras pessoas é que forem loucas, e não nós? — Thiago externou um pensamento antigo, recorrente de quando era mais novo e ainda resistia ao diagnóstico.

Ricardo sorriu e diminuiu o passo, descontraído, as mãos nos bolsos. Um gingado de quem não tromba com outras pessoas quando anda em ruas agitadas. Atitude de quem sabe o que faz. Só atitude, porque era um garoto perdido como todos.

— Não entra nessa, cara — disse com um tom de seriedade. — Nós não somos normais e é fácil saber a diferença, porque se você faz um esforço para parecer normal quer dizer que não é.

— Achei que essa parada de terapia seria bem pior. — Um carro freou em cima da faixa de pedestres, quase atropelando um garoto distraído com o celular.

O merdinha viajou para longe, começando a pensar, "e se..." E se o carro atropelasse o garoto? E se em vez do celular o garoto estivesse distraído com a voz dentro da cabeça dele? E se o garoto tivesse morrido?

Se não acredita no seu mais novo melhor amigo loirão, taí um pensamento de maluco. Gente normal não pensa essas coisas, sabia?

Thiago não era normal e, sinceramente, nesse mundo maluco, querer tanto entrar para o clubinho da normalidade já denuncia algo de errado. Thiago reclamava de mim, mas, quando fiz a pegadinha do "Parabéns, você está curado", ele surtou.

Bastou eu sumir uma semana e o merdinha caiu na real, viu como é viver sozinho com seus pensamentos, chorou na hora de dormir e teve insônia. Fui sua única companhia por muito tempo, mas confesso que estava pronto para deixar alguém entrar na vida dele.

Ricardo era o mais próximo de um amigo. Não que os caras da antiga escola fossem ruins. Eles conversavam, jogavam online, mas a vida parecia diferente antes de ele conhecer alguém minimamente semelhante a ele. O garoto se sentia confortável em falar de todas as loucuras que passavam dentro da cabeça dele. Thiago estava feliz, otimista com o futuro. E isso provocou uma coisa estranha. Minha voz parecia embargada, como se estivesse com dor de garganta. Eu tinha vontade de mandar o merdinha à merda.

Essa tal de amizade se mostrou mais perigosa, um mal necessário, eu espero. As sessões de terapia estreitaram os laços de amizade dos quatro pacientes, e Ricardo dava bons conselhos sobre garotas. O problema era a lerdeza do Thiago em colocar esses conselhos em prática. A garota também não ajudava, o encarava quando Thiago desviava o olhar dela, mas não passava disso. Não era frequente, porque na maior parte do tempo era o merdinha que encarava a menina, ele só virava para o outro lado quando o pescoço doía mesmo. Tudo não passava de um balé ridículo de cabeças. Como fazer duas pessoas completamente sem iniciativa saírem da inércia?

Ao contrário do merdinha, Ricardo investia em Júlia e gastava todo o seu tempo antes e após as sessões para se aproximar da garota. Não sei o que ele viu nela, mas o cara mandava bem e usava todas as armas de que dispunha. Como eu queria que o Thiago aprendesse algo com ele, essa vida sem graça de garoto virgem estava me matando.

Ricardo mandou um vídeo para o celular do Thiago e, quando ele abriu, era o meme dele: "garoto de cueca enforca cachorro". O cara era muito zoeira e eu gostava do jeito do merdinha quando estava com ele.

— Eu nunca vou deixar esse vídeo morrer, Thiago — Ricardo falou, e, se fosse outra pessoa, o merdinha ficaria muito puto, mas ele era seu amigo e isso bastava.

16

• • •

O Urso

— Isso já foi longe demais! — sua melhor amiga na escola dizia, enquanto devorava um sanduíche na hora do intervalo. Escorreu molho pelo queixo da garota e isso me fez desacreditar completamente da suposta preocupação dela. — O que a Lise tá fazendo é maluquice.

— Não posso fazer muita coisa, Jéssica. Ela fez aquele vídeo ridículo e agora nem ir ao banheiro em paz eu posso. — Vanessa olhava para os lados e falava baixo, mas, não importava o que fizesse, tinha a impressão de estar sendo vigiada.

Aguenta firme, a semana já tá acabando, e se for pra arrumar confusão é até melhor ficar em casa e perder aula.

— Todo mundo sabe que foi ela. Tem que ter troco.

Com o episódio do cabelo, a rival começou a monitorar cada movimento de Vanessa e não tardou para ela desconfiar do conteúdo da mochila. Minha garota era a única a levar a bolsa para o intervalo. Sempre atenciosa, nunca jogava a mochila em qualquer canto... Isso despertou a imaginação dentro da cabecinha diabólica da Lise. Ela planejou roubar a mochila, esperando encontrar drogas ou qualquer outra coisa, menos euzinho aqui.

Ela tentou distrair a Vanessa e pegar a mochila, mas eu percebi e a alertei. Como fracassou, fez o que era mais fácil: destilou seu veneno pelos corredores e em dois dias mil alunos ficaram sabendo de suas mentiras. Invenções horríveis sobre minha menina. Lise sem coração inventou que pegou Vanessa no banheiro feminino se tocando nas partes íntimas.

Todas as pessoas, especialmente os mais jovens, fazem isso. Entretanto, é algo tão íntimo... Considerado até errado por muitos. É natural, mas não deixa de ser constrangedor. Ardilosa como essa garota é, filmou a Vanessa com o celular. Tudo armado. O vídeo não mostrava nada de mais, e na hora que aconteceu nós não entendemos.

Lise entrou no banheiro logo atrás de Vanessa, filmou a minha menina entrando no sanitário com a mochila nas costas. Vanessa fazia xixi quando ouviu alguém batendo do lado de fora e a voz alta e cheia de autoridade de Lise falando: "Ela é uma safada! Ninguém nunca achou estranho ela carregar essa mochila pra todo lado? É uma piranha. Olha como ela geme feito uma cadela".

Vanessa saiu rapidamente do cubículo, abotoando a calça jeans. Demorou muito até compreender o que estava acontecendo. Deu de cara com Lise e outra menina.

— Atrapalhei sua diversão, safada?

— Do que você tá falando? Sai daqui!

Essas foram as únicas palavras de Vanessa no vídeo. Como as pessoas acreditam no que querem e têm preferência pelas histórias constrangedoras e sensacionalistas, todos tomaram a acusação como verdade. Os poucos amigos de Vanessa tentaram fazer uma rede de proteção desmentindo tudo, e foi triste ver um por um desistindo de interferir quando eram acusados de coisas piores. Resultado: em dois dias minha menina estava sozinha. Até sua melhor amiga, a Jéssica, recuou ao inventar uma gripe e ficar dois dias em casa. Para evitar a Vanessa e toda a treta.

Desta vez acho que você vai ter que contar pra sua mãe.

São só fofocas maldosas, já passei por isso uma vez. Logo, logo vai passar.

É verdade que, quando um menino cruel espalhou para a escola inteira que a Vanessa beijava mal e tinha um gosto de podre na boca, foi horrível, mas passou. Mas agora era diferente. A motivação de Lise era muito forte, eu conseguia ver o ódio em seus olhos, ela parecia querer destruir a Vanessa, não apenas moralmente. Cheguei a perceber seus punhos cerrados em uma ocasião e tive medo.

O intervalo já estava no fim e Vanessa precisava ir ao banheiro. O problema era que toda vez que ela ia até lá todos em volta dela gritavam, faziam gestos obscenos e assobiavam. Eu aconselhei Vanessa a ir várias vezes ao banheiro. Deixar de ir só acentuaria a reação dos colegas de classe. Manter a cabeça erguida era o melhor caminho e logo o vídeo perderia a graça. Essa atitude forte custava muito para o estado emocional da minha menininha.

Encaramos a entrada no banheiro sob a algazarra, e lá dentro Vanessa desabou em lágrimas. Quem aguentaria uma coisa assim por tanto tempo?

Você é superforte! Não precisa passar por isso sozinha. Logo os professores vão perceber e isso vai chegar na direção.

Chega, Urso, não quero que minha mãe tenha que vir à escola mais uma vez. Já vou fazer dezoito anos e tenho que aprender a me defender sozinha de gente como a Lise.

Essa menina é uma monstra e isso que ela fez é crime.

Lá fora no mundo adulto pode até ser, mas aqui dentro é uma coisa que acontece e se você não superar... Se você não superar, isso te consome.

— Mas você não aprende, hein, garota? — Lise entrou no banheiro com várias meninas.

Vanessa se apressou para sair, mas Lise a impediu. Ela queria o confronto e, mesmo que Vanessa não quisesse, teria que lutar para sair dali.

— Sai da minha frente — Vanessa ordenou, sentindo o sangue esquentar. — Eu não fiz nada pra você.

— Será mesmo? E a nossa reputação? A imagem das meninas da classe foi manchada e tem meninos achando que todas nós somos umas piranhas como você. Acha isso certo?

— Mas você é uma piranha — Vanessa retrucou, dando um passo para trás. — E essa é a única coisa que você já falou que fez algum sentido.

Lise avançou, furiosa.

— Não vou bater em você e sujar as minhas mãos.

Vanessa esperava ter que brigar para sair do banheiro, e, pelo sorriso amedrontador no rosto da rival, ela concluiu que Lise tinha um plano, *algo pior*. O estômago de Vanessa embrulhou. Sair no tapa era mais fácil, ela conseguiria administrar um olho roxo, mas Lise ameaçava algo mais delicado que seu corpo, e o psicológico da minha garotinha sucumbiu diante dos muitos problemas que aquela menina poderia causar.

— Tô cansada de você. Você vai se ferrar, e eu nem vou precisar sujar as minhas mãos. — De braços cruzados, as meninas em volta sorriam e debochavam da situação. — Você vai se ferrar, repetente.

— Por que você tá fazendo isso? — Vanessa perguntou com a voz arrastada e os ombros caídos. Senti que ela entregava os pontos.

— Nós não queremos você na formatura. Talvez acabe repetindo o último ano também. — As meninas começaram a sair, lançando ameaças à Vanessa.

— Fica longe da gente, sua piranha.

— Vaca repetente.

Ciúme? Então seria esse o motivo para tanto ódio? Vanessa provavelmente seria a oradora da turma e receberia atenção especial na cerimônia de formatura. Era um clichê enorme Lise fazer tudo isso para derrubar uma concorrente à coroa de rainha do baile, mesmo que não existisse uma de fato. Tudo passou muito rápido na cabeça de Vanessa, todas as vezes que aquele menino elogiou a cor do cabelo dela ou as balas que ele trazia para ela depois do intervalo.

Balas e elogios. Esses foram os culpados por Lise odiar tanto Vanessa. Nós ficamos sozinhos no banheiro, pensando em como resolver a situação sem recorrer a nenhum responsável. A solução da mãe de Nessa seria pedir para ela mudar de turma. Mas adultos não costumam entender a dinâmica de uma escola, e apenas mudar de turma não adiantaria... Vanessa respirou fundo e lavou o rosto.

Não tem como ficar pior, Urso.

Mas sempre tem como piorar.

17

• • •

A Voz

A terapia completou a quarta sessão e com apenas um mês Thiago já considerava Ricardo mais que um irmão. Entre os dois não havia vergonha ou receio de admitir as próprias fraquezas. Ricardo, com seu jeito descontraído, ombros sempre relaxados e rosto sem rugas de recriminação, encorajava até as palavras mais tristes. Thiago falava sobre qualquer coisa, desde que o assunto não envolvesse Vanessa.

A garota era zona proibida. Um ponto mais delicado que os pensamentos que tinha quando olhava do alto dos vinte andares do prédio de seu apartamento. Eu temia a reação do novo amigo diante dos pensamentos suicidas de Thiago, até uma tarde no calçadão.

Thiago e Ricardo caminhavam olhando a praia, falavam de meninas e o amigo contou sobre a última namorada. O merdinha não tinha história similar para contar, mas ouviu com atenção quando Ricardo comentou que o namoro havia terminado quando a mãe da namorada cometeu suicídio e a família dela se mudou para outro estado. Thiago deixou escapar que entendia as pessoas que se matavam. Ricardo parou abruptamente e pela primeira vez se formaram grandes vincos em sua testa. Ele disse com olhos emocionados que Thiago não estava sozinho e que a morte nunca seria uma opção.

Seriam palavras vazias se tivessem saído da boca de outra pessoa, mas era exatamente o que o merdinha precisava ouvir de um amigo. *Um igual.* Ele sempre esteve rodeado de pessoas, mas a sensação de estar sozinho persistia e o acompanhava aonde quer que ele fosse, e no momento oportuno ela chegava... Sussurrando palavras, abrindo janelas e fazendo-o querer sentir o vento no rosto até seu corpo bater no concreto.

Nesse dia descobrimos que Ricardo era ateu. Ele passou duas horas explicando por que o suicídio era uma atitude errada na opinião dele. Thiago concordou com algumas observações e se calou quando o rapaz falou do irmão e como sentia falta dele.

"É uma dor tão grande que dá vontade de morrer. Mas até a dor é uma consequência de se estar vivo", Ricardo disse antes de ficar calado por um longo tempo. Thiago o acompanhou, e eles permaneceram sentados em uma parte alta do calçadão da praia de Icaraí, com os pés suspensos no ar, balançando vez ou outra. E, como se ninguém tivesse falado de morte, comentaram sobre o campeonato de futebol. Ao se despedirem com um barulhento aperto de mãos, Ricardo puxou Thiago para um abraço apertado.

— O que você acha de a gente chamar o pessoal do grupo de terapia pra dar uma volta depois da sessão? — Thiago tentou disfarçar, retirando os restos da bola de chiclete grudados no rosto. Como se sua intenção de um encontro duplo não fosse notada por Ricardo. — Comer alguma coisa, sabe?

— Sei, mas, quando você fala *pessoal*, está querendo dizer *as garotas* — Ricardo respondeu com ar debochado.

— É, né? Nada contra o Valter, mas às vezes ele é assustador.

— E você quer um tempo sozinho com a Vanessa, eu sei como é. Eu gosto da Júlia também.

— A Júlia tem um bom coração — ele respondeu, sem saber ao certo se a menina possuía algum grande atrativo que pudesse amenizar o problema dela com animais mortos.

— Porra, Thiago. — Ricardo empurrou o ombro dele. — Parece meu avô falando. Que mané bom coração! Ela é gata.

— E o lance dos animais mortos? — Nisso, Thiago avistou o homem dos yorkshires logo à frente e decidiu atravessar a rua. Sem entender muito bem o motivo, Ricardo copiou o movimento e eles saíram desviando dos carros.

Esses cachorros são o seu carma! Quase toda semana a gente cruza com esses bichos!

— O ponto de ônibus é desse lado. — Um carro buzinou alto e Ricardo fez um gesto pouco amistoso com os braços. — Por que você atravessou?

— Era o homem dos cachorros...

— Desencana, ele não deve lembrar da sua cara.

— Claro que lembra, essa bosta tá na internet. — De costas, Thiago tentou evitar olhar para o outro lado da rua. — Você mesmo é um dos desgraçados que não deixa esse vídeo morrer.

— Você é famoso, esse é o preço da fama, cara, aguenta. E se a gente chegar atrasado de novo vai dar merda. — Ricardo acelerou o passo. — Vamos, os terríveis cãezinhos já estão longe. — Com os olhos, ele acompanhou o homem entrar em uma loja de animais. — Você tem o número de uma das duas pra gente marcar logo?

— Não...

Que puta vacilo!

— Eu tenho a Júlia no Face. — Com o celular na mão, ele subiu no ônibus digitando uma mensagem. — Aonde nós vamos pra eu colocar aqui?

— Sei lá... — Thiago respondeu.

Cinema! É escuro e a garota não vai ver essa sua cara feia!

Como sempre, o merdinha não me ouviu. Combinaram de ir a uma lanchonete qualquer. Nunca vi ninguém largar um hambúrguer de forma dramática e dar um primeiro beijo apaixonado. Fala sério, o cinema era a melhor opção. Você fica junto, no escuro, e se tentar beijar a menina e ela não quiser ninguém vai ficar sabendo. Um encontro ideal para um cara idiota como o Thiago. E se fosse completamente horrível e não rolasse nenhum beijinho, ainda teria o filme para distrair.

Chegando ao prédio do consultório eles pegaram o elevador com o Valter, que mais uma vez mal olhou na direção dos dois. Um rapaz muito estranho, que mais parecia um bebê gigante e forte. O sujeito murmurava palavras apressadas, olhava várias vezes para eles e sorria. Ricardo aparentava estar bem relaxado, mas Thiago não. Deu um passo para atrás, nervoso.

Nunca vi maluco com medo de doido. Thiago, o cara fala sozinho igual a você. Acho que vocês podem ser grandes amigos.

Eu não falo sozinho, Thiago pensou, sem tirar os olhos do colega do grupo de terapia. Thiago ficou tenso, estalando os dedos. Tô falando *com você, seu parasita desgraçado. Mas com quem* esse cara *tá falando?*

Hum, tá revoltadinho?

Para aumentar o desespero, o doido olhava para trás e sorria de modo meio acanhado, como uma criança. Saíram do elevador. Thiago olhou para Ricardo, esperando para ver se encontrava o mesmo sentimento incômodo no rosto do amigo, mas este estava tranquilo. Ricardo já tinha sugerido algumas vezes chamar o Valter para sair com eles.

A secretária abriu a porta, cumprimentando a todos. Valter correu para ocupar o lugar da frente e ninguém ficou surpreso ao vê-lo assumir a posição habitual de olhar para a janela. O problema era que a janela havia recebido uma grossa película para escurecer o vidro e o céu, que, apesar de estar azul lá fora, se mostrava negro visto de dentro. Valter olhou para Thiago e depois para a janela, um pouco confuso.

— Parece que hoje vamos ter um fim de tarde diferente — Ricardo disse, tomando a frente e deixando o merdinha um pouco para trás. Não sei exatamente por que aquilo mexeu tanto com o Thiago. Ele ficou alguns segundos olhando para o Valter e suas bochechas vermelhas. As meninas já estavam em seus lugares, mas não notavam o clima pesado que tomava conta da sala. Observando o rapaz rigidamente sentado, Thiago teve pena, mas nada que impedisse o sentimento crescente de que concordava com ele. Ninguém deveria ter mexido na janela.

18

• • •

O Urso

Existem dias em que tudo muda na vida de uma pessoa. Vanessa acordou especialmente triste. Após tentar mudar a cor do cabelo de verde para rosa, a pobrezinha ficou muito mal. Os longos cabelos ficaram ressecados e com um tom marrom estranho, tipo "diarreia", ela disse chorando. O pior era saber que no fundo a mudança vinha para chamar a atenção do menino Thiago. Agora ela tinha que esperar alguns dias para descolorir os cabelos e encarar a terapia com o cabelo mais feio de sua vida.

— Urso... — Ela escondeu o rosto nas mãos. — Por que você me deixou fazer isso?

Minha princesa, você está linda.

— Minhas cores foram embora. — Ela levantava os cabelos na frente do espelho, tentando achar algum ponto colorido. — Eu tô parecendo um cocô.

Não tá, não! Olha esses olhos azuis. Coloridos, verdadeiros.

Ela fez um rabo de cavalo e me pôs na mochila. Com o passar das sessões de terapia, tudo aquilo se tornou mais tolerável e eu diria até que ela passou a gostar da companhia daquelas pessoas. O menino Thiago nitidamente estava interessado nela e a garota Júlia se mostrou uma boa amiga. Conversavam por mensagens quase todos os dias e já não era solitário sentar na cadeira dura por quase duas horas todas as sextas-feiras.

Vanessa chegou cedo e tomou seu lugar, torcendo para Júlia chegar logo e ela não ficar sozinha, tendo de encarar os olhares curiosos dos outros.

— Amiga, desfaz essa cara. — Júlia chegou, beijando o rosto de Vanessa animadamente. Era engraçado como a aparência dela passava uma impressão errada, de uma pessoa triste. Todo aquele cinza e a maquiagem pesada nos olhos enganavam à primeira vista. Com o passar do tempo, Júlia se mostrava muito divertida.

— Fiquei chateada, mas já passou. — Sem notar, a Nessa alisou os cabelos com as mãos.

— Então por que sua cara tá assim, como de alguém que comeu e não gostou? — Júlia sentou ao lado dela, puxando a cadeira mais para perto e desfazendo a formação da terapeuta.

— Vamos falar de outra coisa. — Vanessa colocou a mochila no chão e confesso que senti uma pontinha de ciúme, pois ela ficou muito animada, segurando a mão da Júlia, toda feliz, e me deixando meio de fora do assunto. — O que o Ricardo te disse? Nós vamos aonde depois da sessão?

Júlia mostrou a mensagem.

— Acho que ao shopping, mas não posso demorar. Tenho compromisso mais tarde, minha tia vai jantar lá em casa. Um saco!

— Sei como é. Vou ter que convencer meu pai a liberar umas horinhas do tempo comigo pra eu poder ir também. A gente sai daqui umas seis e meia e ele não vai querer jantar sozinho.

A terapeuta entrou na sala carregando as pastas de sempre. Os sapatos de salto faziam barulho, atraindo a atenção de todos. Júlia arrumou a cadeira e Vanessa se lembrou de mim. Ela me libertou do abafado interior da mochila e me colocou no aconchego do seu colo.

— Boa tarde — a doutora cumprimentou. — Como vocês estão?

Ricardo e Thiago entraram na sala e tomaram seus lugares. Os quatro se olharam, cúmplices sobre o encontro marcado. Vanessa viu Júlia fazer sinal com os olhos para Ricardo, demorando a compreender que ela perguntava por meio de gestos se o Valter também iria. E se sentiu mal quando o amigo balançou a cabeça em negativa, porque, no fundo, ela também desejava que fossem só os quatro, feito dois casais em um encontro romântico.

— Podemos começar? — a terapeuta perguntou muito animada. Com a confirmação de todos, ela se virou para Júlia. — Júlia, você pode contar como foi o seu desafio da semana para o grupo?

Júlia ficou tensa. Eu sabia bem o motivo e me perguntava se ela contaria a verdade do desafio da semana. Seu problema era complicado, a doutora queria que a menina se desfizesse, ou melhor, jogasse fora um dos esqueletos no quarto. A Júlia ama animais e acha que eles estão vivos mesmo depois de não estarem. Por esse pequeno detalhe, ela tem dificuldade de se desfazer do corpo dos bichinhos depois que eles morrem.

— Eu amo os animais. — Ela respirou fundo. — Amo todos os animais e posso conversar com eles. — Olhou para Vanessa e, como sempre, fiquei orgulhoso da minha menina, que incentivou a amiga com um sorriso bonito e sincero. — Meu desafio da semana foi me despedir de um dos meus amigos.

— Quem você escolheu, Júlia?

A menina soltou o ar com força para dizer o nome em voz alta.

— Meu amigo Jorge, um porquinho-da-índia.

— Há quanto tempo ele morreu, Júlia?

— Três semanas. — Vanessa detectou um leve embargo na voz da amiga, que aproveitou o barulho da cadeira de Valter para se acalmar antes de prosseguir. — O Jorge foi um bom amigo, sempre feliz, nunca brigou com os outros. Você disse que eu me sentiria melhor se o enterrasse, se me despedisse, mas eu não me sinto assim. — Júlia ficou séria. — A Vanessa foi até a minha casa e acompanhou a cerimônia de sepultamento. — Ela esticou a mão em agradecimento e Vanessa a apertou. — Mas agora o Jorge tá lá debaixo da terra, sozinho...

Como eu disse, há dias em que tudo muda na vida de uma pessoa. Interrompendo o relato de Júlia, uma cadeira foi arrastada com violência, batendo o ferro no concreto do chão. Valter estava de pé com as mãos fechadas, seu rosto meio infantil ficando assustador. Ele mostrava os dentes feito um animal e gritou apenas uma frase:

— Ninguém vai me enterrar! — E avançou as mãos gordas em direção à terapeuta, que tentava falar devagar e acalmá-lo. — Eu não vou ficar sozinho! — o rapaz acrescentou, a saliva respingando da boca e grandes veias pulsando na testa muito vermelha.

As coisas pareciam acontecer em câmera lenta. Júlia retraindo o corpo e apertando a mão de Vanessa com força, as duas se olhando, aterrorizadas. Primeiro chegou o susto com os gritos de Valter e depois veio o medo. Vanessa pensou que essa era a primeira expressão verdadeira que ele demonstrava. Uma máscara de ódio roubou aquela imagem das bochechas rosadas e o riso acanhado com a cabeça levemente inclinada. Vanessa me apertou no colo e pensou que aquele era o verdadeiro Valter.

— Valter, vai ficar tudo bem — a doutora repetia. Apesar de firme, ela parecia pequena diante do tamanho e da fúria do rapaz descontrolado. — Estamos em um ambiente seguro. *Você* está seguro. — Todos ficaram olhando para o Valter, parado, bufando, e acredito que tudo fez sentido na cabeça dele no momento em que ele olhou para a janela. De algum modo a janela dizia que ali não era seguro, porque a visão do céu era falsa. *Artificial.* — Você não prefere se sentar um pouco?

Então ele atacou.

Com um soco poderoso abriu o lábio inferior da terapeuta. A cadeira dela caiu para trás e todo mundo gritou. Ela bateu forte com a cabeça no chão e ficou atordoada, incapaz de se levantar. Chamou a secretária e sua voz saiu embolada com o sangue. Valter investiu em um novo ataque e ficou por cima dela. Pressionando a mulher no chão, com a mão esquerda, ele empurrava o braço direito da terapeuta contra o peito, imobilizando-a completamente. Com a outra mão, ele apertava o pescoço dela. A secretária apareceu na porta, levou as mãos ao rosto e saiu correndo para pedir ajuda.

Vanessa fechou os olhos, a quantidade de sangue e o corpo sem reação da doutora a paralisavam também. A mulher parecia morta. Eu até queria dizer alguma coisa para acalmar a minha menina, mas, se ela não conseguia olhar a cena e reagir, eu também não conseguia. Fiquei ali, estático, como se *realmente* fosse um objeto inanimado.

19

• • •

A Voz

BATE NELE! BATE NELE! Ca-ra-lho, Thiago, ele vai matar essa mulher!

A reação do merdinha não me surpreendeu. Ele correu para proteger a menina e o urso idiota. Ficou alguns segundos vendo o Ricardo tentar arrancar o Valter de cima da terapeuta. Foi um som que o despertou, ossos se quebrando, talvez. Imagino que tenha sido o nariz da mulher se desfazendo com um golpe do gordão. Thiago fez uma careta e correu para acudir, tentou segurar o braço do Valter, mas não conseguiu.

Soca a cara dele!

Thiago cerrou o punho e olhou o rosto ensanguentado da doutora. O medo inicial e o tremor se misturaram à raiva, e o merdinha deu um soco violento no rosto do Valter. O grandalhão o encarou, depois socou novamente a terapeuta. Um jato de sangue espirrou, sujando a camisa do merdinha.

Frangote! Bate com força!

A secretária entrou na sala com mais dois homens. Um deles usava um jaleco branco e tinha uma máscara descartável pendurada no pescoço. Eram um dentista e seu paciente do consultório ao lado. Só me pergunto se a voz esganiçada do segundo homem era daquele jeito mesmo ou se ele estava com a boca anestesiada. Eles gritavam para o Valter parar, mas foi preciso muita força física e quatro homens para contê-lo. Três e meio, porque o merdinha não fez quase nada e ainda levou um chute nas costelas enquanto segurava uma perna do doido.

Cacete, Thiago. O primeiro soco que você deu na vida não fez nem cosquinha.

A polícia e a equipe de paramédicos chegaram um tempo depois e a terapeuta foi levada desacordada para o hospital. Thiago desejava abraçar Vanessa e consolá-la, mas não teve forças. Ficou sentado no chão, sujo de sangue e com a mão latejando.

E não é que uma vez na vida o merdinha tinha razão ao ficar com o pé atrás com o bebê monstro? Mas o bicho é azarado demais! Justo no dia em que ia sair com a menina arco-íris, um maluco resolveu desfigurar o rosto da terapeuta. Nunca gostei da mulher, uma mala sem alça de terninho, mas também não era para tanto. Coisa horrível de ver... Sangue para todo lado, gente gritando.

Em poucos minutos, toda a situação virou um circo. Polícia, bombeiros e pais preocupados lotaram os corredores. Thiago só queria ir embora, principalmente depois de ver Vanessa aos prantos abraçada ao pai.

Puta que pariu! Que dia horrível, cara!

Cala a boca, só quero deitar e esquecer tudo isso...

Thiago chegou em casa morrendo de vontade de se jogar na cama e esquecer aquilo tudo. O pensamento do merdinha era muito lento e custou para chegar à óbvia conclusão:

A única ligação dele com os novos amigos era a terapia.

Ou seja, na próxima sexta-feira ele faria qualquer coisa, menos se sentar em uma cadeira dura e falar um monte de coisas que preferia esquecer.

Tirando o Ricardinho-Tenho-Medo-de-Coelho, você não vai ver mais as meninas.

Se bem que a menina colorida estava bem estranha.

Você notou o cabelo marrom-diarreia dela?

— Dá um tempo, voz dos infernos! — Ele olhou para a caixa amarela e naquele momento eu soube que ele cogitava se drogar para me calar.

Golpe baixo, merdinha. Só tô falando a verdade. Esse seu grupinho já era.

Alguém bateu na porta do quarto e entrou apressado. Era o Gustavo, todo suado e fedendo dentro do uniforme do futebol.

— Cacete! Me fala o que aconteceu! Seus amigos malucos mataram a médica? — Deixou a mochila cair no chão e a voz de Adriana entrou pela porta: "Gustavo! Deixa seu irmão em paz!"

— Não enche o saco, Gustavo. — Thiago respondeu, desanimado. — Sai do meu quarto.

— Fala logo, moleque. Vem cá, você não tá envolvido no assassinato dela, né? Eu sempre te achei meio psicopata... Primeiro você tentou matar aqueles cachorrinhos, e agora isso.

— Mãe! — Thiago gritou. — Tira o Gustavo daqui!

Adriana apareceu na porta, irritada. Gustavo saiu apontando o dedo para Thiago. Aquilo seria uma chatice. Esquecer o incidente seria impossível. Talvez fosse melhor contar tudo para o irmão, assim ele pararia de fazer perguntas.

Pegou o celular e mandou uma mensagem para Ricardo, que não visualizou antes da sexta-feira virar sábado.

Eu sou seu único amigo. Por que ainda não aceitou isso?

— Você é uma voz patética e mal-educada dentro da minha cabeça. E fique sabendo que eu tenho amigos.

Tirando os nerds do cursinho e o clube dos retardados, que aliás acabou, admita, você não conhece mais ninguém.

O malditinho levantou e tomou uns quatro comprimidos da caixa amarela.

E então eu apaguei.

Bom dia. Acorda porque a sua vida ainda é uma merda e dormir o dia todo no sábado não ajuda. Seu celular tá tocando.

— Alô. — Thiago atendeu sem verificar quem ligava. Uma voz meiga respondeu do outro lado.

— Oi... — Pigarro. — Aqui é a Vanessa... Do grupo de terapia.

A palavra mágica "Vanessa" paralisou qualquer chance de reação do merdinha.

— Oi... Thiago? Desculpa te incomodar, não deve ser um bom momento...

— Não! — ele gritou, apertando o celular no rosto.

— Tchau...

— Vanessa! — Thiago gritou e, pelo barulho do outro lado da linha, ela tinha deixado o telefone cair com um baita susto. — Que isso, não tem problema nenhum. É um ótimo momento, é um momento perfeito, mais que perfeito.

Que papo é esse, garoto? Aula de português? Pretérito perfeito, mais-que-perfeito... Você é patético! Chama a menina pra sair.

— Que bom. — Silêncio do outro lado. — Você está bem com tudo que aconteceu ontem?

— Estou. E você? — A velocidade com que ele falava era assustadora, ainda mais levando em consideração que ainda estava sob o efeito dos tranquilizantes.

— Bem...

Ele esperava que Vanessa dissesse mais alguma coisa, mas a garota já tinha dado o primeiro passo, não custava nada ele facilitar. Thiago ficou parado, ansiando por ouvir alguma coisa. Até o som da respiração dela era bom.

— É isso. — Respiração e ansiedade. — Tchau.

CA-RA-LHO! Garoto idiota. Era pra você ter convidado a menina pra sair!

Vanessa desligou e Thiago ficou com cara de idiota. Sei que dizer isso é redundante, mas não consigo sentir pena desse moleque.

— Não. Não. Não. — Ele balançou a cabeça, desnorteado. — Ela desligou. Mas só de ter me procurado já é um bom sinal.

É sinal que você não teve colhões para convidar a menina pra sair.

Seu fracassado!

Pelo menos a ligação despertou o merdinha. Ele não cogitou tomar mais nenhum remédio e começou a pensar que talvez não fosse o fim da amizade do quarteto perturbado. Falar com a menina ao telefone lhe deu energia para começar o dia e enfrentar a enxurrada de perguntas de Adriana e Gustavo. Seu pai estava furioso com o ocorrido e, munido de uma preocupação nada paterna, esbravejava como a situação exigia um processo contra a terapeuta.

Thiago chegou até a pensar que Santiago se preocupava em como a cena grotesca poderia traumatizá-lo, mas, quando o discurso se desenvolveu um pouco e a mesma ladainha de sempre se repetiu, deslizou no sofá e fechou os olhos. Santiago se preocupava com todos ali, suas carreiras e imagens, mas, com relação a Thiago, o garoto problemático, era como se ele não tivesse mais salvação.

Quer saber? Seu pai é um cuzão. Vamos pensar na garota arco-íris tomando banho que é melhor pra todo mundo.

Desobediente, o merdinha ficou pensando em como manter contato com Vanessa e o grupo.

20

• • •

O Urso

— O que ele falou? — Júlia pulava, fazendo estardalhaço na padaria.

— Nada. — Vanessa olhou para o telefone com tristeza. As mãos estavam suadas. — Acho que o acordei. Nossa, já são onze horas. — Colocou o celular no bolso e se apressou para se despedir de Júlia. — Tenho que ir, meu pai está me esperando para almoçar.

— Peraí. Não vai querer mais o sorvete? — Júlia perguntou, aflita, empurrando o dinheiro na mão da balconista. — Me encontra amanhã, então.

— Tudo bem. Mais um motivo para não me atrasar, senão meu pai vai embarreirar.

Júlia correu e entregou o picolé para Vanessa, que apertou o passo, se afastando. A menina ficou para trás. Vi pela abertura da mochila que ela pensou em nos seguir, mas parou. Nós três sabíamos que Vanessa precisava de um tempo para pensar. Ela se sentia feia e sozinha, a casa do pai lhe trazia solidão. Voltou ao apartamento levando os ingredientes que faltavam para o almoço.

— Demorou — o pai falou ao abrir a porta. — Já ia descer atrás de você.

— Estava conversando com uma amiga.

— Alguém aqui do prédio? — ele perguntou, animado, pegando a sacola das mãos de Vanessa. — É a filha do advogado? Eu sabia que vocês iam se dar bem...

— Não, pai. Eu encontrei a Júlia na padaria.

— A menina da terapia? — ele indagou, fechando a cara. — Vocês são amigas, agora?

— Era isso que você queria, não era? — Vanessa fechou a porta. — Amigos de carne e osso.

— Sim — ele disse, tirando as compras da sacola. — Mas eu quis chamar a Vivian, ela é daqui do prédio, joga vôlei, sabia? Se quiser posso chamá-la para almoçar com a gente. — Notando a cara amarrada da filha, ele acrescentou: — Ou então por que você não chama aquela sua amiga da escola? A Jéssica.

— Prefiro chamar a Júlia. — Vanessa sentou no sofá e pegou o celular. — Ela mora aqui perto, posso ligar para ela.

— Não, acho melhor não.

Eles ficaram se olhando. Vanessa desafiando o pai a dizer o que pensava.

— Por que a Vivian, uma menina que eu nem conheço, pode almoçar aqui, e a Júlia, que é minha amiga, não pode? — inquiriu, apertando o celular entre os dedos.

— Não aprovo essa amizade. Essa casa é minha e eu tenho o direito de não querer receber gente como essa Júlia. — O pai jogou os legumes dentro da pia. — Você viu o que aconteceu ontem.

— Eu sou gente como a Júlia, pai. — Ela se levantou com lágrimas nos olhos. — Então você podia facilitar as coisas e não me querer aqui também.

Vanessa correu para o quarto, o pai saiu falando atrás, e eu fiquei sozinho no sofá. Fui esquecido para ouvir as reclamações do homem mais desprezível do mundo. Deixado para trás dentro da mochila velha e fedida. Fiquei apurando meus ouvidos de pano, tentando captar o som da maçaneta da porta do quarto dela girando.

Um breve esquecimento! Ato de emoção.

Passaram-se alguns minutos e Vanessa não veio me buscar. Seu pai ligou para a ex-esposa. O passatempo preferido dele sempre foi reclamar.

— Agora sua filha insiste em ser amiga de uma menina desequilibrada — sussurrou ao telefone, um tom de raiva palpável em cada palavra. — Não vou ficar calmo, essa menina é má influência. Pelo amor de Deus, ela guarda animais mortos dentro do quarto! — Silêncio. Irritação, a cabeça balançando para os lados, negando qualquer argumento. — Não quero a Vanessa andando com essa gente! Você viu o que um desses doentes fez com a doutora?

Ele desligou o telefone e saiu do meu campo de visão. Acho que interrompeu a fala da ex-esposa, desligando antes que ela terminasse, pois, além de não ter se despedido, jogou o celular no sofá. O aparelho bateu no assento macio e voltou, caiu no chão emitindo um som preocupante de coisa quebrada. Furioso, saiu do apartamento batendo a porta, em parte por conta da raiva, mas acredito que o barulho era também um recado para Vanessa.

Então ela se lembrou de mim. Veio sorrateira pelo corredor, tentando descobrir se estava sozinha no apartamento. Olhou o celular no chão e veio em minha direção.

— Ah, Bobo — disse, me libertando da mochila. — Deixei você aqui sozinho com ele. — Mesmo magoado, recebi agradecido aquele abraço caloroso. — Esse fim de semana tá horrível. O que acha de ver um filminho debaixo das cobertas?

Só se for Irmão urso, *o melhor filme de todos os tempos.*

— Na verdade é um desenho animado bem velhinho. — Ela andou até a janela e pôde ver o pai atravessar a rua lá embaixo, indo em direção ao bar. — Um filme que eu já cansei de ver. — Soltou o ar de forma triste.

A tarde passou sem nenhum momento de relaxamento. Por mais que Vanessa dissesse como era gostoso tomar chá quentinho com o ar-condicionado ligado no 19, como o filme *Irmão urso* era realmente bom, tudo em seu corpo denunciava a angústia. A chave passada na porta do quarto, as comidas estocadas e até um balde e um rolo de papel higiênico no cantinho, escondidos da visão.

Tudo representava uma época perdida nas lágrimas da infância. Coisas que sussurrei em seus ouvidos quando pressentia o perigo em sair do quarto. Foram as maneiras de uma menina de dez anos se defender de um pai alcoolizado. Agora, quase adulta, Vanessa repetia um ritual infantil, cantarolando músicas como se tudo fosse normal. Mas seu corpo transparecia medo. A cada som um pouco mais alto, seus ombros se retraíam.

Será que ele vai beber? O que significaria uma recaída depois de anos de sobriedade? O medo passou a comandar seus olhos, constantemente desviados para a porta do quarto, à espera de uma mão sorrateira girando a maçaneta devagar.

Até que ele chegou.

As chaves brigando com a fechadura. Ecoando um tilintar enjoado pelo sétimo andar. *Muito demorado. Chaves de um homem bêbado.* O maxilar de Vanessa trincou e o bruxismo retornou alto e veloz. Incapaz de se conter, Vanessa levantou na ponta dos pés e colou o ouvido na porta. Apertou o botão de "pausa" do filme.

— Vanessa! — o pai gritou na sala.

E, diante dos meus olhos, ela parecia a mesma menina de sete anos atrás. Perdida dentro do próprio corpo. Lutando para encontrar uma saída ou ao menos um lugar para se esconder. O arrastar de pés chegou ao corredor, acompanhado de pequenas batidas na parede.

— Va-nes... — Dessa vez a voz falhou e morreu com o baque do seu corpo na porta do quarto dela. A mão grande e incerta tentando abrir a porta em vão. — Abre! — gritou, fazendo minha menina deixar que uma grossa película brilhante turvasse seus olhos, as mãos segurando a boca... — Desculpa seu pai...

O que aconteceria se os lábios escorregassem por entre os dedos e gritassem alto por socorro?

Restou apenas o silêncio. O filme congelado na televisão em uma das cenas finais, em que os personagens se abraçavam. Vanessa sentou no chão, segurando os joelhos com a cabeça baixa. Não chorou. Vez ou outra os dentes rangiam e logo paravam. Opostos em tudo relacionado a ela. O balde foi usado, e, no momento da humilhação, desejou abrir a porta e despejar a urina no pai. Um pensamento suficientemente entristecedor para deixar uma lágrima escorrer.

Vamos dormir.

Pedi e ela aceitou. A noite foi péssima. Com cheiro de urina e lembranças. Mas ainda assim foi melhor que uma daquelas noites do passado, quando a porta não fora trancada.

21

• • •

A Voz

— Você não conversa com a gente, Thiago. — Adriana colocou mais um item que ninguém consumiria na mesa de café da manhã. — Teve que acontecer essa coisa terrível para sua família ficar sabendo que essa terapia era perigosa. — O quinto pote de geleia era posto sobre a mesa. — Seu pai devia processar essa terapeuta por expor você a pessoas violentas.

— O Thiaguinho não tá longe, mãe. — Gustavo encheu a boca de comida, tentando esconder o riso, e nós sabíamos que tudo em seguida seria provocação. — Afinal ele atacou aqueles cachorrinhos.

— Gustavo! — a mãe gritou, intimamente magoada. — Isso não é assunto para o café da manhã. — Todos ficaram em silêncio e o rapaz baixou a cabeça.

— Não aborreçam a mãe de vocês. — Santiago levantou com o mesmo ar aborrecido de sempre. A roupinha ridícula de caminhada no calçadão. — Vamos, Gustavo, deixe sua mãe tomar o café dela em paz.

Como eu odeio esse cara. O maldito nem falou com o Thiago, ignorou a presença dele. Para compensar, Adriana esticou a mão em cima da mesa, afastando a aglomeração de potes de geleia. Não disse nada. Apenas apertou a mão do filho durante alguns segundos.

— Eu gostei dessa geleia de pêssego — Thiago falou, na tentativa de evitar que uma lágrima grossa escorresse pelo rosto dela.

— Que bom, meu filho. É sem açúcar. — Adriana levou o guardanapo até os olhos e voltou a assumir o sorriso de lábios esticados. — Estou pensando em fazer de abacaxi, acha que vai ficar gostoso?

— Acho que sim — Thiago respondeu, aumentando a voz para bloquear o som do pai e do irmão, que conversavam animados sobre as lutas do UFC, uma coisa só deles, mais uma da lista que excluía Thiago. — Vai combinar com a receita de crepe.

— Vou fazer esta semana. Minhas seguidoras vão amar.

— Pode deixar que eu tiro — Thiago disse, enquanto a mãe já recolhia as coisas do café.

— Obrigada, filho. — Ela beijou a testa dele, afetuosa. — Não esquece os remédios. — E, se não fosse essa última frase, poderia ter sido um café da manhã de uma família normal.

> *Ela é uma boa mulher, não sei por que casou com o escroto do seu pai.*

Todos saíram para as saudáveis atividades de domingo no calçadão da praia de Icaraí. Thiago ficou sozinho, não completamente porque eu estava bem acordado, mas de saco cheio de ficar em casa.

> *Já que você é um cara sem colhões pra ligar pra garota, manda uma mensagem pro cabeludo loirão e vamos fazer alguma coisa hoje.*

— Quero ficar em casa...

> *Olha só, seu bosta! Vou te infernizar se não me tirar desta caixa de concreto de gente rica e sem graça! Quero ir pra rua e ver garotas bonitas. Você parece que nunca vai entrar na puberdade, mas eu tenho desejos que precisam ser atendidos.*

— O problema é seu, vai ler uma revista. — Ele recolheu a mesa do café, exatamente como a mãe fazia. Tudo bem devagar. Empilhando potes dentro do armário. — Eu tô bem de boa. — Era isso que o merdinha respondia, mas lá no fundo surgiu a vontade de se encontrar com os amigos retardados. — Vou estudar, o vestibular tá chegando.

Você é patético. Francamente, tentar mentir pra mim? Pega logo essa merda de celular e manda uma mensagem pro Ricardo. Ou vai ter crise de pânico de falar com macho também?

Vai se foder...

Tecnicamente, você já tá se fodendo. Aliás, sempre esteve.

Thiago
Blz?

Ricardo
Blz. Tua mãe tá surtando como a minha?

Thiago
Sim. Mas já saiu de casa.

Ricardo
A minha tá rezando e agradecendo por eu estar vivo.

Thiago
Tá de bobeira?

Ricardo
Na verdade a Júlia quer encontrar a gente mais tarde.
Eu já ia te ligar.

Thiago
Blz então.

Finalmente alguma coisa boa. O merdinha largou o celular e correu para tomar banho. A pior parte do meu dia. Eu seria infinitamente mais feliz se estivesse preso dentro do corpo de uma mulher, mesmo se fosse feia. Esse corpo cabeludo é ruim demais, e nessas horas eu lamento por ele não estar chapado. Thiago saiu do banheiro enrolado na toalha e ficou igual uma menininha escolhendo que roupa usar.

Veste qualquer coisa. Senão vai ficar igual a esses turistas idiotas na praia.

Tive que falar muito para ele desistir de usar um chinelo de couro estranho, coisa de velho. Duas horas antes do combinado, Thiago já estava pronto e saiu para se encontrar com a família no restaurante de sempre. Todo domingo o programa era o mesmo. Chegou todo perfumado e deixou a mãe feliz. Ele comeu rápido para ir embora logo e ignorou as piadinhas de Gustavo.

Chegar bem mais cedo que o horário combinado era uma estratégia do Thiago. Assim não era ele quem precisava andar na direção da pessoa e podia ficar sentado fingindo que estava distraído, olhando para o mar sem se importar muito com tudo. Uma baita mentira. Ele começou a ficar nervoso quando deu o horário combinado e o Ricardo não aparecia. *E se fosse a Vanessa que chegasse primeiro?* — um pensamento assustador, principalmente depois da ligação desastrosa do dia anterior.

Merdinha, não dá chilique, mas a garota tá do outro lado da rua.

Obviamente, ele paralisou. Vanessa chegou com rosto abatido, e isso despertou uma ferocidade nele. A timidez deu lugar a um sentimento de proteção que poucas vezes eu vi.

— Oi — ela disse, sentando ao lado dele. Era um domingo ensolarado e eles combinaram de se encontrar perto do ponto de ônibus, embaixo de uma grande árvore. Alguns raios de sol passavam pelas folhas. Uma tarde de tempo aberto, céu azul e mar calmo.

— Você tá legal? — Thiago perguntou.

— Mais ou menos. Fiquei bem triste com tudo que aconteceu — ela respondeu, ajeitando o urso entre eles.

— Eu também...

O assunto morreu antes de começar. Ficaram olhando o mar. Thiago extremamente preocupado com ela, enquanto a menina tentava contato com Ricardo e Júlia.

— Valeu por me ligar ontem.

Pelo amor de Deus, Thiago! Fala uma coisa bonita pra ela.

— Não foi nada — ela respondeu, guardando o celular. — Minha mãe me ligou hoje de manhã e disse que o grupo de terapia vai acabar. A secretária da doutora indicou outros médicos pra gente retomar o tratamento individual.

— Eu já imaginava. Você teve alguma notícia da doutora? — Seus olhares se cruzaram, filetes de sol banhando o rosto de Vanessa. A menina abriu a boca para dizer alguma coisa, mas se calou. Não faço ideia do que a distraía, mas Thiago se perdia no fundo daqueles olhos azuis. Ele se emocionava ao notar as nuances da cor deles. Eram olhos pontilhados com um traço de tristeza. Não eram olhos comuns; pareciam ter visto muitas coisas, bem além do tempo que a menina tinha de vida.

Uma pessoa com alma antiga, Thiago pensou.

Para com essa merda, quanta besteira. Diz que ela tá muito gata! Mulher gosta disso, seu merda!

— Acho que ela fez uma cirurgia no rosto — Vanessa respondeu, fitando o horizonte e mexendo no cabelo. Escondendo-se atrás dele, na verdade. Certamente tentando evitar outro momento constrangedor, em que fosse obrigada a encarar o garoto mais sem jeito com mulheres que já existiu na face da Terra.

— Você está linda — ele disse secamente e, pela fisionomia estranha no rosto da garota, foram as piores palavras que ela tinha ouvido em todo o fim de semana.

Vanessa se levantou, e eu achei que ela fosse embora. Por sorte, eram Júlia e Ricardo que estavam chegando.

— Oi, gente — Júlia cumprimentou antes de sentar ao lado de Vanessa. Ricardo pulou na areia e ficou num nível mais baixo que os três.

— Vocês demoraram... — disse Vanessa, levantando a sobrancelha para Júlia, que sorria sem fazer questão de disfarçar o atraso proposital.

— Deixa de reclamar, a gente sabia que você estava em ótima companhia. — Ricardo piscou o olho para Thiago. — Vocês estavam conversando sobre o quê?

— A Vanessa confirmou aquilo que nós já conversamos sobre a terapia. — Thiago fez uma pausa. Dois cachorros se estranhavam no calçadão atrás deles. O latido fino do poodle era alto e ridículo diante do pastor-alemão. — Já ligaram pra mãe dela. O grupo acabou mesmo.

— Aquilo foi uma loucura... — Ricardo constatou, balançando a cabeça com seriedade, mas arrancando um riso de Júlia.

— Quando terapia não for mais pra gente louca, me avisa porque não vou mais querer fazer. — A alegria dela contagiou o grupo e todos riram.

Thiago olhou para os três e viu que sentiria muito a falta deles. Eram amigos, unidos pelas fraquezas. Atormentados pelo imaginário.

— O grupo não precisa acabar — disse Thiago, com os olhos brilhando e cheios de energia, como uma lanterna cem por cento carregada.

— Meu pai não vai querer mais um tratamento como aquele — Vanessa informou com tristeza. — Então, mesmo que outro médico assuma nosso grupo, não contem comigo.

— O grupo não precisa acabar. — Thiago pulou na areia ao lado de Ricardo. — Podemos continuar nos encontrando no mesmo horário. Toda semana.

Tá fazendo merda, garoto. Isso não vai prestar.

— Eu gostaria de me encontrar com vocês toda semana. — Vanessa se animou. — Mas vamos continuar com os desafios da doutora?

— Só se a gente quiser. Esse vai ser o nosso clube. — Ricardo apertou o ombro de Thiago, apoiando a ideia.

— Sim — Júlia concordou, pulando na areia também. — Um clube só nosso.

Júlia e Thiago esticaram a mão para Vanessa descer e se juntar a eles na areia.

— O clube dos amigos imaginários — Thiago o nomeou.

Vanessa foi a primeira a dizer o nome em voz alta depois dele. Eles não se esqueceriam daquela tarde de domingo. O sol refletindo nos óculos de Júlia, a areia entrando nos tênis de Ricardo, e as mãos de Thiago e Vanessa entrelaçadas por muito mais tempo que o necessário.

22

• • •

O Urso

Faltando poucos dias para o aniversário de Vanessa, o clima ruim do trágico fim de semana ainda contaminava a família. O incidente com a terapeuta, a recaída do pai e, por fim, a discussão deles resultaram em uma semana estranha.

— Mãe, eu vou continuar me encontrando com meus amigos da terapia. — A macarronada esfriava no prato dela. — Você e meu pai falam tanto que eu preciso de amigos de verdade...

— Vanessa, facilita as coisas. Seu pai está muito chateado com tudo isso.

— Meu pai? — Ela se levantou. — Quem tem que estar chateada sou eu! — Soltou os talheres no prato, chamando a atenção das pessoas no restaurante.

— Por favor — a mãe disse entredentes. — Senta aí.

Os clientes do restaurante cochichavam. Um adolescente riu ao ver Vanessa me segurando pelo braço. Ela não sairia sem mim, a mochila tinha ficado no carro e eu fui no colo dela.

— Eu tenho dezessete anos. — Vanessa sentou e empurrou o prato para a frente. — Não faz o menor sentido vocês quererem controlar as pessoas com quem eu tenho amizade.

— Veja o que aconteceu, minha filha. — A mãe tomou um gole d'água. — A médica teve o rosto desfigurado. — Visivelmente nervosa, a mulher tentava pegar a mão de Vanessa, que recusava a aproximação. — E essa menina de quem você é amiga guarda animais mortos. Isso não é saudável. Não vejo como essa amizade pode ser boa para você.

— Essa menina tem nome. É Júlia.

— E os outros? Quero o número de telefone dos pais deles. Quero conhecer o problema deles...

— Isso não vai acontecer, mãe — Vanessa interrompeu. — Ninguém é criança.

— Por favor, vou ficar menos preocupada. — Ela ajeitava os óculos daquele modo que fazia quando queria se desculpar, mas foi incapaz de comover Vanessa. Ela estava magoada. Por que tudo tinha que ser difícil para ela? Nada era simples. Qualquer saída ou programa um pouco fora da rotina era uma comoção familiar, tudo discutido à exaustão com a mãe, depois com o pai.

— Só que isso não vai acontecer, mãe. Quando você vai perceber que eu não sou mais criança?

— No dia em que você se comportar como uma pessoa adulta. Você ainda é uma criança que tem medo do escuro e conversa com um urso de pelúcia.

O ar dentro do restaurante pareceu tóxico para Vanessa. Ela prendeu a respiração e baixou a cabeça. Retomou os talheres, a postura de uma pessoa que não estava habituada a usá-los. Segurando o garfo com firmeza, encheu a boca acima da capacidade.

— Me desculpe — disse a mãe, visivelmente arrependida.

As lágrimas caíram sobre a comida, mas Vanessa levou o garfo cheio de macarrão frio e salpicado do choro silencioso até a boca uma segunda vez. Quase uma punição para sua fraqueza. *Eu sou uma idiota mesmo!*

> *Não faz assim, Nessa, por favor, pare de chorar. Ela não disse por mal.*

Terminou a refeição em dois minutos e levantou, rígida, sem encarar o rosto da mãe.

— Eu já acabei, vou te esperar no carro. — Saiu sem receber resposta. Pegou a chave do carro em cima da mesa e foi para o estacionamento.

Você tem que ficar calma.

Esse é o problema, Urso, nós dois temos que ficar.

Permaneci calado e a deixei chorar. Cada lágrima representava algo diferente. Coisas escondidas por tanto tempo que a gente chega a acreditar que elas nem existem. *Pesadelos.* Vanessa viveu um longo período assim, entre pesadelos silenciosos e palavras proibidas. "O nome tem poder, dizê-lo lhe dá força", ouvimos certa vez um antropólogo falar isso em um documentário na televisão. Isso foi lá pelos onze anos de Vanessa. A imagem mostrava a cena de um exorcismo e, quando o nome do mal era dito, ele se revelava. Era um momento em que sua força podia ser expressada, mas, ao saber o nome do mal, o exorcista também tinha poder sobre ele.

Eu me lembro bem da expressão no rosto dela e o pensamento que se enraizou em seu cérebro infantil. Dizer as coisas em voz alta fortalecia o mal, criava confrontos e brigas, e isso não nos interessava. Tínhamos muito disso em casa diariamente. Mas uma pessoa precisa ter algum espírito de luta, senão a vida passa por cima dela. Minha menina lutava em silêncio, eu incentivava, porque aparentemente tudo estava bem. Como uma xícara que tem uma fissura quase imperceptível e o dono insiste em enchê-la de chá quente. Tudo aparenta normalidade até que a cerâmica se quebra em sua mão e o queima.

Vanessa mordeu o punho fechado, outra coisa que aprendemos vendo televisão. Queria gritar e me sentia inútil ao seu lado. Minhas palavras quase não atingiam seu desespero. Lutar por aqueles amigos ia contra a posição passiva de aceitar as coisas sem discutir. O chá era quente demais, e a fissura, prestes a se estilhaçar, precisava ser poupada ou se partiria em pedaços.

Vanessa, se acalma, não vale a pena entrar em guerra com todo mundo. Se ficar brigada com sua mãe e seu pai, quando vamos ter paz? Você sabe que ela não falou aquilo por mal...

— Nunca é culpa dela, não é, Urso? — Vanessa olhou para mim e eu me apavorei com o vermelho assustador de seus olhos. — Se ela quisesse controlar a minha vida, devia ter feito isso há muito tempo, não acha? Agora eu sei me cuidar. Nós sabemos.

A ferida fora aberta e só uma boa dose de amor seria capaz de fechá-la. Pigarreei e puxei uma música. Mesmo que ela não fosse capaz de curar minha garotinha, pelo menos pensar nela afastaria um pouco os pensamentos ruins.

Quem sabe eu ainda sou uma garotinha

Esperando o ônibus da escola. Sozinha.

23

• • •

A Voz

— Vou receber uns amigos na sexta, tudo bem, mãe? — Thiago perguntou e os olhos de Adriana brilharam. — Na verdade está combinado que vou recebê-los todas as sextas por um tempo, mas não se preocupe com nada. — Continuou mexendo no celular, como quem fala algo desimportante. — Vamos ficar no meu quarto e você não precisa fazer nada para comer. — A alegria abandonou o rosto dela quando a compreensão se abateu. — Esses amigos são do grupo de terapia?

Apesar de detestar essa mulher, tenho que admitir que a bruxa cara de pó soube esconder o descontentamento. Claro que o botox deve ter ajudado a manter a cara maquiada sem expressão. Thiago deixou para contar a novidade na quinta, na vã esperança de a mãe ter um compromisso inadiável e não ficar em cima dele e dos amigos. A estratégia deu certo. Todos iam torcer para o irmão Gustavo em um dos vários esportes em que ele era muito bom e sempre ganhava medalhas. Só para reforçar o apelido do irmão de "Ouro Olímpico".

A sexta se arrastou pelo calendário e demorou uma eternidade. Não que eu estivesse ansioso para rever um bando de moleques retardados.

> *Você é tão maricas que é uma afronta ter direito de mijar de pé! Cacete, Thiago, pra que a merda desse potinho com minibiscoitos? Pede comida de homem, porra!*

— Só um idiota pode achar que comida tem gênero...

Pizza é comida de gente jovem e normal. Minibiscoitinhos recheados são comida de senhorinhas britânicas.

O interfone tocou e, pelo horário, Thiago sabia que eles estavam chegando. As meninas subiram primeiro e me surpreenderam com uma caixa de salgadinhos.

As garotas sabem o que é comida boa, seu idiota.

Eu pensei que não viveria para ver meninas bonitas... Não, espera aí. Ver meninas, bonitas ou nem tanto, entrarem no muquifo do quarto do Thiago. Mas aconteceu. Júlia e Vanessa estavam sentadas na cama. A menina arco-íris voltava com o cabelo colorido, agora cor-de-rosa. As duas sorriam um pouco desconfortáveis, se ajeitando na cama e afofando almofadas quase nunca usadas. Thiago tentava ser um bom anfitrião, oferecendo seus minibiscoitos broxantes, suando em bicas debaixo da camisa e gaguejando vez ou outra.

— Sua família saiu por nossa causa? — Vanessa perguntou, abraçada ao urso ridículo.

— Não, mas confesso que fiz um esforço pra isso acontecer. — Thiago respondeu, sentando na cadeira giratória. O quarto havia sido limpo e o merdinha tentou parecer intelectual colocando uns livros que nunca leu na frente da estante. A coleção do Harry Potter ele jogou lá para trás e pôs o tijolo de *Os miseráveis* bem no centro.

Vanessa levantou para olhar os livros e Thiago foi abrir a porta para Ricardo. Com o quarteto completo, foi engraçado ver um olhando para a cara do outro sem saber ao certo como interagir sem ter uma mulher com um par de óculos minúsculos para comandar a coisa toda.

Se isso tudo for um fracasso, a culpa é sua. Eles estão na sua casa.

— Bem! — Ricardo disse batendo palmas, o que assustou Júlia. — Acho que esse clube pode ser uma coisa boa pra gente. Podemos falar o que quisermos. Quem vai ser o primeiro?

— A casa é sua... — Vanessa olhou para Thiago e colocou um livro de volta no lugar.

— Eu estava gostando da terapia, mas era porque vocês estavam lá comigo — Thiago disse rapidamente, mas começava a relaxar. — Eu gosto de ouvir vocês falando.

— É bom mesmo, a gente não se sente sozinho, né? — Júlia concordou. — Foi muito bom conhecer a Vanessa. Ela foi até a minha casa e me ajudou a fazer o enterro.

— Aquele dia você estava contando, mas aconteceu o lance com a terapeuta. — Ricardo incentivou a menina estranha a falar.

Ela até que era bonitinha, mas eu não queria ficar perto de uma menina que curtia cadáveres de animais. Principalmente porque ninguém parecia preocupado como tantos bichinhos de estimação morriam. Para mim ela era uma assassina em série que se arrependia e depois ficava com essa história de "não consigo me despedir".

— Foi realmente um desafio... — Júlia disse, endireitando-se. Depois colocou as pernas para cima da cama e ficou brincando com a meia de estampa de gatinhos. — Como você teria coragem de enterrar seu bichinho de estimação ainda vivo? É exatamente isso que acontece comigo. — Thiago tentou se lembrar do cachorro que teve quando era criança e se teria coragem de enterrar o bicho ainda com vida. Ele não poderia fazer algo assim e teve pena de Júlia. — As pessoas ao meu redor dizem que eles estão mortos, mas eu sei que não estão, posso falar com eles e ouço o choro quando penso em me desfazer deles. Isso não está certo.

— Mas como funciona? — Thiago perguntou. — Eles falam o que pra você?

— Choram e pedem para não serem abandonados. — Os olhos da menina marejaram. A esquisita sofria realmente com aquilo. — Jogar terra no corpinho e ignorar seu choro foi a coisa mais difícil que fiz na vida. Foi como matar alguém que você ama muito.

— Mas você entende que isso é um problema? — Ricardo virou para ela. — Sabe, se só você é capaz de ouvir, então não seria melhor não ter contato com animais?

O quarto caiu em silêncio. A menina olhava para Ricardo como se ele tivesse dito uns cem palavrões para defini-la. Pensei que iria chorar ou voar na cara dele, como o gordinho tinha feito com a doutora. Vanessa se precipitou em abrir a boca, mas o olhar de Thiago a impediu. Ele balançou a cabeça de leve.

— Eu sou vegetariana — a garota desabafou. — Eu amo muito os animais. Prefiro estar rodeada deles do que de pessoas. E na minha casa as pessoas não são assim tão legais para eu querer ficar com elas.

— Como assim? — Ricardo colocou o cabelo atrás da orelha e olhou diretamente para ela. Por um instante parecia que só existiam os dois no quarto.

> *Tá vendo, seu merdinha? O Ricardo já tá avançando na garota esquisita. E você tá esperando o que pra pegar a outra?*

— Minha mãe morreu quando eu era criança. Não lembro quase nada. Ela teve câncer.

— Que chato. — Ricardo meneou a cabeça.

— Meu pai casou de novo e teve mais dois filhos. A minha madrasta é legal, mas somos pessoas muito diferentes.

— Eles não entendem, né? — Vanessa perguntou e ninguém respondeu em palavras. Afinal era por isso que estavam ali, trancados em um quarto em uma sexta à noite. Jovens normais estariam se pegando, e não conversando sobre amigos imaginários. — Podem até ser bons pais, mas não entendem.

Olhei o urso fedido sentado entre as pernas da menina. Minha vontade era que Thiago pegasse o brinquedo e jogasse dentro de um triturador para ver o que aconteceria. Será que a louca iria atrás? Mas a verdade é que não era só o Thiago que via cor na menina arco-íris.

Eu sentia que se gritasse bem alto ela também me ouviria.

24

• • •

O Urso

A primeira reunião do clube dos amigos imaginários foi um sucesso. Saímos da casa do menino Thiago quase dez horas da noite. Todos animados e mais entrosados. Combinamos um desafio para o Ricardo. Na próxima sexta, a Júlia levaria um coelho para testar se o problema poderia ser tratado simplesmente estando perto de um. Vanessa ficou de levar um filme-surpresa que tivesse coelhos. Achei meio maldoso, mas o rapaz concordou com a terapia de choque.

O pai da Vanessa nos esperava na portaria do prédio e foi a coisa mais triste do mundo ver a presença dele roubar a alegria dos olhos dela. Algo dentro de mim dizia que as coisas tinham que mudar. Oswaldo chegou com a cara fechada e piorou ainda mais quando Thiago surgiu na portaria, correndo pelas escadas, trazendo um pacote. Estava ofegante e nem notou a presença do pai de Vanessa.

— Vanessa — o menino murmurou, esticando alguma coisa enrolada em uma sacola plástica de supermercado. — São os filmes que a gente falou. Acho que você vai gostar, é o melhor dos anos 80.

Vanessa recuou para pegar o embrulho. Toda sorridente. Ambos ignoraram a presença intrusa. O momento era deles, os dedos se tocando ao segurarem o pacote. Talvez fosse dali que a minha menina retirasse o amor para cobrir as feridas abertas em sua alma. Os olhos se admiravam, um estudando cada traço do rosto do outro. A vergonha não era mais um impedimento.

A porta que dava acesso ao estacionamento bateu com força. O som rompeu o momento especial. Enfim os olhos piscaram, mas em seu lugar ficou um sorriso gostoso em cada rosto. A felicidade tinha voltado, aquecendo o coração e a face avermelhada. Fomos para o carro. No banco da frente tinha uma caixa transportadora de animais com um gato dentro.

— Sei que estou uma semana adiantado. Seu aniversário é só no sábado — disse o pai. — Mas ele apareceu e achei que você gostaria como presente de aniversário.

— A mamãe tem alergia... — Vanessa olhou para o gatinho assustado dentro da caixa. Ele era preto com manchas brancas ou branco com manchas pretas?

— Eu sei, ele vai ficar no meu apartamento, mas vai ser seu. Todo fim de semana você vai poder ficar com ele.

O gato era um artifício de aproximação. A mesma abordagem de sequestradores com crianças. Mostram bichinhos fofos e atraem os inocentes para dentro do carro. Depois disso elas nunca mais são vistas. Mas minha menina tinha pleno conhecimento da intenção do pai — um homem que sempre detestou animais investia em uma tentativa desesperada de reaproximação. Queria comprar o interesse dela com um animalzinho. Vanessa sentiu pena dele, mas entrou no carro e abraçou a caixa transportadora.

O gato foi batizado de Chuck, o boneco assassino de um dos filmes de Thiago. E ela passou o fim de semana assistindo a filmes, fazendo carinho no Chuck e trocando mensagens com Thiago. Eles fizeram o grupo de mensagens do clube, mas Vanessa gostava mesmo de conversar no privado com o menino. Eu fiquei meio de lado e fiz amizade com o gato. No início desconfiei de que ele quisesse afiar as garras em mim e cumprir uma promessa antiga do pai de Vanessa: colocar minhas tripas para fora e mostrar que sou feito de pelúcia e recheado de algodão.

Algo horrível para se dizer a qualquer um. Mas o Chuck demonstrou ser bem fofinho e preferiu se aninhar e ronronar no meu colo. Ele parecia entender que não devia interferir no meu relacionamento com a Vanessa. Certa hora, ficamos sozinhos e deixei isso bem claro. Chuck fez uma cara de desentendido, mas mexeu as orelhinhas, exatamente como os gatos fazem quando ouvem alguma coisa diferente.

No embrulho que Thiago entregou na sexta, tinha uma lata de biscoitos e um pendrive com uns vinte filmes. Vanessa encarou aquilo como um desafio: comer todos os biscoitos entre o sábado e o domingo e assistir a todos os filmes. Seu pai não interferiu, e no fim da tarde ela me colocou grudado ao lado dela e conversamos um longo tempo sobre uma mensagem do Thiago. Quando ela disse que estava vendo os filmes debaixo das cobertas, ele respondeu: "Eu adoraria ver tudo de novo com você".

— Urso, você acha que ele tá gostando de mim? — Ela tinha um sorriso no rosto ao mostrar o celular. Nenhuma posição na cama era confortável e Vanessa se mexia muito. Inquieta, desejava falar mais com ele, mas sentia medo de escrever a resposta errada e estragar tudo.

O menino é tímido, Nessa, mas todo mundo já notou que vocês se gostam. Eu aprovo ele como seu namorado.

— Eu nunca tive namorado. Isso pode atrapalhar a gente, Bobo.

O Thiago é diferente. Ele é como nós.

— É verdade. — Ela adotou uma nova posição, dessa vez com as pernas cruzadas, eu entre elas e o celular bem na frente, como se, com minhas mãos sem dedos, eu pudesse usar o touchscreen. — Você acha que ele conversa com essa voz na cabeça, assim como a gente faz?

Eu espero que sim. Porque, se não for assim, ele é um menino muito solitário.

— Quero responder, mas...

Diz que você também assistiria tudo de novo se fosse com ele.

— Aiiii. — Ela deu um gritinho histérico. — Bobo, bem que eu gostaria disso.

Então escreve logo. Coragem, vamos! Se eu conseguisse, eu mesmo faria isso.

— Tá bom! — Ela soltou o ar que estava prendendo, grudou os olhos no celular e digitou rápido, mas ficou com o dedo parado, esperando ter coragem para apertar "enviar".

Vai logo, Vanessa!

Então enviou, com muito custo. Largou o celular na cama e cobriu a cabeça com o travesseiro, gritando nele para desestressar e abafar o som. O celular tocou com um barulho de mensagem, mas não era da conversa privada deles, e sim do grupo de mensagens do clube. Um áudio de um minuto do Ricardo. Meio decepcionada, clicou em "ouvir".

Oi. Meu nome é Mario. Eu trabalho aqui no bar do seu Geraldo, que fica na esquina com a rua Sete de Setembro. Eu conheço esse rapaz de vista. (Um carro passa buzinando e o som fica um pouco abafado, como se ele estivesse protegendo o celular com a mão.) O amigo de vocês está muito mal. Acho que tá drogado, por isso não liguei pra mãe dele. (Alguém interfere, dizendo ao fundo: "Anda logo com isso ou vou chamar a polícia".) Olha só, eu já passei por isso. Nessas horas é melhor chamar os amigos, e não a família. Vi que ele estava conversando com esse grupo agora há pouco. Se vocês não tirarem ele daqui, o dono vai chamar a polícia.

25

• • •

A Voz

Ricardo estava encolhido em um canto dentro da cozinha do bar. Tinha invadido o local aos gritos. O dono explicou que ele gritava por socorro e que um monstro o perseguia. A camisa rasgada expunha a pele branca das costas. Os cabelos loiros cobriam o rosto dele, e sua respiração ruidosa incomodava os ouvidos.

O garoto estava muito fodido. Um trapo.

Isso tá cheirando a merda! Deixa pra lá. Você não vai querer se meter nisso.

Cala essa porra de voz, Thiago pensou. Ele faria qualquer coisa para ajudar o amigo.

Júlia chegou perto e pôs a mão nas costas dele. Automaticamente, Ricardo se retraiu. A menina fez uma cara desesperada. Com os braços cruzados atrás deles, o dono do bar não ajudava muito. O cozinheiro continuava fritando batatas no fogão enquanto mais pedidos chegavam. O bar estava muito movimentado e um garçom passou esbarrando neles, querendo passar com a bandeja cheia.

— Ricardo — disse Júlia suavemente. — Sou eu, a Júlia. Vamos embora, o pessoal do clube tá aqui pra te levar embora.

Ele virou a cabeça na direção dela, só um dos olhos aparecendo entre o emaranhado de cabelo. E, se alguém tinha dúvidas sobre a sanidade de Ricardo, sua loucura fora exposta aos olhos ingênuos desses moleques do clube.

Pensei que eu nunca diria isso, Thiago, mas os remédios são importantes. Olha como esse cara tá zoado!

— Não podemos levar o Ricardo pra casa dele — Vanessa sussurrou no ouvido de Thiago.

Thiago olhou para ela, levemente culpado pelo arrepio que sentiu no pescoço e pela excitação que o ar quente provocou no corpo dele.

Puta merda, até eu sei que este não é o momento pra isso. Segura essas calças, garoto.

— O Ricardo contou que tem medo de ser internado de novo — Vanessa insistiu. — Os pais o ameaçam com isso, e se ele aparecer nesse estado...

Thiago teve que levantar a mão e pedir para ela se calar. Um gesto suave, nada agressivo, mas que a surpreendeu. Ele não conseguia processar nada com ela tão perto, seu perfume obstruindo todos os seus sentidos. Mesmo olhando intensamente para Ricardo, Thiago pensava em Vanessa e em como seu rosto era bonito. Suas mãos pequenas e macias, seus lábios...

Você sabe que tá parado feito um idiota, né?

— Ele não pode ficar na minha casa — disse por fim, parecendo rude.

As garotas olharam para ele. Júlia, visivelmente aborrecida, e Vanessa, completamente chocada com a atitude de Thiago. Ele se apressou em acrescentar algo que pudesse amenizar a situação, mas não tenho certeza de que tenha sido compreendido. A pressão faz isto com as pessoas: traz todas as babaquices e inseguranças à tona.

— Na verdade, ele não pode ficar na casa de ninguém — Thiago emendou enquanto Ricardo começou a se levantar com a ajuda de Júlia.

Thiago digitava um número no celular. Apressado, saiu da cozinha e pediu para Vanessa chamar um táxi.

Ele discutia ao telefone quando os três saíram do bar. Ricardo maltrapilho entre as duas meninas.

— Eu sou maior de idade e estou dizendo que está tudo bem. Vou passar a noite fora — Thiago disse. O que ninguém podia ouvir era a mãe dele nervosa do outro lado. Eu não aguentava mais ouvir a mulher falando sem parar.

Se você fosse um moleque pegador, sua mãe não tava enchendo o saco agora só porque você vai dormir num motel.

— Mãe, por favor, eu tenho que ir.

— Só me fala aonde você vai. Vai passar a noite com uma garota. É isso, Thiago? Se for isso é só falar, eu não vou achar ruim. Seu pai também não.

— Tudo bem, é isso. Tenho que desligar.

O táxi havia chegado e Thiago carregou Ricardo para dentro. Júlia colocou uma cartela de comprimidos na mão de Thiago e fechou os dedos dele com firmeza.

— Se ele ficar nervoso, você dá um desses — disse, com olhos marejados, seguindo os movimentos lentos de Ricardo deitado no banco de trás do carro. — E, se ficar muito violento, pode dar dois.

— Pra onde você vai? — Vanessa perguntou.

— Vamos passar a noite num motel aqui perto. Não se preocupe, eu vou cuidar dele. — Vanessa o abraçou, os brincos espalhafatosos tilintando nos ouvidos do garoto.

Thiago sentou no banco da frente e pediu para as meninas ligarem para a mãe de Ricardo e inventarem uma história qualquer para ela não ficar preocupada.

O trajeto bem curto, cerca de poucas quadras, foi feito em silêncio. O taxista não gostou de levar dois rapazes para um motel, principalmente por um estar desacordado, mas os cem reais de caixinha interromperam todas as perguntas.

Após quatro horas deitado de bruços na cama, Ricardo se sentou. Thiago desviou os olhos do jogo do celular e encarou o amigo sem saber o que fazer. Irreconhecível, o garoto, uma sombra triste e distorcida do que fora um dia, chorou. Sem jeito, Thiago lhe deu uma garrafa de água e se sentou ao seu lado.

— Quer alguma coisa? — perguntou, inseguro.

— Que lugar é este? — Ricardo olhava para as coisas ao redor. — É um motel?

Thiago confirmou com a cabeça.

— Achei melhor do que deixar você ir pra casa.

— Valeu. — Tomou grandes goles de água e se engasgou um pouco. — Seria uma merda mesmo se eu aparecesse assim. Nunca fiquei tão feliz de acordar num motel.

— Quer falar sobre o que aconteceu? — Thiago perguntou, parecendo a chata da terapeuta orelhuda.

Ricardo decidiu tomar um banho primeiro. Sábia escolha, porque a catinga estava braba. A história que ele contou, quando enfim se sentiu pronto para falar, foi estranha até para os padrões bizarros da vida de Thiago.

— As coisas estavam um saco em casa! Você sabe como é, as pessoas da família muitas vezes são as que mais te colocam pra baixo. — Ricardo sentou na beirada da cama com a toalha sobre os ombros. — Eu tinha saído pra comer alguma coisa, andar pelo calçadão, meio sem destino. Então comecei a sentir que ele estava me seguindo. — Parou um instante, observando a cortina. — Mas dessa vez foi diferente. Ele não ficou me observando como antes... O maldito correu! Ele correu atrás de mim.

Thiago o encarou, incrédulo.

Seu amigo tá muito cagado! Mas que porra tava correndo atrás dele?

— Quem estava atrás de você?

— O Coelho — ele respondeu secamente, e naquele quarto de motel de luxo Thiago quase pôde sentir o medo que se apoderava do amigo. — Uma pessoa com uma fantasia de coelho. Ele segura um facão e tem a roupa de pelúcia suja de sangue. O pior é pensar no que existe debaixo daquela roupa.

— Você quer dizer em quem está vestindo a roupa.

— Não. — Ricardo levou a garrafa d'água até a boca, o líquido dentro oscilando. — Às vezes eu tenho certeza de que não é uma pessoa. Deve ser outra coisa, algo muito pior...

— Eu sei que deve ser muito assustador. — Thiago fez uma pausa procurando as palavras certas. — Mas o coelho pode ser isso, um medo, um susto como essas pegadinhas que passam na televisão. É assustador, mas não vai te machucar.

Enquanto Thiago falava, Ricardo balançava a cabeça em negação.

— Esse é o problema, meu amigo. Quando era criança, eu tinha muitos amigos imaginários, até que um dia eles deixaram de ser meus amigos e também deixaram de ser imaginários. Um garoto já foi parar no hospital... O coelho não é apenas assustador, ele é perigoso. Ele pode matar.

Minha vontade era zombar do garoto e do monte de merda que ele falava, mas Thiago projetava um misto de pena e medo. Ele piscou algumas vezes ao olhar para a cortina e pensou ter visto a silhueta de um coelho. A loucura deve ser contagiosa.

Eu também vi.

O merdinha queria fazer mais perguntas, mas Ricardo havia deitado e estava coberto dos pés à cabeça com um lençol branco. É isso que as crianças fazem para se proteger dos monstros... O Thiago também se cobriu, desejando que isso fosse o bastante.

26

• • •

O Urso

Vanessa não dormiu. Ficou pensando nos meninos, revirando na cama durante a madrugada e levantando para beber água e ir ao banheiro. Uma maratona que ao amanhecer deixou o corpo dolorido. Sara entrou no quarto segurando uma xícara de café. Na noite anterior, Vanessa deveria ter voltado para a casa do pai, mas a casa da mãe era mais perto, uma decisão que custou uma ligação longa de Oswaldo, descontente. Um sermão sobre responsabilidade e consideração.

— Marquei uma consulta com um psicólogo novo. — Sara bebericou o café sem tirar os olhos de Vanessa. Certamente esperava protestos. — Ele foi muito recomendado.

— Tudo bem. — Minha menina concordou, resignada. Sara deixou o café na escrivaninha e acariciou meu pé, talvez para fazer as pazes comigo. Ela me tocou poucas vezes nesses últimos anos, e eu mantinha o sonho de que se ela sentisse minha pelúcia macia me amaria também e seria capaz de entender.

Assim que ela saiu do quarto, Vanessa mandou uma mensagem para o grupo, querendo saber como os meninos estavam. Já eram sete da manhã. Alguém devia estar acordado em plena segunda-feira, mas somente Júlia respondeu.

Eles ainda não deram sinal, mas deve estar tudo bem.

Vanessa colocou o celular para carregar e me encarou um segundo. Sua cabeça girava em pensamentos ruins. E se os pais de Ricardo descobrissem a mentira? E se eles tivessem invadido o motel e levado Ricardo internado, enrolado em uma camisa de força, exatamente como nos filmes? Para piorar a imaginação, havia a possibilidade maluca de Thiago ter sido preso por um motivo desconhecido. Ela estava muito apegada àquelas pessoas, e imaginar o sofrimento delas lhe doía no fundo da alma.

Sua amiga tem razão, deve estar tudo bem.

Vanessa pegou a mochila e fez tudo em silêncio. Sara quis saber por que a filha havia saído da casa do pai na noite anterior. Vanessa respondeu coisas vagas e, quando pressionada para dar mais informações, simplesmente mentiu com uma facilidade assustadora.

— Filha, por favor. Não precisa esconder nada de mim. Se aconteceu alguma coisa, pode me contar. — Sara segurava a porta, lutando para não se separarem sem uma explicação melhor. — Eu estou do seu lado, Vanessa. Pode me contar qualquer coisa.

Vanessa olhou para a mãe e eu pude notar como ela desejava que aquelas palavras fossem verdadeiras. *Viver sem segredos.* Elas sabiam que uma mãe só é amiga da filha até certo ponto, e Vanessa conhecia esse limite entre elas. No momento em que Vanessa revelasse algo realmente sério, Sara usaria de sua autoridade para resolver tudo a seu modo.

O caminho até a escola foi tenso. Olhando a cada segundo para o celular, Vanessa tropeçou duas vezes e eu tive de gritar na hora de atravessar a rua, pois um rapaz vinha em alta velocidade de bicicleta.

Depois da semana infernal e da pintura do cabelo cor de cocô, a escola deixou de ser um lugar chato para se tornar um verdadeiro tormento. O demônio Lise estava lá nos esperando e a vida escolar se resumia em frequentar o máximo de aulas sem esbarrar com a entidade do mal. A preocupação tomou a mente de Vanessa, o que por um lado era bom porque a fazia esquecer um pouco os meninos.

O cabelo já não era o problema. Vanessa pintou o dela de rosa e deixou o lilás para Lise, mas realmente estava com dificuldade de se concentrar em alguma coisa. A sensação de ser constantemente vigiada era desconcertante. O professor fez um pedido solene e Vanessa quase não acreditou que o assunto a envolvia. Era um péssimo momento para declamar para a turma seu texto de oradora da formatura. Lise e seu grupinho de amigas do mal fizeram questão de demonstrar como aquilo as irritava. Os alunos bateram palmas e assobiaram, mas Lise permaneceu de braços cruzados e cara emburrada. Vanessa se levantou e agradeceu a honraria, mas foi difícil relaxar e curtir. Leu o texto que reescreveu várias vezes, sentindo o papel tremer nas mãos suadas.

Depois do momento constrangedor, passou o restante da manhã imaginando como os meninos estavam. Fechava os olhos e se lembrava de Ricardo encolhido no canto do bar e de seu olhar perdido.

No intervalo, teve de ouvir comentários maldosos.

— Esse colégio já foi melhor, agora qualquer repetente desmiolado é orador de turma. — Lise jogou um papel de bala no colo de Vanessa, que desejou levantar e socar a cara da menina. Ser chamada de "repetente" a irritava muito. Sim, era verdade, mas aquele era o tipo de verdade que não deve ser dita desse jeito.

> *Vai dar ouvidos pra essa menina agora? Você nunca foi disso. Esquece essa garota. Nós sabemos que você passou por sérios problemas e por isso repetiu um ano. Não deixa ela perceber que você está triste. Essa menina é como um monstro que se alimenta de tristeza.*
>
> *Eu sei, Bobo, mas eu estou superpreocupada com os meninos e essa garota fica me perseguindo... Não sei por que ela faz isso.*

Um colega de turma ofereceu balas a Vanessa. Ela aceitou prontamente, mastigou as três bem depressa e voltou para a sala. Ficou sentada sozinha contando os minutos para a aula acabar. Se Thiago não respondesse até a hora da saída, ela iria até a casa dele.

Minha menina estava bem nervosa e o mundo fechou ainda mais quando ela recebeu uma mensagem na hora do almoço. Seu sexto sentido estava certo: os meninos haviam tido problemas. Vanessa leu a mensagem no grupo do clube e congelou na saída da escola, obstruindo o caminho dos alunos apressados. Ficou encarando a tela do celular. Digitou o número do telefone do Thiago, mas não conseguia apertar o botão de "ligar".

> *Acho que eu realmente gosto dele, Urso Bobo. É a única explicação para eu não conseguir apertar esse maldito botão verde.*

27

• • •

A Voz

Confesso que não foi tão ruim passar a noite com um cara barbudo em um motel — mas não vai pensar besteira, não. O garoto contou cada coisa bizarra para o Thiago que valeu o constrangimento. Na hora de dormir, cada um virou a cabeça para um lado, e o tempo passou rápido. Foram dormir lá pelas tantas da madrugada e às seis e pouco da manhã foram embora. Depois de uma xícara de café e um banho, Ricardo aparentava melhora e em nada lembrava a pessoa descompensada da noite anterior.

Ricardo deu um abraço apertado em Thiago na porta do motel. Aquele estranhamento de estar ali com um amigo já tinha passado. Tiveram coisas mais importantes para pensar durante a noite, e Ricardo estava realmente agradecido pelo apoio. Após se despedirem, cada um seguiu para uma direção diferente. Eu não acredito em coincidências, e a pessoa que observava tudo do outro lado da rua também não.

Cara, você já era maluco sozinho, agora com esses amigos tá mais doido ainda, sabia? Dorme com homens barbudos em motéis e passa a noite conversando sobre coelhos assassinos.

Thiago passou por momentos tensos, dormiu mal, mas se sentia bem. Tinha ajudado um amigo em apuros e, com isso, a amizade se fortaleceu de verdade. Ricardo se sentia em dívida com ele, mas nada parecido passava pela cabeça de Thiago. O merdinha só estava feliz por ter um amigo, um cara para quem pudesse falar qualquer coisa sem que parecesse um idiota. Chegou em casa com um riso no rosto, sentou na mesa posta para o café e recebeu uma enxurrada de perguntas:

— Thiago, eu sei que você é um rapaz crescido e já tem idade para dormir com suas namoradas — sua mãe disse, colocando o bule de café na mesa —, mas não quero ninguém aparecendo grávida aqui. Principalmente uma menina *problemática*.

— Deixe o menino — interferiu o pai. Satisfeito, pousou a mão no ombro de Thiago. — Dormiu em um motel bom? Não vá para o centro, não leve a garota para uma espelunca. Se precisar de dinheiro, é só falar comigo.

Dificilmente o pai de Thiago oferecia dinheiro para alguma coisa, mas sexo era um assunto pré-aprovado.

— Você levou a garota em que motel? — ele perguntou.

Thiago não sabia o que responder, mas todos estavam de bom humor e ele não queria estragar tudo, então o merdinha disse que havia passado a noite no Motel Plaza, ali perto do apartamento deles. Como a má sorte acompanha esse garoto, seu irmão Gustavo entrou pela porta da sala, segurando um saco de pão, o rosto vermelho de ódio, e sem cerimônia soltou uma bomba na vidinha de merda do Thiago. Ele jogou o saco de pão em cima da mesa, que esbarrou em uma xícara, derramando café.

— Gustavo! — o pai gritou levantando os braços, nervoso.

— O Thiago é veado! — o irmão mais novo gritou. — Eu acabei de ver ele sair do motel com um cara loiro e depois eles se abraçaram na saída.

Os três olharam para Thiago, que ficou sem reação. *Não.* Foi o único pensamento dele.

A mãe gritou com Gustavo, mas o pai não. Ele olhava para Thiago com um ar de questionamento, mas o merdinha não conseguiu esclarecer os fatos. Thiago nunca teve namorada, tinha ficado com algumas meninas em festinhas, mas nunca ninguém tinha visto. A prova cabal de sua heterossexualidade foi a noite passada em um motel com uma garota. Orgulho paterno que mal durou dez segundos. O pai o olhou com nojo, algo forte demais, e, pela expressão em seu rosto, parecia que o homem havia comido uma porção bem grande de bosta humana.

— Isso é verdade? — ele perguntou, com dificuldade para falar.

Sem ação, Thiago apenas negou com a cabeça. A boca secou e o cérebro parou de funcionar. Mais uma vez ele conseguia decepcionar as pessoas, mas não era apenas culpa que se infiltrava em seus músculos. Dessa vez os sentimentos chegaram arrebatadores e ele sentiu raiva do irmão. *Não era nada daquilo que ele estava falando, mas, mesmo se fosse, ele não tinha esse direito.*

O pai levantou, empurrando a cadeira para trás. Seu olhar estreito mirou Thiago, ferindo regiões que o garoto ainda mantinha intactas. Durante muito tempo Thiago fora tratado como uma pessoa inferior, mas existia um pingo de dignidade no convívio com o pai e o irmão. Furioso, o homem respirava como a válvula de uma panela de pressão. Ele pegou a xícara de café quente e jogou com tudo no rosto de Thiago. O garoto não gritou, sua mãe fez isso por ele.

— Veado não! — foi o que o pai disse, mas a única pessoa que ouviu foi Thiago.

O merdinha segurava o nariz, e sangue já se misturava ao café que queimava sua pele, mas ele não se importava com a dor física; aquela humilhação era algo muito pior, um tipo de ponto-final. Uma linha havia sido cruzada, e recuperar a relação medíocre entre os homens da casa se tornou inviável. Gustavo seguiu o pai para fora da cozinha e somente a mãe ficou ao seu lado, chorando, com o saco de pão de queijo congelado na mão para estancar o sangue no nariz do filho.

Maluco e gay foi muito pro escroto aguentar, Thiago.

O celular emitiu o som de recebimento de várias mensagens, todas se atropelando com a conexão do wifi da casa. Ele pegou o saco gelado, encostou no rosto, que pegava fogo, e sentiu alívio. De olhos fechados, tentava se imaginar em outro lugar, com outra família, exatamente como fazia quando era criança. A grande questão é que Thiago era heterossexual, mas, caso não fosse, seria recebido dessa forma pela família, e isso o revoltava ainda mais.

— Por que você nunca contou, filho? — Adriana chorava, e era difícil saber o verdadeiro motivo. — Seu pai foi pego de surpresa.

Thiago a encarou, incrédulo. A mãe começou a limpar o chão e catar os cacos da xícara de porcelana. A cada minuto ficava mais difícil respirar e o merdinha começou a chorar, acho que em parte porque o sangue esfriava e a dor aumentava, as lágrimas grudando o café no rosto ao mesmo tempo que o gosto do sangue invadia a garganta. Será que era o fundo do poço?

Levanta a cabeça, seu bosta! Vai deixar o escroto do seu irmão e o filho da puta do seu pai te arruinarem? Daqui a uns anos você vai estar longe daqui, merdinha.

Ele realmente levantou a cabeça, mas foi para tentar fazer o sangramento parar. Um emaranhado de coisas estranhas começou a passar pela sua mente, me soterrando em lembranças felizes e tristes, como em uma competição para ver quem ganhava. Em meio a tudo, eu tentava me proteger e deixá-lo chegar à dolorosa conclusão sozinho. Que merda de garoto! Chorando na cozinha com o nariz provavelmente quebrado.

Thiago levantou, o som dos cacos sendo jogados na lata de lixo de alumínio, perturbando o pouco raciocínio. Lavou o rosto com água fria na pia da cozinha. Sua mãe pôs a mão em suas costas, num gesto que queimou a carne. Por que ela simplesmente não o deixava sozinho? Eu queria responder a essa pergunta gritando como aquela mulher era uma vaca! Mas fazia um esforço descomunal para permitir que ao menos uma vez na vida ele compreendesse que estava sozinho e que, exceto por mim, ninguém estaria ao seu lado.

— Filho... — ela sussurrou.

Thiago a encarou, o rosto vermelho, a região abaixo do olho esquerdo já inchada.

— Filho, você pode falar qualquer coisa comigo, vai ficar tudo bem.

Não ficou, pois nunca esteve.

Só existia um lugar onde o merdinha poderia falar qualquer coisa. Thiago andou a passos duros até o quarto, as lágrimas escorriam quentes, irritando a pele levemente queimada. Ele procurava uma caneta permanente na mochila; a busca começou letárgica, mas, conforme os segundos passavam e o merdinha não encontrava a caneta, suas mãos tremiam e seus gestos se tornavam agressivos. Thiago gritou e jogou a gaveta da escrivaninha em cima da cama, espalhando os vários objetos. Com a caneta nas mãos, foi até o lado de fora do quarto e começou a escrever na porta:

TODA SEXTA ÀS 17H30

As letras saíram tremidas e no fim da frase a caneta começou a falhar. Ensandecido, o moleque jogou a caneta longe. Thiago esfregou o rosto com as mãos, o que fez o nariz sangrar de novo. Uma pontada de dor o fez apertar os olhos. Thiago voltou até a mochila e pegou seu molho de chaves e entalhou na porta do quarto:

TRAGA SEU AMIGO

O merdinha soluçava enquanto escrevia com a ponta da chave arrancando tinta da madeira, suas mãos sujas de sangue deixando digitais vermelhas na porta. Quando ele terminou, sentou no chão do corredor e ficou olhando as letras tortas e ensanguentadas. Deve ter passado muito tempo, porque quando ele levantou o sangue em seu rosto já estava seco.

28

• • •

O Urso

Mais um dia de aula que a Lise, lambisgoia magricela, escolhia sentar atrás da gente, com um olhar vingativo e fixo na mochila. Pela abertura da lona, eu podia ver seus olhos estreitos tramando algo. Ela se sentia ameaçada por Vanessa e, mesmo que a minha menina não estivesse na disputa de rainha do baile, essa garota diabólica tinha uma necessidade enorme de deixar bem claro quem levaria a coroa imaginária.

> *Vanessa, não fica preocupada, mas a chata da Lise está na sua cola.*

Vanessa passava longe desse posto, nunca o desejara. Houve momentos durante a adolescência que tentou fazer mais amigos, ir a festas e ser popular na internet. Mas qual era a fórmula mágica para ser popular na internet? Ser convidado para eventos, ter muitos amigos na escola e ainda poder ler um livro na tarde de sábado abraçada a um urso de pelúcia? Simplesmente não tem como. Para se manter com um status desse, é preciso trabalho duro, postar fotos legais várias vezes ao dia, falar com todo mundo nos corredores, dedicar todo seu intervalo para a *socialização*.

Minha menina não queria nada disso. Intervalo era para comer biscoitos recheados feito uma criança de cinco anos, sabe como é? Abrindo o biscoito e raspando o recheio com os dentes ou sugando os olhinhos de recheio da carinha dos biscoitos. Os intervalos serviam para comer e ler uns bons capítulos do livro preferido, e todo mundo sabe que ler e conversar é impossível.

Talvez a postura tímida no canto da sala com a cabeça apoiada na mochila, o livro e os biscoitos meio babados tenham afastado as pessoas. Aquelas que se aproximavam acabavam desistindo. Vanessa conhecia praticamente todos os alunos, tinha estudado naquela escola desde o primeiro ano, e da mesma forma todos a conheciam como a garota colorida, sempre na dela.

Isso incomodou a Lise. Como a garota sem graça conseguiu fazer todos rirem e comentarem durante o intervalo sobre o que aconteceu? Só podia ser o plano diabólico de Vanessa. Tenho que concordar com a diretora, pois nesse caso o pó descolorante deve ter afetado o cérebro da Lise. Seus olhinhos miúdos diziam que havia chegado o dia da vingança. O cabelo delas já estava bem diferente. Lise tinha voltado para o loiro-aguado e Vanessa adquiriu um bonito tom de rosa. Ela planejou tudo, não queria ninguém comentando que era uma retaliação sobre o fato dos cabelos. Na verdade, só na cabeça dela fazia sentido se vingar pelo incidente.

Vanessa não teve paz. Durante a aula de história sentiu a respiração de Lise em seus ombros o tempo todo, feito um cão obcecado por um bife. Vanessa abraçou a mochila e apertou minha mão, exatamente como fazia antes de apresentar um trabalho lá na frente. Ela estava com medo e eu também. O professor avisou do primeiro intervalo e a maioria dos alunos saiu, mas Lise ficou parada. *Isso não é normal*, Vanessa concluiu. Decidiu pegar a mochila e ir para o corredor onde havia mais pessoas.

Dois minutos depois, Lise passou por nós com um riso debochado no rosto e cochichou algo no ouvido das amigas igualmente sebosas. Todas olharam em nossa direção e nem disfarçaram que tramavam contra Vanessa.

Nessa, eu não sei o que essas meninas estão querendo, mas não tenha medo, eu estou aqui com você.

O celular vibrou no bolso de trás do jeans e levei um baita susto. Era uma mensagem do Ricardo no grupo do clube. Ele dizia que estava bem, mas que precisava sair um pouco de casa e esquecer os problemas por uns dias. Prontamente Júlia fez um convite aos amigos. Vanessa ouviu o áudio, superanimada.

Não sei se vocês lembram, mas eu vou ficar fora esta semana, na feira nerd em São Paulo. Vou participar do campeonato brasileiro do jogo *Lenda medieval*. Sei que fica difícil vocês irem me ver jogar, mas seria legal... Lá tem espaço pra gente montar barraca e ficar acampado, tem banheiro e tudo. Você podia ir comigo, Ricardo, tem espaço no ônibus. Tem espaço pra todo mundo na verdade. Os ingressos são caros, mas vale a pena. É um evento muito legal, tem livros, HQs, filmes e jogos.

Vanessa ouviu duas vezes e certa melancolia tomou conta dela. Respondeu que seu aniversário era no domingo e não poderia ir. Seria ótimo ficar longe do pai e da escola, mas era impossível. Ricardo respondeu animado, mandou vários áudios no grupo, disse que compraria os ingressos no cartão de crédito, que pegaria uma barraca emprestada com um primo e agitaria tudo. Ela apenas respondeu que não poderia ir. O evento seria de quinta a domingo e seu aniversário era no domingo. Sua mãe jamais deixaria que viajasse sozinha com os amigos que tanto desaprovava.

O intervalo acabou e ela voltou para a classe. Mais um tempo de aula se arrastou com os olhos de Lise paralisados nas costas de Vanessa. Em determinado momento, ela quis levantar e gritar com a menina. Aquilo deixava a Nessa louca de aflição. Ela olhou para trás procurando outro lugar para sentar e encarou Lise. *Insuportável.* Não tinha lugar vago, e a Vanessa copiou a matéria sem fazer a mínima ideia do conteúdo; escrever havia se tornado apenas um ato automático. Pensou em como seria maravilhoso viajar com os amigos.

A aula acabou e todos saíram da sala. Em trinta minutos começaria a educação física na quadra de esportes. Mal Vanessa se levantou e duas garotas surgiram na sua frente. Uma delas pegou sua mochila e saiu correndo. Lise segurou minha menina pelo braço com força.

— O que tem na bolsa, vaca? — Lise cuspia as palavras com prazer na voz fina.

— Me devolve! Não é da sua conta.

Quando abriram a mochila e me encontraram, tive medo. Aquelas meninas eram pessoas horríveis. A baixinha da direita me puxou, um sorriso sarcástico contido pelo aparelho ortodôntico.

— Eu sabia que devia ser uma coisa patética, mas um urso nojento...

Vanessa se soltou e andou a passos firmes em direção às duas meninas no fundo da sala. Alguns alunos voltaram para ver o que acontecia. O sinal tocava alto. Era hora de ir para a quadra e o falatório dos alunos preenchia os corredores da escola de classe média-alta.

— Me devolve! — minha menina gritou, esticando o braço. Eu queria dizer que ficaria tudo bem, mas o medo também me consumia.

— Ele é fedido, Lise — zombou a menina de aparelho.

Vanessa correu para me amparar. A garota me levantava pela orelha, demonstrando nojo. Fui jogado para o outro canto da sala. Lise deu um gritinho e me deixou cair no chão, depois me pegou com os dedos em pinça, como se eu fosse lixo.

— É bem fedido mesmo. Por que você traz isso pra escola, garota?

— Me devolve! — O rosto da Vanessa começava a ficar vermelho. Vi de relance seus olhos e sabia como estava sendo difícil para ela se controlar. Começou a juntar pessoas na porta, mas ninguém parecia ter vontade de interferir.

— Um urso fedorento e ridículo igual à dona. — Lise me balançou no ar. — Quantos anos você tem, cinco? Sempre achei que você era meio retardada, Vanessa.

— Não é um urso fedido! — Vanessa correu na direção de Lise. Aquela palavra trouxe à tona todo o rancor que ela tinha da mãe, o episódio do lixo e o hospital. Fora isto que a mãe dissera: "Urso fedido".

Vanessa se lançou com toda a força para cima de Lise. A menina se assustou com a ira estampada em seus olhos. Vanessa tentou me pegar e Lise me segurou forte pelo tronco. Fiquei sendo puxado entre as duas, e, quando minha menina ouviu, entre os gritos dos colegas, as costuras do meu corpo cederem, algo dentro dela explodiu. Uma força avassaladora que precisava ser direcionada para algum lugar, senão a destruiria. Lise e seu rosto foram o alvo. Vanessa socou o rosto dela e lhe cravou as unhas, o mais fundo que pôde. As duas caíram no chão e só nesse momento alguém apareceu para separar a briga.

Lise de um lado, com o rosto sangrando, e eu do outro, com um rasgo no meio do peito. Quando Vanessa me viu, gritou e correu para me abraçar...

Fica calma, fica calma...

Eu repetia, mas nem eu conseguia me conter. Doía muito ser exposto dessa maneira, ter a privacidade invadida diante do julgamento de pessoas cruéis que não se importavam com meus sentimentos.

— Essa retardada me atacou! — Lise berrou, a voz abafada pelas mãos que cobriam o rosto.

Vanessa permaneceu aos prantos, encolhida no chão. Uma professora veio tentar amparar minha garotinha. Em vão. Nem eu, agarrado a ela, conseguiria naquele momento. *Foi assustador.* Todos aqueles rostos nos encarando...

E todos eles concordavam com a Lise.

29

• • •

A Voz

O rosto ficou levemente inchado e a lateral do nariz tinha um corte vermelho. Ferimentos superficiais que em nada incomodavam diante da solidão da casa e da vida. O pai e o irmão saíram juntos e em silêncio. A mãe quis desmarcar sabe-se lá o compromisso inadiável que tinha aquela manhã. O garoto só queria ficar sozinho com suas feridas e convenceu a mulher que ficaria bem. Eu me pergunto se algum dia ela acreditou.

Mantive o silêncio. Se falasse, poderia sair algo do tipo "mande o mundo se foder". Com a cabeça do jeito que o merdinha estava, ele poderia interpretar isso como: "Pule da janela do vigésimo andar". Na hora do almoço, tive uma ideia.

> *Sua cara tá um lixo, sua vida tá um lixo. A única maneira de mudar isso é pegar alguém. Sabe que eu tô falando da garota das cores que doem os olhos, né? É aniversário dela no domingo. Vamos sair e comprar alguma coisa pra ela, cara.*

A menção de Vanessa animou o mosca-morta. Faltavam duas semanas para o vestibular e ir para a feira nerd estava fora de cogitação. Precisava estudar. Na verdade, não devia ter faltado no cursinho só porque o pai tinha jogado uma caneca de café quente na sua cara.

Não foi tão ruim assim. Na hora eu pensei que a cara dele iria derreter com o calor, mas ficou só uma vermelhidão bastante dolorida. O merdinha saiu de casa, os pensamentos divididos entre Vanessa e a vida de bosta de *pobre garoto rico.*

Ele deu duas voltas completas no shopping sem saber o que comprar, e como sempre eu resolvi o problema. Quando apontei para a vitrine cheia de lingeries sensuais, tinha uma rosinha que era a coisa mais sensacional do mundo.

> *Ei, idiota, olha aquela rosa, combina com o cabelo da sua garota. Compra essa e fala que o seu sonho é ver a peça no corpo dela. Vai que dá certo.*

Thiago me ignorou completamente e foi olhar a vitrine ao lado, repleta de pijamas de ursinhos nada sensuais. O maldito comprou um, e nem foi um daqueles curtinhos, foi um com uma blusa de manga curta e uma calça folgada no corpo.

Pelo celular Ricardo tentou convencer Thiago a ir para a feira, mas ele estava irredutível. Perderia vários dias de estudo e o aniversário da menina. Voltou para casa meio no automático e começou a responder a uns simulados da internet. O vestibular era sua única saída daquele pesadelo. Entrar na faculdade significava estar longe de casa, mas longe do clube também, que já era a coisa mais importante para ele.

> *Essa porcaria de faculdade de arquitetura em São Paulo era a coisa que você mais queria. Não vai desistir disso por uma garota que nem é tão gostosa.*

Não era só a Vanessa, era o clube, uma coisa importante que ele tinha construído, uma coisa verdadeira. *Amigos.* A mãe chegou depois do almoço acompanhada de uma mulher. De início acreditei que fosse apenas uma amiga dela, mas a mulher estava ali para falar com Thiago. Era o fim da picada. Adriana surgiu com uma terapeuta para uma sessão emergencial em domicílio.

— Filho, ela só vai conversar um pouco com você. Eu vou ficar na sala, tudo bem?

Thiago ficou sem reação. A mulher, que ele nunca tinha visto na vida, perguntou se podia se sentar e se acomodou na beirada da cama. Ela sentou com as pernas cruzadas e roçou as mãos de unhas compridas nos joelhos. O desconforto era evidente nos olhos azuis artificiais, e Thiago queria dizer uns desaforos e expulsar a mulher do quarto, mas algo em seu rosto era digno de pena. Talvez fossem os cabelos vermelhos armados e a grande sensação de insegurança que ela transmitia.

— Sua mãe me procurou.

Ela não deve ser muito boa, já que teve horário disponível pra vir até aqui, assim em cima da hora.

— Você gostaria de conversar sobre o que aconteceu hoje?

— Não. — Thiago respondeu, mas seria pior ficar em silêncio. Imaginou se a mãe estaria no corredor tentando ouvir a conversa. O tempo pareceu voltar uns dez anos e no fim ele apenas soltou o ar com força, engolindo o punhado de palavrões que gostaria de falar.

— Eu também já passei por isso. Meu filho assumiu a homossexualidade faz um ano...

— Você não é psicóloga?

— Não. Eu faço pilates com a sua mãe. Ela me contou sobre a sua situação e eu me ofereci para conversar com você.

Tá mal, hein? Sua mãe trouxe uma amiga do pilates pra conversar sobre a sua veadagem?

— A senhora, por favor, pode sair do meu quarto e dizer para a minha mãe que eu não sou gay.

— Negar não vai adiantar, Thiago — a mulher disse, e ele não sabia se tinha raiva ou pena dela e da mãe, mulheres ricas e sem nenhum propósito na vida além de serem invejadas por outras mulheres.

— Senhora, por favor, vá embora. — A entonação da voz dele dizia bem mais que o pedido educado. — Se o problema fosse as minhas preferências sexuais, as coisas seriam bem mais fáceis.

Thiago pegou o celular quando a mulher saiu desconcertada e mandou um áudio de mais de dez minutos para o grupo do clube. Contou tudo o que aconteceu. Em alguns momentos a voz embargou, em outros o silêncio falou mais que as palavras.

Júlia: Nossa, que coisa horrível! O que a gente pode fazer pra te ajudar?

Ricardo: Eu desconfiei que você era gay quando quis tomar banho comigo ontem, hehehe. Brincadeira. Thiagão, fica assim não! Arruma sua mochila e vamos pra feira nerd! A gente tá precisando esquecer essas merdas.

Vanessa: Se você for, eu vou, Thiago.

Fugir dos problemas não era a solução mais simples ou corajosa. Sair deixando um bilhete na geladeira decepcionaria todo mundo. Mas, pensando bem, o que a família dele tinha feito nesses dezoito anos para evitar que ele se sentisse como estava naquele momento? Um verdadeiro lixo sem chance de reciclagem? Sua mãe chorava com a amiga na sala, lágrimas comedidas, porque não era elegante borrar a maquiagem e se descontrolar na frente de ninguém.

Passou um tempo até Adriana reunir coragem e bater na porta do quarto. Ela chegou com ar de banho tomado, rosto limpo e cabelos molhados. Dificilmente Thiago via a mãe assim. Olhos vermelhos de quem andou chorando de verdade. Braços cruzados na frente do corpo, ele se lembrou de como ela brigava com ele quando criança, dizendo que cruzar os braços era falta de educação. Ele demorou, mas entendeu que demonstrar sentimentos na frente dos outros era falta de educação.

— Me desculpe por hoje à tarde — ela disse por fim. — Eu não devia ter envolvido a Marta nisso. Pensei que ela poderia ajudar.

Ela tá bem acabadinha, hein?

— Talvez não tenha nada de errado comigo e eu não precise de suas amigas do pilates. — Thiago interrompeu a leitura e olhou para a janela, sem coragem de ver as lágrimas no rosto da mãe. Precisava guardar um pouco da raiva, com ela poderia rebater intervenções descabidas. A raiva o protegeria. — Preciso de um tempo, senão vou enlouquecer nesta casa. — Thiago fechou a apostila com força, quase um tapa na mesa, e aproximou a cadeira da mãe. — Quero ir para uma feira em São Paulo. Volto no domingo.

— Seu pai não vai permitir, Thiago. Você sabe.

— Não fale nele. — Seu rosto se transformou. — É sério. Não preciso da permissão de ninguém.

Isso, garoto! Mostra quem é que manda nesta pocilga!

— Precisa sim, precisa do dinheiro dele... — Adriana enxugou uma lágrima e desviou o olhar.

Não deixa essas lágrimas de crocodilo te dobrarem.

Adriana balançou a cabeça para os lados, rejeitando as palavras que ainda diria.

— Eu dou o dinheiro, filho. Isso não é problema, você sabe, posso pegar da conta conjunta. Mas só faltam duas semanas para o vestibular. — Esfregou o rosto, muito abalada. — Você desistiu?

— Não. Mas eu vou enlouquecer se ficar aqui... — Eles se olharam por um longo tempo. Ela observando os ferimentos no rosto do filho, e ele notando como a idade tinha chegado ao rosto dela. Sem todos os artifícios, ela era mais bonita, mais real.

— Talvez seja bom para todo mundo colocar a cabeça no lugar.

Até em um momento desses ela pensava nos outros. Por que era tão difícil se concentrar apenas em Thiago?

30

• • •

O Urso

Acuada em um canto da sala, Vanessa chorava um pranto visceral. Ver parte do meu interior, um monte de espuma branca e inanimada, lhe doía mais que qualquer ferimento que infringissem em sua própria carne. A espuma dava sentido às palavras maldosas das pessoas: "É só um urso idiota, um brinquedo..."

Nesse espaço entre querer sumir do mundo e precisar de um lugar para guardar seu desespero, um lugar que não fosse dentro dela, Vanessa paralisou. Aqueles que se aproximavam eram estranhos, porque desconheciam a origem do seu sofrimento. E como é possível compreender o desconhecido? Estava sozinha. Até Jessica, sua melhor amiga, se afastou sem saber o que fazer. Mesmo se contasse a eles, não entenderiam. A ferida causada na infância por mãos que deveriam protegê-la estava aberta e exposta ao pior do ser humano: a indiferença.

Eu queria confortá-la, como sempre fiz, mas as palavras não penetravam o casulo do sentimento infantil dentro do seu corpo já adulto. Através dos meus olhos de vidro eu via a realidade de sua imagem, algo que um olho humano jamais seria capaz de enxergar. Um rastro percorria a pele feito rachaduras na superfície de um vulcão, e, pelos sulcos, era possível ver a energia tensa e vermelha prestes a explodir. O que os alunos e professores ao redor viam era uma garota no canto chorando, *triste, patética...*

LOUCA.

Mas não era isso que acontecia. Vanessa foi ao chão sim, para lutar contra a dor e impedir uma explosão. Demorei para conseguir me recompor, queria tanto ser conhecido por todos, esperava que eles pudessem me ver como a Vanessa, acenar para mim, conversar livremente nos intervalos como a um igual, como se eu fosse gente, *mas eu não sou...*

Vanessa se lembrou da primeira vez que precisou do apoio de alguém e só encontrou alento nos braços de um urso. Foi doloroso. Essa lembrança transportou minha menina para um tempo distante, marcado com lágrimas quentes na memória. O urso da lembrança era o mesmo, mas a garota, não. Nessa tinha mudado durante esse tempo.

Aos poucos as pessoas se afastaram e uma professora ficou na sala com ela aguardando a chegada da mãe. Não demorou muito para que Sara chegasse e encontrasse a filha sentada em uma cadeira, um copo d'água pela metade e uma sala fria. A professora contou o que tinha acontecido, usou palavras comedidas, como se tentasse não ofender. Nós conhecíamos bem esse tom condescendente de falar sobre assuntos delicados. Vanessa sempre foi um assunto delicado.

Sara evitou discutir e constranger ainda mais a filha, e rapidamente eu e a Vanessa estávamos dentro do carro, a caminho de casa. Fiquei agradecido por essa atitude, realmente não sei o que aconteceria se Vanessa fosse pressionada. Sara ligou o rádio baixinho em uma daquelas estações que só tocavam música clássica.

Com os anos, mãe e filha se acostumaram com o silêncio diante dos problemas. Fingir que uma coisa não existia era bem difícil, mas funcionava. Assim a rotina se arrastou. Elas tinham um segredo doloroso, e remoer suas causas e consequências cobrava um tipo de inteligência emocional que ninguém na família possuía.

Agora a ferida delas fora exposta para estranhos, e *dessa* realidade mãe e filha não podiam fugir. Toda a escola havia tomado conhecimento de mim. E isso era muito assustador para nós. *O que aconteceria comigo?* Eu e Vanessa não parávamos de pensar nisso. Não sei dizer no que Sara pensava, mas, conhecendo-a durante tantos anos, eu podia imaginar: um traço de vergonha por ter falhado não só como profissional, mas como esposa e mãe. Para algumas pessoas os filhos são como um desafio, uma competição para ver quem consegue moldar um exemplar melhor, e qualquer desvio do roteiro é motivo de constrangimento.

No relacionamento de mãe e filha, isso nunca ficou claro. O problema virou um monstro sem rosto, difícil de encarar. O monstro nunca foi mencionado nas muitas discussões entre Sara e Oswaldo. Qualquer que fosse o motivo de o casamento não ter dado certo, a verdadeira razão ninguém abordava. Era mais fácil falar de mim, o Urso Bobo, o rosto que eles escolheram para o monstro.

Chegando em casa, Sara levou Vanessa para o quarto, tirou seus sapatos, como fazia quando ela era criança, e lhe ofereceu uma xícara de chocolate quente. Sem palavras ou críticas, pôs a cabeça no colo da filha e chorou junto dela. Ajoelhada no tapete de unicórnios, a mãe chorava de modo desesperançoso, os ombros subindo e descendo, o som fino e lamurioso escapando por entre os dentes.

Mesmo com nossas desavenças, eu quis dizer a ela que no fim ficaria tudo bem. Muitas pessoas confundem lágrimas com dor, mas o pranto é na verdade um meio de passar por ela, de sobreviver ao sofrimento.

Diga que a ama, Vanessa...

Minha menina ouviu e até pensou em falar. Seus lábios se separaram um instante, deixando as palavras escorrerem para fora com emoção.

— Mãe... — ela disse um pouco desorientada.

Sara levantou a cabeça e a encarou com os olhos vermelhos, olhos que guardavam uma represa de confidências.

— Eu... — Vanessa continuou, a tristeza da mãe se somando à sua, devastando seu interior feito uma doença lenta e incurável. — Vou tomar um banho.

Fui deixado na cama encarando Sara, que olhava para o chão. O silêncio da filha era reflexo da sua própria incapacidade de falar. Talvez Sara não soubesse disso. Enfim, a rachadura havia se partido e aquilo que Vanessa tanto desejava esconder do mundo já não cabia dentro dela, de mim ou de Sara. Era algo muito grande e, se ninguém fizesse algo a respeito, nos destruiria.

Quando Vanessa voltou para o quarto, a mãe já tinha se retirado. O banho revigorou sua coragem e ela saiu procurando o celular. Digitou rapidamente no grupo do clube e começou a arrumar uma mochila.

O que você está fazendo? Vamos a algum lugar, Vanessa?

— Vou pra essa feira nerd. O Thiago acabou de dizer que também vai.

Pode ser bom deixar os problemas um pouco de lado, mas seus pais não vão gostar. É seu aniversário.

— Eu sei, Urso. — Vanessa me mostrou duas blusas coloridas, uma em cada mão, e pediu minha opinião. — Azul e branca com flores roxas ou rosa e amarelo com gatinhos pretos?

Gatinho, é claro.

Colocou as duas dentro da mochila. Lágrimas ainda escorriam de seus olhos, mas sua voz estava recuperada.

— Acabou o tempo em que eu me preocupava em manter a paz nesta família, Bobo.

31

• • •

A Voz

Quatro adolescentes com mochila nas costas, dessas supermonstruosas, tomando milk-shake. Essa é uma cena bastante normal, exceto pelo fato de cada um ali ter um amigo imaginário, por assim dizer, *como se eu não fosse de verdade.*

O corpo de Thiago, febril pela ansiedade de passar quatro dias ao lado de Vanessa, esquentava rápido a bebida em suas mãos. Os motivos que levaram os quatro para a fila do ônibus foram diversos. Cada um fugia de uma coisa diferente, mas basicamente todos desejavam um espaço para sofrer sem serem indagados a cada cinco minutos se estavam bem.

Thiago sorria mais que o normal. Enquanto conversavam, ele se perdia em pensamentos: *Como vai ser quando eu colocar uma mochila nas costas para ir embora definitivamente?* Ele começou a pensar em como queria que Vanessa fosse com ele para qualquer lugar longe dali. Ela tinha enviado um áudio contando por alto o que havia acontecido na escola, mandado uma foto do urso idiota com o peito rasgado, então ele teve a ideia de comprar um suéter para a pelúcia. Fui totalmente contra, só me faltava essa, o merdinha virar melhor amigo do urso sebento.

Combinaram de levar duas barracas, uma para os meninos e outra para as meninas. Até nisso o merdinha era lento. Eu avisei para formar casais, mas ele não teve coragem para sugerir esse arranjo e deu um sorriso amarelo quando a Júlia disse para ser dessa maneira. Fiquei embasbacado com a quantidade de não nerds dentro do ônibus. Pensei que iríamos encontrar aquele pessoal com aparelho nos dentes que dá a volta na cabeça, óculos fundo de garrafa e suspensórios.

Por alguma convenção bizarra de moda, essas coisas agora eram legais, mas o cara mais bizarro do ônibus estava vestido de Power Ranger. Foi uma grande decepção. Não havia nada realmente engraçado para me divertir.

Pior que o merdinha quase deixou de sentar ao lado da garota e eu tive que gritar muito na cabeça dele para evitar essa tragédia.

Merdinha, respira, tá frio pra cacete aqui dentro e você tá suando, se acalma. Você tem horas de viagem pra convencer essa menina de que não é um babaca.

Thiago tem esse probleminha de ficar com febre quando está muito empolgado. A temperatura do corpo dele vai parar em quase trinta e nove graus, e ele fica com a maior cara de imbecil do universo. Constantemente tenho que lembrar o cara de que ele está suando muito ou sua boca está levemente aberta, prestes a babar. Vanessa abaixou aquela divisão dos assentos, um mau sinal, e ele ficou imaginando se era para descansar o braço ou manter distância entre eles.

Tic-tac, tic-tac. O tempo tá passando, Thiago, conversa com a menina.

— Realmente foi muito chato o que aconteceu com você — Thiago disse com aquela voz molenga que eu odiava.

Nãããoooo. Nada de falar sobre coisas tristes.

— Teve o lado bom — ela respondeu encarando-o nos olhos, o urso remendado em seu colo. — Se não tivesse acontecido, eu não estaria com você agora.

— É — ele concordou com um sorriso bobo. — Então não vai ser estranho se eu disser que foi bom? — Um silêncio desconfortável pairou no ar e ambos conseguiram ouvir a conversa animada de Ricardo e Júlia no banco da frente. As coisas entre eles pareciam tão fáceis. — Quer dizer, foi uma coisa horrível, mas agora você está aqui e eu fico feliz. — Thiago começou a entrar em pânico e falar mais rápido. As mãos não ficavam paradas e gesticulavam para explicar o que suas palavras não conseguiam. — Eu tô feliz por você estar aqui, claro, mas não por ter passado por aquilo, isso não me deixa feliz, claro...

— Eu entendi. — O sorriso dela foi reconfortante, muito longe do ideal, porque Vanessa ria dele e não com ele, mas o merdinha simplesmente não sabia a diferença. — Você começou um tratamento novo?

Thiago negou com a cabeça. Precisava de alguns segundos para recuperar o ar e parar de falar besteira.

— Vou começar na próxima semana, mas deve ser igual a todos os outros, sabe como é.

— Prometi pra minha mãe que vou voltar na segunda-feira. Só assim consegui passe livre pra viajar com vocês.

Os cabelos dela caíam sobre o ombro esquerdo em uma bonita trança colorida que se misturava às cores da blusa. Era demais para meus olhinhos sensíveis, mas para o garoto era um deleite, uma provocação para seus sentidos completamente descalibrados pelos hormônios.

— Nada contra fazer terapia, dizem que é bom pra todas as pessoas, mas depois de dez anos você fica um pouco cansado, né? Pensa só, nesse tempo dava para aprender mandarim, e isso sim seria uma coisa útil.

Vanessa fitou o rosto dele seriamente antes de soltar uma gargalhada gostosa de ouvir. Para minha grande surpresa, a estratégia do merdinha de ser idiota funcionava com a menina. Ricardo colocou a cabeça no alto do banco da frente e piscou para Thiago. Mas o fato de ele se distrair com facilidade dificultava as coisas. O sol refletido no brilho labial dela lhe roubava a sanidade. Se é que ele tinha alguma.

— Eu também acho, mas no lugar de mandarim eu gostaria de aprender a tocar violino.

A última palavra ecoava dentro da cabeça oca do merdinha, ricocheteando nos poucos neurônios e criando uma imagem na mente dele. Infelizmente sua imaginação sempre foi bem ruinzinha e todo aquele circo envolvia um beijo tão broxante que fiquei desanimado. A viagem seria longa e chata e a minha expectativa de *pegação* no banheiro estava muito longe de acontecer.

32

• • •

O Urso

O menino se aproximava conforme o ônibus fazia a curva e Vanessa gostava toda vez que o braço dele tocava de leve o dela. Chegar até ali foi mais fácil do que tinha imaginado. Sara quase não protestou quando Vanessa prometeu iniciar um novo tratamento quando voltasse. O mais difícil foi convencer o pai, que relutou por conta das companhias, segundo ele, "pessoas desequilibradas e perigosas".

Apesar de Vanessa ter dado uma resposta malcriada, eu bem que gostei de suas palavras:

— Caso não saiba, pai, eu sou desequilibrada e posso ficar perigosa se vocês tentarem me prender neste apartamento.

Esse era o tipo de comportamento que eu não aprovava na maioria das vezes, mas, fala sério, ela arrasou e depois disso as objeções caíram por terra. Oswaldo perdia um pouco do seu poder de veto com o apoio de Sara ao desejo da filha. Imagino que tenha sido doloroso para eles ouvir da boca de Vanessa que só desejava isto em seu aniversário de dezoito anos: ficar longe deles e de casa. Foi combinado um jantar na noite de domingo na casa de Sara, e isso era tudo que Vanessa podia lhes dar.

Vanessa olhava pela janela, mas ignorava a paisagem. O que ela via em detalhes era a imagem de Thiago refletida. Os olhos dele em cima dela, esfomeados. Senti seu coração acelerar batendo alto na minha cabeça, a veia grossa do pescoço pulsar, tensa. Ela tinha que olhar para ele para ver melhor, mas seria incapaz de dizer algo ou desviar de seus lábios.

Deixar-se seduzir... Ser atraída para sua boca poderia custar a amizade preciosa. Quantos grupos de amigos já foram arruinados por um amor mal resolvido? Thiago chegou mais perto, inalando o perfume dos cabelos dela. Um leve desespero impregnou seus pensamentos.

> *Ele vai me beijar, ele vai, se eu virar, ele vai tentar me beijar.*

A coisa mais adulta a fazer foi levantar correndo para ir ao banheiro. Thiago seguiu o andar dela pelo corredor e depois afundou no assento. Como Nessa me deixou para trás, pude ver as reações dele, esfregando o rosto com as mãos. Fiquei com pena. O menino suava. Enquanto tentava se enxugar, as mãos tremiam.

Ele começou a respirar de forma pausada para se controlar, mas era exatamente de descontrole que eles precisavam. Aqueles dois gostavam um do outro. Ele levou um susto quando olhou para o lado e Vanessa já estava no corredor querendo passar para o assento da janela. Certamente ele deve ter se perguntado quanto tempo ela estava ali e se teria visto seu desespero.

— Ah, desculpa — disse ele. — Não percebi que você tinha voltado.

— Sem problema, eu só precisava me esticar um pouco.

— Acho que já estamos perto. — Thiago concluiu com certa tristeza, como se chegar à feira fosse o ponto-final.

Geralmente uma pessoa fica feliz em chegar ao seu destino, mas aquelas oito horas foram insuficientes para os dois. Vanessa olhou para o banco da frente e tropeçou nas pernas de Thiago com o que viu. Ricardo e Júlia se beijavam apaixonadamente. O ônibus fez uma curva acentuada e ela quase caiu no corredor. Thiago a segurou com força pela cintura. Ao sentir as mãos dele em contato com sua pele, ela perdeu o fôlego. A pele de Thiago era quente demais e se misturava perfeitamente à dela.

Vanessa olhava para baixo e o rosto deles estava muito perto, os cabelos dela formando um cantinho particular e escuro para os dois. Ali dentro o ar circulava com cheirinho de shampoo.

Eles vão se beijar.

Comemorei antecipadamente, mas com o movimento Ricardo olhou para trás e não perdeu a oportunidade de implicar com os dois.

— Olha aí, hein? Vocês podem, por favor, procurar um quarto? Isso é um ônibus de família.

Júlia bateu nele e o puxou pela camisa. Thiago retirou com rapidez as mãos de Vanessa e ela se sentou, completamente envergonhada.

Acaba logo com isso e beija esse menino!

Eu não consigo, Bobo. Toda vez que olho pra ele meu corpo fica leve, como se minhas entranhas sumissem.

Foi uma analogia preocupante, fruto dos filmes de terror que Thiago tinha emprestado, tenho certeza. Minha garotinha estava apaixonada por um garoto — essa era uma das melhores notícias de todos os tempos. Entretanto eles precisavam de um empurrãozinho, e essa viagem era uma grande oportunidade que ambos deixavam escapar. Eu, que sou um urso muito esperto, impediria que Vanessa voltasse para casa sem beijar esse garoto.

O ônibus fez uma parada de quinze minutos para o motorista e os passageiros descansarem. Ricardo e Júlia saíram de mãos dadas, o que gerou certo desconforto em Vanessa e Thiago. Agora os amigos eram um casal e eles não. Vanessa foi com Júlia ao banheiro, muito animada. A amiga cochichou que Ricardo tinha lhe pedido um beijo.

— Foi tão lindo, Vanessa. — Júlia não parava de sorrir. — O Ricardo chegou no meu ouvido e disse que só veio nessa viagem pra ficar perto de mim, sabia? — A menina escondeu o rosto com as mãos. — Então eu não resisti àqueles olhinhos verdes e dei um beijo nele.

— Você disse que ele tinha pedido um beijo pra você. — Elas entraram no grande banheiro da parada de ônibus. — Mas pelo que você está falando foi você quem deu um beijo nele — Vanessa falou, achando graça.

— Ele pediu com os olhos.

Júlia respondeu sorrindo com malícia e fechou a porta do cubículo. Do lado de fora, Vanessa ainda sorria, até perceber que era exatamente isso que havia acontecido com ela e Thiago — ele queria um beijo, mas não teve coragem de pedir, e ela também não foi capaz de ceder.

33

• • •

A Voz

O local da feira nerd, galpões imensos que pareciam não ter fim, comportava um número impressionante de esquisitices. Júlia mostrava tudo orgulhosa, um bando de gente fantasiada, que fez questão de esclarecer que na verdade eram cosplayers, exposições de peças raras que mais pareciam brinquedos e mais um monte de parafernálias de computadores.

A garota arco-íris parou em um desses locais de exposições. Como o merdinha não desgrudava dela, tive a incrível oportunidade de ver os maravilhosos itens.

Que merda é essa de exposição, Thiago? Um monte de brinquedo, alguns ainda dentro da caixa. Vamos pro outro lado, tem umas meninas gostosas fantasiadas.

Ele me ignorou. Seguiria aquela menina exatamente como um cachorro de rua que vai atrás de uma salsicha. Ela estava radiante andando com aquele urso à mostra. Ali ninguém precisava esconder sua esquisitice, quanto mais estranho melhor. Júlia nos guiou para o galpão das barracas, em que quadrados foram desenhados no chão para todos saberem onde deveriam acampar.

— É, meu amigo — disse Ricardo olhando para a barraca em que dormiria com Thiago. — Parece que o destino quer a gente bem juntinhos.

— Gente, eu vou falar com o pessoal da competição. — Júlia dava pulinhos de empolgação. — Não se preocupem com as coisas, é só colocar tudo dentro das barracas e fechar, ninguém vai mexer.

Então saiu apressada e os três foram para a praça de alimentação. Com a pouca variedade de alimentos, seria difícil passar três dias ali, mas o que é comer mal diante da felicidade de estar entre amigos? Eles fariam o esforço de passar três dias comendo fastfood. Mais difícil seria para Júlia, já que não havia muitas opções de comida vegetariana.

Vanessa entrou em uma fila enorme para pegar um algodão-doce enquanto os meninos providenciavam algo para comer que contivesse proteínas.

— Agora você e a Júlia estão juntos? — Thiago perguntou. — Quer dizer, namorando de verdade?

— Eu não sei. — Ricardo sorriu. — Não falamos sobre isso ainda, não falamos sobre nada, se é que dá pra entender, mas eu tô gostando muito dela. — Ricardo seguiu o olhar de Thiago até Vanessa e perguntou: — E vocês dois? Quando vai sair o primeiro beijo desse casal?

— Eu não sei! — Thiago fechou a cara. — Graças a você agora não sei de nada. Porra, cara, por que você me atrapalhou lá no ônibus? — Olhou na direção de Vanessa e balançou a cabeça de leve, querendo negar o desfecho do momento. — Perdi minha chance e não sei se ela ainda vai me querer.

— Ela quer. Você que é muito mole — Ricardo respondeu sem intenção de se desculpar, parecendo estar se divertindo. — O que tá faltando, cara? Ela gosta de você e tá na sua cara que você também gosta dela.

— Pra você é fácil, Ricardo. — A fila andou e Thiago perdeu Vanessa de vista.

— Deixa de ser ridículo, isso não é fácil pra ninguém.

Até o cabeludo tá te falando, merdinha! É só beijar a garota que vai dar tudo certo.

De repente Ricardo ficou agitado, deixou o copo de refrigerante cair no chão e saiu correndo. Thiago pediu desculpas para as pessoas em volta e foi atrás dele.

Parece que o fim de semana vai ser bem estranho mesmo.
O loirão tá dando chilique de novo.

— Ricardo! — Ele estava atrás de um food truck. — Ei, cara, você tá bem? O que foi aquilo?

— Ele tá aqui, Thiago. — O medo emanava de cada poro do rapaz. Ofegante e de cabeça baixa, Ricardo deixou os cabelos cobrirem seu rosto.

— Você não tá sozinho, cara. — Thiago buscava na mente algo que pudesse dizer e acalmar o amigo. — Não duvido de você, mas já pensou que pode ter visto alguém fantasiado? — O merdinha se sentiu constrangido em alertar Ricardo para esse detalhe.

Ricardo levou o cabelo para trás da orelha e buscou ar para responder.

— Não deixa ninguém te ouvir. Sabe que esse pessoal não gosta nem um pouco de ser chamado de *gente fantasiada*. — Aparentemente mais calmo, Ricardo começou a sair devagar do esconderijo. — Mas eu sei a diferença e você também deveria saber. Ou por acaso confunde a voz na sua cabeça com imaginação fértil?

O loirão não curtiu muito seu comentário. Vê se não vai estragar a viagem, hein?

— Pô, cara, desculpa — o merdinha disse, se apressando para corrigir a besteira que tinha feito. — Eu acredito em você.

— Então da próxima vez que eu disser que tem um coelho gigante querendo me matar não vem com essa merda de cosplay. — O rosto de Ricardo com as sobrancelhas unidas deixava claro que ele tinha ficado chateado, mas o que ele fez em seguida confirmou uma coisa que eu já suspeitava. — Agora deixa de ser cuzão e vamos voltar lá pra pegar aquele cachorro-quente que eu tô morrendo de fome.

A sua sorte é que o garoto é zueira.

— Valeu, cara. — Thiago agradeceu e o seguiu, vasculhando a fila do algodão-doce para encontrar Vanessa. Ela vinha saltitante na direção deles.

— O que vocês estavam fazendo lá atrás? — ela perguntou sem entender por que Ricardo olhava tanto para os lados. — Tá tudo bem?

Será que ela tá pensando que vocês estão tendo um rolo?

— Fica tranquila, Vanessa — Ricardo disse, abocanhando o cachorro-quente. — Eu o vi de novo.

— O coelho? — ela perguntou olhando em volta, e o merdinha percebeu que era esse o tipo de solidariedade que o amigo queria.

— Mas não fala nada pra Júlia. Esse fim de semana é muito importante pra ela e eu não quero que nada estrague isso. — Os olhos dele brilhavam ao falar da menina, e o casal bastante improvável dava sinais de um relacionamento intenso.

— Fica tranquilo, ela não vai saber. — O algodão-doce grudado no cantinho da boca não combinava com a força de suas palavras, Vanessa parecia uma garotinha com o urso a tiracolo.

— Ótimo. — Ricardo olhou para o relógio e se apressou em andar. — Vamos, o jogo-treino vai começar e eu quero ficar lá na frente.

Chegando ao local dos jogos, os três caíram na realidade. Naquele mundo Júlia era famosa. Ela vestia uma camisa com o logo dos patrocinadores e estava sentada em uma cadeira muito confortável. A imprensa fazia perguntas e, pasmem, fãs gritavam o nome dela. Eles seguravam pelúcias de um gatinho preto e alguns tinham camisetas, como um grupo organizado.

A única pergunta que eu tenho é por que vamos dormir em barracas fedorentas se sua amiga é famosa nessa joça?

34

• • •

O Urso

Foi o melhor fim de semana da minha vida! Andar livremente abraçado com minha menina, vê-la apaixonada por um garoto legal e estar em um lugar que vendia algodão-doce. Eu não podia desejar mais nada. O primeiro dia correu muito bem e, quando nos preparamos para dormir, Júlia não se importou de dividir o pequeno espaço comigo também.

— Você tá gostando do Thiago de verdade? — ela perguntou muito alto e Vanessa ficou com medo de os meninos ouvirem da barraca ao lado.

— *Shhh...* — Vanessa ficou vermelha, suplicando para Júlia falar mais baixo. — Pelo amor de Deus, assim você me mata de vergonha. — Um sorriso permanente estampado no rosto ajudava a iluminar o rosto amarelado pela luz que penetrava através da lona da barraca.

— Todo mundo já sabe, vocês escondem muito mal — Júlia sussurrou. — Mas quer saber? Pra que esconder? — Ela chegou mais perto, o cabelo preso em um rabo de cavalo tão alto que quase encostava no teto quando ela sentava.

A descontração aliviou um pouco a minha menina e os músculos relaxaram. O espaço dentro da barraca era muito apertado e eu estava entre as duas. Mesmo com sono e cansadas, as amigas permaneceram acordadas, agitadas pelos acontecimentos do dia. Vanessa só pensava no beijo não dado no ônibus.

— Estou pensando em uma coisa. — Júlia sorria tanto que até eu fiquei empolgado. — O Ricardo insinuou que quer dormir na barraca comigo, e eu também quero dormir com ele.

— Ah, meu Deus! — Vanessa embarcou na felicidade e na empolgação da amiga. — Você tá pronta pra fazer isso? Quer fazer aqui nesta barraca?

Júlia balançou a cabeça e as duas se abraçaram, me amassando entre elas.

— Quero muito. Não é a minha primeira vez, mas vai ser especial.

Só temos duas barracas, e, se a Júlia vai dormir em uma com o Ricardo, Vanessa, a gente vai ter que dormir na outra com o Thiago.

Aos poucos Vanessa arranjava as ideias dentro da cabeça. Ainda não tinha compreendido o que a decisão de Júlia implicava na sua vida.

— Acho que vocês precisam de um pouco de privacidade também. Sozinhos, sem ninguém para atrapalhar, sabe...

— Espera. — Vanessa fez uma careta, finalmente compreendendo a situação. — Não, não, não.

— É só uma ideia. O Thiago é um cara legal, jamais vai te desrespeitar. Ele gosta de você e você gosta dele. — Júlia pegou a mão de Vanessa, dando força.

— Eu nunca fiz essas coisas, Júlia. Não estou pronta.

— Você só vai fazer o que quiser. O fato de dormir junto no mesmo lugar não quer dizer nada, mas é uma oportunidade para vocês se entenderem. — Pessoas passaram do lado de fora, cochichando. — O Thiago é um cara superlegal, mas é um bobo, acho que nunca vai ter coragem de te beijar.

— Principalmente com pessoas em volta. — As palavras saíram geladas dos lábios. Tudo seria mais fácil se Thiago a segurasse pela cintura e lhe lascasse um beijo, mas se ele fosse assim talvez ela nem gostasse dele. Era a timidez que dava um charme especial ao Thiago.

— Tá bom, mas pensa nisso... — Júlia virou para o outro lado para dormir e Vanessa ficou deitada de barriga para cima, os olhos bem abertos e pensativos.

> *O que você acha, Urso? Dormir na mesma barraca com ele?*
>
> *Concordo que ele é um cara legal e respeitador; respeitador até demais, né? Mas não sei se é uma boa ideia. Me parece muito atrevida.*

Vanessa quase não pregou os olhos imaginando como seria se aceitasse a proposta. Primeiro, morreria de vergonha de entrar na barraca com ele. Sobre o que conversariam? Senti seu corpo esquentar um pouco e seus pensamentos viajarem para a possibilidade que Júlia havia levantado. Eles poderiam se beijar e, nesse caso, não seria necessário pensar em um assunto para conversar.

A sombra do primeiro e desastroso beijo veio intensa. No fundo ela sabia que os boatos eram mentira, mas e se eles tivessem um fundo de verdade e o beijo dela fosse horroroso?

> *Quanta besteira, Vanessa. Você nunca teve namorado e não tem nada de errado nisso.*

Apaixonada, viajava em pensamentos e nas várias possibilidades que o dia seguinte lhe reservava. Eu acredito que o amor pode curar. A tristeza da última semana parecia distante, e a única coisa que provava que os horrores haviam sido reais era o meu peito costurado. No meio da madrugada ela acordou para ir ao banheiro. Parecia que nem tinha dormido.

Passou devagar na frente da barraca dos meninos e suspirou. O coração acelerou e então corremos, livres. Os tênis fazendo barulho no piso liso, e a sensação boa que veio para consumir todas as incertezas explodiu em um sorriso no rosto. Ela me girou no banheiro, nossa imagem refletida no espelho. As poucas pessoas que encontramos no caminho ficaram felizes em nos ver, como se a nossa felicidade fosse capaz de penetrar no coração delas quando nossos olhos se encontravam.

Um casal passou por nós, o rapaz se inclinou e sussurrou algo no ouvido da garota, ela gargalhou, e eles nem sequer notaram Vanessa. *Podemos ser como eles,* ela concluiu, feliz, e acho que foi nesse instante que decidiu ser corajosa e dar o primeiro passo. O dia demorou a nascer, o que foi uma tortura. Mal Júlia abriu os olhos, e minha menina disse quase descontroladamente que dividiria a barraca com Thiago.

Elas esperaram os quatro estarem relaxados, tomando o café da manhã. O café de Vanessa até esfriou na expectativa de Júlia soltar a bomba. Nada ficaria bem no estômago enquanto o assunto não estivesse resolvido.

— Gente — Júlia falou sem olhar para Vanessa, na certa com medo de não conseguir esconder. — Eu e o Ricardo estamos juntos, vocês sabem, né?

— Humm... — Vanessa disfarçou muito mal, baixando a cabeça e tomando um grande gole de café gelado.

O falatório alto da praça de alimentação não deixava ninguém ouvir sua barriga roncar de fome, e mesmo assim o sanduíche permaneceu intocado no prato. Ricardo estalou um beijo em Júlia e ela continuou:

— Então nós queremos dormir esta noite na mesma barraca. — disse, olhando bem nos olhos dele. — Queremos saber se tem problema pra vocês dois dividirem a outra barraca.

— Normal... Eu já passei a noite em um motel com esse cara e dormi com ele ontem também. Você vai ficar segura, Vanessa. — Ricardo provocou.

Vanessa olhou para Thiago, esperando o que ele iria dizer. Surpreso, o menino não sabia o que falar.

— Claro que eu não me importo... — Ele fez uma longa pausa, e Vanessa deixou derramar um pouco de café na mesa. Em seguida, ela começou a usar um monte de guardanapos para tentar secar. —

Afinal, é reconfortante saber que não vai ter cheiro de chulé na barraca, mas não se preocupem, vou arrumar outro lugar para dormir. Ontem à noite conheci um vizinho nosso de barraca. Ele me pediu pra tomar conta das coisas dele, porque ele conheceu uma menina e foi dormir com ela.

— Ah, que bom então — Júlia respondeu. — Acho que a Vanessa não se importaria de dividir com você. Ela quase não precisou de espaço essa noite, mas se você acha melhor assim...

— É. — Thiago olhou para Vanessa, e, se ele notou o rubor no rosto dela, não fez nada para consertar a situação. — Acho que você prefere assim, né?

— Claro, eu e o Bobo vamos ficar bem.

Realmente o Thiago é muito inocente, Vanessa. Já estou achando que se você não agarrar esse menino não vai acontecer nada.

Vanessa desistiu do café e das várias possibilidades que imaginou durante a madrugada. Ser prontamente rejeitada na frente de todos não fazia parte do plano.

35

• • •

A Voz

Não fala comigo pelo resto do dia. Tá ouvindo, seu MERDA? Você teve a chance de dormir com a menina e jogou fora!

Depois disso o café acabou rapidamente e as meninas saíram apressadas. Ricardo ficou olhando Thiago picotar uns guardanapos em pequenos pedacinhos. Era assim que o merdinha sentia o coração: completamente destroçado. *Que bosta que eu fiz...*

— Cara, você é um caso perdido, sabia? — Ricardo constatou.

— Fiz besteira, né? — Thiago agarrou os cabelos querendo arrancá-los pela raiz e gritar para toda a praça de alimentação ouvir e saber como ele era o maior idiota de todos. — Eu não queria que a Vanessa fosse pressionada a fazer algo que ela não quisesse.

— Você realmente achou que ela não sabia? A Júlia nunca faria isso com a amiga. As mulheres são unidas nessas coisas.

— Porra, Ricardo, se você sabia por que não me avisou? — O merdinha entrou em desespero, resgatando da memória a expressão do rosto de Vanessa na hora em que ele desfez os planos. Ela parecia prestes a chorar. Só ali reconheceu a grande mancada.

— Ei, eu não sabia de nada. Apenas sugeri que seria legal dormir com a Júlia. — Ricardo colocou o copo de suco na mesa com vontade e trincou o plástico mole. — Como eu iria saber que ela ficou pensando nisso durante a noite? Elas combinaram tudo, é claro — ele disse sorrindo.

Você vai morrer virgem! E talvez seja melhor, afinal, se você procriar vai perpetuar esse nível altíssimo de imbecilidade.

— O que eu faço agora? Me ajuda, cara. — Os olhos de Thiago se encheram de lágrima.

Puta que pariu! Não vai dar chilique e chorar. Seja homem, por favor.

— Até a noite a gente resolve isso. — Ricardo levantou e acenou para as meninas, que os chamavam. — Até lá, tenta não piorar as coisas.

O embaraço da situação se estendeu ao longo do dia. Vanessa evitava ficar sozinha com Thiago e nunca alguém foi tanto ao banheiro. O preço pela besteira feita de manhã foi pago em suaves e indigestas parcelas ao longo do dia. Júlia esteve todo o tempo ocupada. O lance de jogar na competição se mostrou algo muito sério e bem organizado. Os três, ou melhor, os quatro, porque o maldito urso acompanhava todas as atividades, passaram o dia zanzando pela feira.

Sabe o que me deixa mais chateado com essa história toda? Nós nunca vamos saber se a garota arco-íris iria deixar o urso idiota participar da pegação se rolasse alguma coisa na barraca esta noite.

— Thiago... — Vanessa sussurrou o nome dele. O estande de livros de ficção comportava umas dez pessoas, porém mais de trinta se espremiam para ver as novidades lançadas na feira.

— O que foi? — ele perguntou, tentando desvendar no rosto temeroso dela o motivo de tanta ansiedade.

Entre os livros do outro lado da estante, uma figura de cerca de dois metros surgia, assustadora. Um coelho negro e vermelho, sujo de sangue, arrastava um machado. Garras compridas e dentes afiados e demoníacos impediam que sua imagem fosse confundida com algo relativo ao universo infantil. De costas, Ricardo não via seu pior pesadelo materializado. Thiago saiu atropelando as pessoas; uma mulher o chamou de babaca e um rapaz com a máscara de Darth Vader o empurrou, sendo em seguida cercado por personagens com sabres de luz. Thiago ficou tonto. Desequilibrado, quase caiu ao dar a volta no estande.

Para alimentar o medo intenso, ao chegar ao local da aparição, não encontrou nada. Vanessa veio atrás, ofegante.

— Onde ele está? — ela indagou girando o corpo, a respiração exaltada e o rosto marcado por um medo crescente. Levou uma mão à cabeça enquanto esquadrinhava tudo ao redor para encontrar o coelho.

— Pelo amor de Deus, aquilo tinha uns dois metros, não tem como sumir assim. Você viu. — Thiago chegou a tremer com o pensamento maluco. E se estivessem sendo afetados pelo medo de Ricardo? Será que a ligação deles era tão forte que seriam capazes de compartilhar suas loucuras?

> *Um monte de merda, Thiago. Eu sei o que eu vi e era a porra de um coelho gigante.*

— Quase perdi vocês. — Ricardo se aproximou carregando uma sacola de livros. — Vi vocês saindo correndo e pensei que tinha algum escritor famoso passando.

Thiago olhou para Vanessa tentando descobrir se ela pretendia contar para o amigo o real motivo de estarem ali. Um segundo deslize estava fora de cogitação. Pela cara de babaca dopado dele, a menina acabou tomando a decisão de falar.

— Eu pensei que tinha visto aquele escritor famoso... Edu Castanhas. — Vanessa soltou um sorriso amigável e Ricardo olhou ao redor. — É, mas era só um cara parecido. Estou morrendo de fome, vamos comer alguma coisa?

— Mas você é um saco sem fundo! — Ricardo se distraiu com a conversa de Vanessa.

Enquanto os dois falavam se era possível misturar algodão-doce com sorvete, Thiago caminhava a alguns passos atrás. Na certa Ricardo achou que a atitude meio dispersa estava relacionada à mancada na parte da manhã.

Uma vez, quando tinha treze anos, Thiago tomou por engano os remédios da mãe. Essa foi a única vez que "viu coisas". Ele surtou no shopping dizendo que tinha aranhas cor-de-rosa no chão. Até na hora de alucinar esse garoto me envergonhava. As aranhas tinham uma cor embaçada, como se fizessem parte de um sonho. Mas agora tinha sido diferente, o coelho era real demais para ser só imaginação, e, além do mais, a Vanessa também tinha visto.

— Você acha que dá certo? — Vanessa perguntou.

— Oi? — A expressão perdida, o cabelo bagunçado e a camisa de super-herói o deixavam ainda mais parecido com um garotinho perdido no supermercado. *Lamentável.*

— Acha que tem como misturar algodão-doce com sorvete? — Vanessa se mostrou uma garota bem esperta, distraindo Ricardo e procurando o coelho na multidão ao mesmo tempo.

— Acho que vai ser uma combinação com bastante açúcar. — Thiago balançava a cabeça. — Porque se o sorvete encontrar o algodão-doce pode ser açúcar demais e fazer o algodão-doce ficar ruim, não acha?

Ricardo parou na frente deles, alternando os olhos claros penetrantes entre Vanessa e Thiago.

— Do que vocês estão falando? Se isso é alguma metáfora sexual, vocês são muito estranhos.

A palavra "sexual" ativou a região da racionalidade de Thiago, que se endireitou e quase pareceu normal.

— Vocês é que são estranhos. Sem contar que essa é a dieta de uma criança de dez anos.

36

• • •

O Urso

A visão do coelho nos fez refletir em como o problema de Ricardo era sério. A pelúcia suja de sangue arrepiava até os pelos que ainda não tinham nascido. Júlia contava muita coisa sobre Ricardo, e a oportunidade de realmente conhecê-lo melhor aconteceu durante a viagem. Sem dúvida descobri que ele era um cara muito legal, e isso apertou ainda mais meu coração. Eu sou um urso, meu corpo também é de pelúcia, mas eu não fico andando cheio de sangue por aí.

> *De todas as pessoas do clube, você é a única que não devia ter medo desse coelho.*

> *Mas ele é assustador, Urso. É como você, só que na versão ruim.*

A explicação mais lógica para o que havia acontecido encontrava resposta naquela feira nerd. Em algum momento da vida, Ricardo desenvolveu fobia a um personagem. Talvez sua mente tenha bloqueado o trauma e a origem do personagem se perdeu, mas sua figura ficou marcada. E o que Vanessa e Thiago viram foi exatamente um cosplay do maldito personagem que tanto apavorava Ricardo.

Apesar da óbvia conclusão, o medo se esgueirou nos pensamentos racionais e ganhou espaço. A possibilidade de Vanessa ser afetada pelo pesadelo do amigo se resumia na mais pura loucura. Uma parte de sua vida havia sido pautada no insano, e um detalhe não seria tão chocante assim. Noites em que ir ao banheiro era arriscado e o trajeto do corredor era perigoso demais, uma terra de ninguém onde imperava o mal e gritos de socorro seriam abafados pelo travesseiro. Se tantas coisas na vida haviam sido loucura, o coelho também podia ser.

E hoje ainda havia a questão da rejeição. *Foi tão difícil pra mim tomar a decisão de dividir a barraca com ele.* Realmente ela esperava uma reação mais atirada do garoto.

> *É uma possibilidade muito remota, mas já pensou que ele pode ter feito isso achando que você ficaria chateada com a sugestão da Júlia? E se ele só tentou te proteger?*

> *Eu não quero mais pensar nisso. Quero simplesmente esquecer. É melhor pra gente, Urso. Você nem pensou em como seria chato dividir a barraca com ele, não é?*

A parte da tarde e o início da noite foram ocupadas com a emocionante competição da Júlia. Gente gritando e torcendo, levando as mãos à cabeça quando uma personagem do jogo controlada por Júlia conquistava um novo nível. Com o passar das horas, Vanessa começou a entender melhor o jogo e viu seu real potencial de viciar uma pessoa. Eles ficaram mais de seis horas assistindo a uma partida entre a equipe do Brasil e dos Estados Unidos e ninguém demonstrava cansaço.

Quando a equipe brasileira finalmente derrotou os rivais, a festa foi enorme, os comentaristas da partida invadiram a área de competição e abraçaram os jogadores. Júlia foi levantada no alto como em um show de rock. Graças a ela, a equipe brasileira iria para a grande final no dia seguinte com os argentinos. Júlia correu para os braços de Ricardo e eles trocaram um beijo apaixonado. Os jornalistas tiraram muitas fotos e quiseram saber quem ele era.

Constrangida com a apaixonada comemoração entre os dois e o enorme assédio em volta, Vanessa baixou a cabeça com um riso no rosto e foi se afastando lentamente. O menino Thiago a acompanhou no estranho ritual de sorrir e andar de costas. Até nisso os dois combinavam.

— Acho melhor a gente ir andando... — ele disse entredentes, não querendo chamar a atenção do casal apaixonado, mas, pelo modo como se abraçavam, nem um megafone atrapalharia o momento.

— Sim, eu também estou bem cansada, quero dormir.

Eles caminharam em direção ao bloco das barracas e a tensão foi aumentando por causa do triste episódio ocorrido no café da manhã, Vanessa se calou, evitando falar e tensionando ainda mais a corda invisível que insistia em enlaçar os dois corações.

— Você ficou bem com essa história toda do coelho? — Thiago perguntou. — Estou preocupado com o Ricardo.

— Eu sei que é um problema bem sério pra ele... — Ela diminuiu o passo e prendeu a respiração, sentindo o medo chegar. — Mas eu fiquei assustada com isso, porque eu vi o coelho e, se a gente parar pra pensar direitinho, só ele saiu do imaginário. É assustador.

— Eu pensei exatamente nisso. Ninguém além de você fala com o Bobo. — Thiago apontou para mim. — Mas o coelho todo mundo viu, e isso é estranho demais.

O que é uma pena. Eu adoraria poder conversar com todas as pessoas. O mundo é tão injusto.

Ficaram um pouco em silêncio, Vanessa refletindo como seria a vida se ninguém a achasse estranha por falar com um urso de pelúcia.

— Seu aniversário é depois de amanhã, né? — O menino evitava fazer contato visual e falava como quem não quer nada e só está caminhando ao lado de uma pessoa que não mexe com os seus sentimentos.

— Sim — ela respondeu secamente e apertou o passo, um recado para cortar o assunto. Como o garoto não era um mestre em compreensão de sutilezas, continuou puxando papo.

— E como está sendo fazer dezoito pra você?

— Acho que só posso dizer isso no domingo quando acordar.

Foi um fora nem tão agressivo assim, mas o menino sentiu o impacto, tanto que seu andar descompassou por alguns segundos. *Ficou magoado.*

— Boa noite, Thiago. — Ela fitou os olhos dele um instante maior e entrou na barraca. Fechou o zíper e o som ecoou dentro da cabeça dela feito um ponto-final.

Pegou a bolsa e todos os artigos de higiene para ir tomar banho e, quando saiu da barraca, encontrou Thiago do lado de fora. Ele segurava um embrulho com estampa de unicórnios voando em um arco-íris.

Acho que ele está tentando te conquistar com presentinhos de embalagens coloridas.

— Eu comprei pra você. Presente de aniversário.

Os braços esticados no corredor, o riso acanhado e o leve balançar de cabeça amoleceram o coração dela.

— Obrigada. Não precisava. — Vanessa pôs a bolsa no chão e abriu o presente com cuidado. Abriu um sorriso sincero quando viu a roupa com estampa de ursinhos. — Obrigada, é muito fofo.

Bobo, ele não vai nos comprar com presentes, né? Mesmo se forem fofinhos.

Vanessa disse essas palavras tentando conter a euforia, mas, conforme o presente era desembrulhado, eu sorria por dentro. Sou mesmo muito tonto e facilmente impressionável.

— Tem mais um, espero que goste também. Comprei às pressas...

Cuidadosamente dobrado dentro de uma sacolinha de papel, Vanessa encontrou um pequeno suéter.

— Uma roupinha de bebê? Eu não estou grávida. — Confusa, ela olhou para Thiago.

— É para o Urso, comprei depois que você mandou a foto dele costurado.

O ar pareceu diferente, como se a partir daquele segundo fosse exigido um pagamento para respirar.

É um presente pra mim...

Em algum lugar nas estrelas estava escrito que para conquistar Vanessa era necessário primeiro ter a bênção de um Urso Bobo. Vanessa poderia ter muitos amores na vida, mas Thiago era o primeiro. O menino que se importava.

37

• • •

A Voz

Feito um fugitivo da polícia, Thiago ficou espiando pela fresta da barraca o momento em que Vanessa voltou do banho. A noite ganharia algum sentido quando ela passasse com o pijama que ele havia lhe dado. Uma hora depois ela apareceu, sem vestir o pijama.

É, merdinha, é melhor dormir, nem precisa tomar banho, não. Gente fracassada não precisa de muita limpeza.

— Ela não gostou...

Quando a garota se despediu com olhos brilhantes, até emocionados, achei que fosse usar o tal presente. Afinal era um pijama e ela estava indo tomar banho. Para a decepção do garoto, Vanessa voltou indiferente à sua expectativa.

— Eu estraguei tudo — Thiago sussurrou. Talvez escutando as palavras se convenceria de que a chance com a menina havia escorrido por entre os dedos e a solidão fosse um carma do qual fosse incapaz de fugir.

Tenha um pingo de coragem, vá até aquela barraca agora e pede desculpa por ser um completo idiota.

Thiago olhou para o zíper da barraca, a garota devia estar acordada. O seu corpo inteiro se aqueceu naquele estado excitado e febril, acompanhado pela ansiedade de sempre. Tomado pelo espírito louco da coragem, saiu eufórico da barraca emprestada, os pés se entrelaçando na alça de uma bolsa no canto.

O impulso da valentia foi suficiente para levá-lo até a frente da barraca da garota, da forma mais ridícula possível. Ele ficou andando de um lado para o outro, com cuidado para não fazer barulho e acordar os outros. Quando o corpo esfriou, Thiago voltou para a barraca e deu de cara com um casal entrando nela: seu verdadeiro dono. O cara viu Thiago e piscou com um aceno.

Oficialmente você está na rua, merdinha. Se não tiver colhões para entrar na maldita barraca da garota, vai usá-los para ficar sentado a noite inteira em algum lugar.

Sem ter onde ficar ou coragem para procurar a garota das cores vibrantes, Thiago perambulou entre os notívagos. Ainda era cedo e as fileiras de computadores estavam lotadas de jogadores que virariam a noite em partidas online. Uma movimentação diferente chamou a atenção dele e distraiu seus pensamentos deprimentes. Um grupo de pessoas carregava um robô em um carrinho. Curioso, Thiago puxou conversa.

Acabou ajudando a carregar os equipamentos e contra todas as forças da natureza fez amizade. Às duas da manhã, tomava café de uma garrafa térmica olhando os jovens fazerem testes que não compreendia. Comemorou como uma criança quando a mãozona do robô mexeu os dedos. Comeu uns bolinhos especialmente gostosos e o mundo ficou alegre e devagar.

Lá no fundo de alguma racionalidade madura ele desconfiava que os bolinhos de chocolate eram gostosos demais para terem sidos feitos por um cara espinhento chamado Caio. A sensação se assemelhava aos remedinhos da mamãe, anestesiando as dores e fazendo o corpo sentir ondas lentas de prazer sempre que alguém o tocava. A irmã de

Caio, o cara com um estoque de bolinhos capazes de render uma ficha na polícia, envolveu Thiago nos braços.

— Vamos pra uma festa... — Ela sorriu e seu irmão disse que estava quase pronto. O quase se referia ao momento em que um botão fosse acionado e o robô pudesse ser controlado. Meio aéreo, Thiago seguia a menina de cabelo azul para todo canto. Achava que a cor o atraía, era a mesma dos olhos de Vanessa.

O pessoal, muito animado, arrastou o merdinha para uma festa perto do local do evento. Depois de andar mais de dois quilômetros, Thiago percebeu a besteira que tinha feito. Como iria entrar na feira de novo sem o ingresso? Não sabia se a pulseira fluorescente em seu braço permitia entrar e sair quando bem entendesse. A menina de cabelo azul disse que estava tudo bem e logo em seguida perguntou se ele gostava de dinossauros, um claro sinal de que ele havia se fodido.

A festa aconteceu em um sobrado onde funcionava um estúdio de tatuagem muito xexelento. Grafites nas paredes, cheiro de cerveja e música eletrônica alta compunham o cenário. A garota azul o puxava pela mão e, quando Thiago, zonzo, diminuía o passo, Caio o empurrava.

— Mano, você parece uma mula, não empaca, não. — As espinhas no rosto dele pareciam ganhar vida, subindo e descendo da bochecha ao ritmo da música. — Aqui tem um rango da hora, mas se alguém te oferecer salsichão diz que não tá a fim. — Os irmão gargalharam e o som deles se perdeu na música e nas luzes. *Coloridas.*

Ele acordou com um peso enorme sobre o peito. Os olhos demoraram a ganhar foco e uma coisa peluda irritava o nariz, uma coisa azul. A música continuava e Thiago sentiu uma vontade terrível de vomitar. Tentou levantar, mas aquilo que esmagava seu corpo não se movia. Era a menina de cabelo azul, consideravelmente mais pesada que ele. Ela dormia e babava na roupa dele. A camisa de cor clara estampava o rosto dela com saliva e maquiagem.

Com muito esforço, conseguiu se livrar. Em todos os prováveis locais onde poderia ser o banheiro, encontrou mais pessoas tão ou mais desnorteadas que ele. Acabou vomitando em um canto e ninguém ligou muito para seu estado. Thiago tentou acordar a menina.

— Ei, você tá bem? — Ela abriu os olhos. — Tenho que voltar pra feira...

— O urso pode esperar — ela respondeu e virou para o outro lado do sofá rasgado.

Cacete, foi uma noite e tanto!

Não lembro de nada...

Pois saiba que você tava muito doido. Ou melhor, como eles dizem aqui: "Mano, tu tava doidão".

O sol esbofeteou a cara dele, já era dia. Thiago tateou o bolso da calça e encontrou o celular. O grupo do clube não tinha mensagens, mas foi obrigado a responder aos vários áudios da mãe. Voltou andando para a feira, agradecido por ainda serem sete horas da manhã. Se corresse, ninguém sentiria sua falta. Por sorte o GPS do celular realmente ensinou o melhor caminho e ele encontrou os grandes galpões sem problemas.

38

• • •

O Urso

— Olha que coisa mais linda, Bobo! — Vanessa acariciava meu presente, o suéter muito fofo de bebê, com orgulho. — Além de mim, ninguém nesse mundo tinha comprado um presente pra você.

Ela me abraçou com cheirinho de sabonete e eu me arrepiei todinho quando vesti o meu presente. Nunca fui tão importante para outra pessoa. Só Vanessa me considerava digno de atenção, e saber que o Thiago tinha pensado em mim substituiu meu enchimento sintético por amor.

Estou lindo? Sim ou claro?

— Tá lindão, o Urso mais bonito da cidade — ela disse, dobrando o presente dentro da bolsa. — O meu deixei para usar no dia do meu aniversário. Você viu que é de estampa de ursinhos?

O menino Thiago surpreendia. Uma hora fazia coisas bobas, como a mudança dos planos de dividir a barraca, e depois chegava com presentes. Conseguia alternar coisas idiotas com fofas em uma velocidade que os sentimentos de Vanessa não acompanhavam. Júlia tinha acertado, esse casal nunca daria certo sem um empurrãozinho. Decidi mais uma vez tentar uni-los.

Por que você não vai lá e agradece os presentes?

Ela riu e percebeu minha intenção. Penteou os cabelos e se olhou várias vezes no espelhinho.

Tá linda! Vai logo antes que ele durma.

Para comprar os presentes ele teve que pensar muito em nós dois. Refletir sobre as conversas com Vanessa, ir a várias lojas, perguntar a opinião das pessoas... Comprar presente é bem difícil. Todo esforço dele merecia uma recompensa, ao menos um abraço de agradecimento.

Vanessa saiu ajeitando a roupa de dormir como se fosse um vestido de festa. Fomos os dois falar com ele, afinal ambos havíamos sido presenteados. Ela parou na frente da barraca de Thiago e respirou fundo antes de chamar.

— Oi. Dá licencinha? — Uma garota loira e alta, carregando uma garrafa d'água, sorriu e se inclinou na direção da barraca.

Não faço ideia se a loira notou a decepção por trás do riso automático de Vanessa. Minha garotinha alisou os cabelos como sempre faz quando está envergonhada e saiu da frente, virou para o outro lado e fingiu que esperava alguém. Mal conseguia se mover. *Safado,* pensou na mesma hora, compreendendo que a loira era o motivo de ele não querer dividir a barraca com ela.

Para aumentar sua infelicidade, a voz da loira pôde ser ouvida do lado de fora.

— Começou sem mim? — A pergunta foi seguida do som de um beijo quente e risadas.

Por fim, Vanessa deixou o lugar e entrou na barraca chorando. Em vez de descansar a cabeça no travesseiro e dormir, cobriu a cabeça com ele. Ouvir qualquer ruído de Thiago com outra garota era inaceitável.

— Esse garoto é um babaca como todos os outros, Urso! — gritou, abafando o som no travesseiro.

Não consigo explicar, mas não parece o menino que a gente conheceu.

— A gente não conhece esse menino, Urso! O Thiago é o pior tipo de garoto, é um fingido.

Tentar convencer Vanessa do contrário seria o mesmo que afastá-la. A experiência de conviver com ela durante tantos anos me ensinou que discutir nesses momentos de tensão era perda de tempo. Além, é claro, da falta de argumentos para defender o garoto. Como ele pôde ser tão canalha?

Eles não eram namorados nem nada, e Thiago não tinha que nos dar satisfação. São argumentos ótimos, mas o coração tem um bem melhor: ele dói com força ao se sentir traído. O fim de semana foi programado para fazer Vanessa esquecer os problemas e voltar renovada no domingo. Esperava até que com um namorado.

Entretanto, novas preocupações adquiriam níveis impressionantes. Dizem que os jovens dão muito importância para situações que deveriam aprender a ignorar. O método de Vanessa nos últimos anos tinha sido fingir que nada acontecia diante das outras pessoas, mas, no meio da madrugada, quando estávamos só eu e ela, minha menina chorava.

Dessa vez, contudo, as lágrimas não tinham endereço certo. As primeiras vieram com a raiva de Thiago, as outras eram reservadas para tudo que teria que enfrentar na segunda-feira na escola. As tristezas do passado e a angústia imemorável também contribuíram com seu terço de sofrimento e Vanessa pensou que estar ali fora um erro.

A luz do lado de fora passava pela lona da barraca deixando uma claridade avermelhada do lado de dentro, como um entardecer de outono. Em um breve momento que desgrudou o rosto do travesseiro, Vanessa viu uma sombra do lado de fora parar bem perto. Por um insano segundo, ela achou que fosse Thiago vindo explicar que tudo aquilo não tinha passado de um engano. Vanessa saiu, o rosto desfigurado pelos pensamentos tristes.

Entrou rapidamente quando reconheceu, mesmo com a visão embaçada pelo choro, que eram Ricardo e Júlia.

— Oi, amiga. Passei aqui pra ver se você tá bem e pra te dar esse pedaço de bolo. — Júlia inclinou a cabeça para ver o interior da barraca e seu riso morreu ao constatar que Vanessa estava sozinha. — O pessoal comprou esse bolo pra comemorar a vitória.

— Obrigada, Ju. — As palavras saíram automáticas, a voz levemente alterada pelo choro ainda preso na garganta.

— Tá tudo bem? — Ricardo apertou a mão de Júlia e eles trocaram olhares.

— Sim, eu vou comer o bolo... — Vanessa deu uma piscadela e uma lágrima se precipitou a cair, mas foi rapidamente contida pela mão da minha menina, que bocejou para compor a fraca encenação. — Depois vou dormir.

Júlia e Ricardo concordaram com a cabeça, pensando saber o que estava acontecendo, mas nem imaginavam o real motivo do sofrimento de Vanessa.

— Olha, Bobo, trouxeram bolo pra gente.

Isso é uma casquinha de chocolate ou é impressão minha?

Minha menina comeu o bolo. Nunca a vi recusar chocolate e, se começasse a recusar agora, eu realmente ficaria preocupado.

39

• • •

A Voz

Quando Thiago conseguiu entrar na feira, os amigos já tinham tomado café da manhã. Júlia se preparava para a final e o local da competição estava lotado. Ricardo trocou mensagens, indicando um lugar para se encontrarem.

Ricardo
Não sei o que você fez, mas a cara da Vanessa tá péssima.

Thiago
Como assim, o que aconteceu?

Ricardo
Onde vc se meteu?

Thiago
Tive um imprevisto... Mas tô aqui. Cadê vocês?

Ricardo
Do lado esquerdo perto da pilastra. Temos lugares especiais, vem logo.

O merdinha encontrou os três lugares privilegiados atrás de uma grade para assistir à partida de frente para um telão enorme. O cenário lembrava muito um show de música eletrônica, cheio de luzes e telões, e Thiago estava no clima, todo suado e sujo.

— Cacete! — Ricardo exclamou quando avistou o merdinha. — Cara, o que aconteceu com você?

— Oi? — Thiago olhou de esguelha para Vanessa, que desviou o olhar e respirou fundo. — Nada não, acho que dormi muito, perdi a hora, desculpa.

— Tá todo sujo. Que é isso na sua camisa? — O amigo apontou, intrigado, e o falatório ao redor deixou o merdinha ainda mais desorientado.

— Eu-Eu...

Se gaguejar é pior. Olha a cara da menina... Eu conheço essa expressão: é o rosto de quem foi corneado.

— Isso é maquiagem? — Ricardo pôs a mão na blusa de Thiago. Só então pareceu lembrar que Vanessa estava ao seu lado e, como aquela situação prejudicava o amigo, disse, forçando um ar descontraído. — Relaxa, cara, você dormiu em cima de alguma coisa. Dentro da barraca é apertado e sempre escapa alguma coisa da mochila.

— É. Eu dormi muito mal mesmo. Tô todo dolorido. — Com as mãos nas costas e um riso nos lábios, olhou para Vanessa e não gostou do que viu.

O maxilar trincado como um cão de briga demonstrava a pouca disposição para ter um dia tranquilo.

— Parece mesmo que você não dormiu bem. — O comentário destilava um veneno palpável. — Você dormiu essa noite? Porque não parece — ela disse, olhando Thiago de cima a baixo.

Cacete! Eu não sei como, mas ela sabe, merdinha. Corre que o bicho vai pegar. Não diz nada que confirme sua noitada, mas também não nega, porque se ela te pegar na mentira você vai tá fodido e vai perder o último fiozinho de esperança de beijar essa garota nos próximos dez anos.

— Eu não dormi bem mesmo.

— Acontece, você não tá acostumado a dormir em barraca. — Ricardo tentou bravamente salvar a pele do amigo. — Mas você tá bem pra me ajudar a carregar umas bolsas que a Júlia pediu? — Ele piscou de leve para o merdinha e se virou para Vanessa. — Você pode tomar conta dos nossos lugares um pouquinho? Não vamos demorar.

Os dois saíram, apressados. Ricardo tomou um caminho desconhecido, fazendo Thiago se sentir ainda mais perdido.

— O que tá acontecendo? Por que tem maquiagem na sua blusa? Eu passei na barraca da Vanessa ontem e você não estava lá, e hoje de manhã tinha um maluco dentro da sua barraca... — Ricardo gesticulava no meio do corredor, esticava os braços e impedia o trânsito das pessoas.

— Ricardo, você não vai acreditar... — O merdinha esfregou o rosto ainda remelento.

— Olha, eu acreditei que o seu vídeo mostrando a bunda e enforcando um cãozinho foi um grande mal-entendido. — Ele pôs a mão no ombro de Thiago em tom conciliador. — Thiagão, pode falar, você tá usando drogas, é isso?

Ele acha que você tá chapado? Ele é bom!

Eu não uso drogas, você sabe. Por que tá falando isso?

Tá de sacanagem que você não sabia que os bolinhos do Caio e da irmã dele de cabelo azul tinham muita erva dentro? E era erva da boa, apagou todo mundo.

Thiago parou, olhando para o nada, deixando o amigo preocupado, e com razão. Parecia um maluco mesmo, fitando o horizonte e conversando comigo mentalmente. Quando era criança, ele fazia isso o tempo todo, mas eu passei a evitar, porque as pessoas não reagem bem a uma situação assim, e com a idade o merdinha aprendeu a se concentrar em outras coisas enquanto falava comigo. Volta e meia ele vacilava e agora era na frente do Ricardo.

— Ei! Thiago? Tô falando com você. — Ele esperou a resposta que não veio, e o olhar deles se cruzou. — Você usa drogas? Sua roupa tá fedendo a bebida também.

— Ricardo, eu tô bem, mas não tô entendendo por que a Vanessa tá chateada comigo...

— Ué, você sumiu e reapareceu claramente de ressaca, meio chapado ainda e todo sujo. — Ricardo o informou do óbvio. — Aonde você foi?

Thiago contou toda a história que lembrava, cheia de furos onde sua memória tinha sucumbido ao poder da mistura de álcool e das ervas alucinógenas.

— ... e foi isso. Eu acordei com essa garota muito pesada em cima de mim, meu braço ainda tá dormente e minha cabeça parece que cresceu e ficou estranha de ontem pra hoje. Não lembro de nada, mas acho que fiz merda.

Eu lembro de tudo e posso afirmar que você fez a maior merda da sua vida.

— Seu filho da puta! — O merdinha perdeu a paciência e falou comigo em voz alta. Mas logo percebeu o erro ao encarar o rosto de Ricardo. — Foi mal, cara, é essa merda de voz na minha cabeça.

— Fica frio. — Ricardo amarrou os cabelos para trás. — A Vanessa tá superchateada e eu não sei por que, mas a Júlia deve saber. Elas ficaram um tempão no banheiro hoje de manhã. Por que você não vai trocar de roupa e eu vou tentar descobrir?

40

• • •

O Urso

Esse menino Thiago desandou completamente. Viu como ele apareceu aqui todo desorientado? Estou decepcionado.

— Quero falar só de coisas boas... Já tem muita coisa ruim e séria pra eu me preocupar. Isso já é passado.

Devia existir uma linha, um ponto onde passado e presente se separam. Onde uma coisa que te deixava muito triste se torna uma memória ruim e fica guardada. O problema é que ninguém sabe quando isso vai acontecer, e o momento em que algo ruim perde o foco pode demorar muito a acabar. A véspera do aniversário de Vanessa se mostrava bem diferente do imaginado.

O romance malsucedido estragou o clima no precioso grupo de amigos. Ali, sozinha no banco do meio, ela via a pontinha dos cabelos de Júlia, que conversava animada com algumas pessoas. Nessa baixou a cabeça e me apertou. Um vislumbre de satisfação pelo meu suéter passou por seu rosto e logo se foi. Era um presente do garoto decepcionante.

Se não fosse pela Júlia eu iria embora hoje. Só de pensar em passar o dia ao lado dele eu fico enjoada. Nossa amizade vai acabar, Urso. Como posso ser amiga de um menino tão canalha e mentiroso?

Tem gente de que não dá pra ser amigo mesmo. Ele gosta de você, eu sinto isso, mas não entendi nadinha do que aconteceu nessas últimas vinte e quatro horas.

Vanessa observou Ricardo subir na plataforma de jogos e falar ao ouvido de Júlia. Ela olhou na direção de Vanessa e nós soubemos de imediato que eles falavam sobre ela.

— Realmente deve ter alguma coisa muito errada comigo. Era pra eu estar me divertindo pra caramba.

Um rapaz passou sorridente e parou ao ouvir o que a Vanessa tinha falado.

— Oi — ele cumprimentou e de um jeito divertido pulou a grade e sentou ao lado dela. — Você veio ver a Júlia jogar, né? — Esticou a mão para se apresentar. — Eu sou o Caio, da equipe de robótica. Conheço a Júlia também, temos o mesmo patrocinador.

— Oi — Vanessa respondeu se afastando levemente do rapaz, que sentava muito colado e invadia seu espaço.

— Eu ouvi você falar que não tava se divertindo. — Ele puxou um cartão do bolso, e Vanessa sentiu um odor alcoólico em volta de Caio e reparou que sua aparência não era das melhores. Um sentimento muito familiar a dominou. Aquele cheiro lembrava seu pai, um sinal de alerta. Nascia uma antipatia gratuita. — Qualquer coisa me manda uma mensagem mais tarde, vai rolar uma festa e tenho certeza que você vai se divertir.

— Obrigada — minha menina respondeu meio desconfortável com a intromissão do rapaz na nossa conversa. Muito eufórico, ignorava os sinais dela e falava sem parar, emendando um assunto no outro, mas, apesar de chato, parecia inofensivo.

— Você tem que ir. Vai ser da hora. — Os olhos dele dançavam no rosto, olhando em várias direções. — Qual é o seu nome mesmo?

— Vanessa...

— Posso te chamar de Nessa ou de Van. — Ele olhou para o relógio e ficou mais agitado. — Ou qualquer outra coisa com três letras, seu nome é muito grande. Tenho que ir, a gente se vê mais tarde, Van.

Ele pulou a grade e deu de cara com Thiago.

— E aí, mano? Como você tá? A festa ontem foi demais, né? Eu também convidei a Van pra ir hoje com a gente. Fala pra ela como foi maneiro, tinha várias gatas lá, né, minha irmã tava querendo saber de você. Vejo vocês mais tarde, valeu?

Caio bateu no ombro de Thiago e saiu correndo, trombando nas pessoas e cumprimentando todo mundo. Thiago ficou olhando para Vanessa, sem ação, o rosto muito vermelho.

— Van? — ele perguntou, olhando na direção de Caio.

— É — ela respondeu, virando para a frente. — Não é só você que pode se divertir de madrugada.

Ricardo chegou trazendo um algodão-doce para Vanessa e disse que Júlia queria a ajuda dela. Minha menina aceitou o doce e a chance de sair de perto de Thiago.

> *Ele saiu pra bagunça e se não chamou nenhum de nós era porque queria ficar sozinho mesmo. Que ele não gosta de mim, tudo bem, mas pensei que fôssemos pelo menos amigos. E amigos não fogem pra festas e deixam você dormindo.*

— O Ricardo disse que você tá precisando de ajuda. — Vanessa chegou mastigando o algodão-doce com tanta força que os dentes faziam barulho.

— O Thiago não dormiu com uma garota na barraca. O Ricardo acabou de me contar. Foi tudo um mal-entendido...

— Não, ele não dormiu com uma garota na barraca. Ele saiu de madrugada para uma festa com um garoto chamado Caio, da equipe de robótica. — Com a boca cheia de algodão-doce, acrescentou: — E foi lá que ele ficou com várias garotas, mas isso não é da nossa conta. O que me deixou chateada foi o fato de ele ter mentido.

— Ele ficou sem ter onde dormir. O dono da barraca chegou e ele foi dar uma volta. Acabou conhecendo esse Caio... — Elas se afastaram da mesa de jogos. Alguns técnicos mexiam nos computadores e outros jogadores conversavam.

— Júlia, quer saber? — Vanessa deu uma grande mordida no algodão-doce e sujou o rosto. Limpou a boca com força e continuou: — Eu não sei por que você tá se explicando. O Thiago não me deve satisfação de nada.

— Eu sei, mas você gosta dele e ele gosta de você... — A mão de Júlia vindo solícita acariciar seu braço a irritava. Não pela boa intenção da amiga, mas por ter se metido em uma situação tão desconcertante.

— Chega. — Vanessa se aborreceu. — Ele não gosta de mim, não do jeito que eu pensava. — Ela se virou para ir embora, as palavras transbordavam e acertavam as pessoas que passavam. — E, outra coisa, você devia se concentrar no seu jogo e deixar o Thiago pra lá, porque ele não tava ligando muito pra gente ontem.

— Tem razão, mas você é minha amiga e não está sozinha.

Elas se abraçaram e Vanessa voltou para seu lugar, ao lado de Thiago e Ricardo. Por sorte não demorou muito para o início da competição. Mas eu fiquei pensando em tudo que Júlia havia falado e comecei a achar que Vanessa estava exagerando. Ela estava mais apaixonada do que imaginava, e sua reação me assustava. Ela só era ciumenta assim comigo.

41

• • •

A Voz

O banheiro apertado dava pouco conforto e a água quase fria despertava os neurônios mais resistentes. Enquanto as mãos passavam o sabonete no corpo, Thiago sentiu uma coisa grudada nas costas, um tipo de plástico colado com fita adesiva. Arrancou tudo, mas não conseguia enxergar o que havia de errado com a pele muito sensível da região.

Saiu do banheiro coletivo enrolado em uma toalha e foi até o espelho. Ficou embasbacado olhando a tatuagem recente. O merdinha nunca tinha pensado em fazer uma. Nem sequer lembrava de ter feito aquilo, mas ela estava lá. O desenho de um urso de pelúcia segurando um balão de gás com a inscrição: "Você não está sozinho".

Você é tão ridículo que até a tatuagem é idiota. Que porra de desenho babaca foi esse que você escolheu, merdinha?

Suas mãos tremeram um minuto e a vontade de socar o espelho foi diminuindo conforme relia a frase no balão: "Você não está sozinho". Escolheu aquele desenho enquanto estava bêbado, completamente fora de si, mas na sobriedade também reconhecia o significado daquelas palavras. A frase representava os amigos e o urso: o clube dos amigos imaginários.

Sempre dá pra tatuar um dragão por cima e cobrir essa coisinha de menina.

Thiago chorou, pensou que talvez estivesse mais consciente de sua vida na noite passada do que nos últimos dezoito anos. *Eu não vou apagar.* A conclusão foi tão sólida e emocionada que não coloquei objeções. Mas me preparei para nunca mais deixar esse garoto tirar a camisa em público. Um ursinho com um balão? Esse garoto me matava de vergonha.

Enfim, ele percebeu como Vanessa e os amigos eram importantes. Começou a pensar que desistiria de ir para uma universidade em outro estado. Queria ficar perto dos amigos e principalmente de Vanessa. Consertar as coisas com ela e talvez até com a família, aprender a ignorar o pai e quem sabe se formar logo, arrumar um emprego e sair de casa.

Se eu soubesse que uma tatuagem de mocinha iria te deixar tão motivado tinha dado essa ideia muito antes.

O banho revigorou os pensamentos, e, decidido, Thiago voltou para junto dos amigos. Chegando aos lugares reservados, perdeu parte das forças quando viu Caio conversando animadamente com Vanessa. As coisas aconteceram muito rápido e, em menos de um minuto, Caio destruía suas chances de contar tudo que acontecera na noite anterior. Sentou ao lado da garota arco-íris, que mais parecia uma tempestade iminente.

Ricardo sentou entre os dois e o jogo acabou distraindo a mente, porém cada movimento de Vanessa na cadeira despertava Thiago. Ele precisava de um plano para conquistar o coração da menina, ou melhor, reconquistar, porque a garota já esteve caidinha por ele e o zé-ruela não quis acreditar. Antes de o jogo começar, teve oportunidade de explicar algumas coisas, mas Vanessa quase não lhe deu atenção e manteve o silêncio enquanto ele falava.

A feira nerd estava lotada. O sábado era o dia mais concorrido e a final do jogo *Lenda medieval* concentrava o maior número de pessoas.

Os jogadores com status de grandes celebridades mundiais tomaram seus lugares — quatro brasileiros e quatro argentinos. Cada um sentou no lugar demarcado. Uma tela individual exibia o rosto dos jogadores. Júlia mostrava concentração, mal piscava, e os grandes fones de ouvido abafavam o barulho ao redor.

Luzes das cores da bandeira de cada país iluminavam as equipes e um relógio foi ativado no megatelão. Uma pequena multidão com camisas da Argentina torcia com fervor e a rivalidade entre os países se mostrava forte também no videogame. O merdinha recebeu uma bandeirinha de plástico do Brasil e gritou muito na torcida por Júlia. Os gritos exorcizaram a angústia e Thiago se sentiu mais leve.

O jogo foi emocionante, com várias reviravoltas, mas no final o Brasil venceu com pouca diferença de pontos. Uma chuva de papel picado caiu, trazendo as cores verde e amarela. O apresentador narrava a vitória ensandecido com a derrota da Argentina e um troféu foi entregue. Thiago não sabia que existia um prêmio em dinheiro e quase caiu da cadeira ao ouvir que a equipe tinha ganhado quinhentos mil reais.

Os três comemoraram abraçados, pulando e gritando como se a vitória fosse de cada um deles. O mal-estar diminuiu e eles até deram entrevista para um blog como os amigos da única menina da equipe brasileira. Júlia acenou lá do alto, jogou beijos, e Ricardo disse que daria um dedo se pudesse vê-la feliz daquele jeito todos os dias.

— Guarda esses dedos pra pegar o dinheiro da carteira e pagar um almoço pra gente, porque agora sua namorada tá rica — Thiago brincou.

A noite chegou bem rápida e tudo corria bem até Vanessa aparecer, desesperada. A menina saiu de perto deles um minuto para ir ao banheiro e voltou branca e meio histérica dizendo que tinha visto o coelho no banheiro feminino e que tinha sangue no chão. Ricardo apertou o braço de Thiago e ninguém sabia o que fazer. Júlia, que tinha acabado de se juntar ao grupo, abraçou a menina e os quatro trocaram olhares.

— O que você viu? — Ricardo perguntou, engolindo a saliva com dificuldade.

— Eu entrei no banheiro, e no sanitário tirei a calça pra fazer xixi. — Vanessa tomou fôlego, que perdeu ao correr feito louca. — Mas não tinha papel, então saí para pegar. O banheiro estava cheio, tinha fila. Eu peguei o papel de enxugar as mãos e voltei... — Ela fez uma pausa, tomando coragem para contar. — Mas quando eu voltei vi sangue na privada e decidi esperar por outro sanitário. Então voltei pro final da fila, eu era a última e de repente o coelho estava atrás de mim...

Essa garota é doida, mas eu é que não quero encontrar com esse maldito coelho de novo.

42

• • •

O Urso

Justamente quando as coisas pareciam tomar o rumo da normalidade, a noite de sábado pregou um baita susto na minha garotinha. Nós demos de cara com o coelho assassino. O menino Thiago foi com a Júlia ao banheiro. Eles não descobriram nada e voltaram sem saber dizer se tudo não fora imaginação dela. Somente Ricardo se mostrava cúmplice do seu pânico e os quatro foram dormir cedo mais uma vez.

Júlia estava cansada e Ricardo com medo para propor qualquer outra coisa senão se fechar dentro da barraca e esquecer a aparição. Vanessa concordou, mesmo sendo oito horas da noite e não ter sono algum. Thiago era o único disposto a tentar mudar de assunto e fazer os amigos esquecerem o ocorrido, e no final foi vencido pelas sugestões fracas de ainda poder existir divertimento após a confusão.

Ele nos acompanhou até a barraca e pediu um minuto para conversar. Sozinhos, ficamos os três ali em pé: eu, Vanessa e Thiago. Levemente desconfortáveis pelo fato de não haver outra pessoa para comentar qualquer coisa sem sentido nos longos e desconcertantes períodos de silêncio.

— Vanessa, as coisas ficaram bem estranhas nos últimos dias e eu não sei se você está chateada comigo. — Ele revezava o peso de uma perna para a outra, como se ficar completamente parado fosse errado.

— Não estou.

— Quero que saiba que eu gosto muito de você. Não quero perder sua amizade. As coisas que aconteceram ontem...

— Você não tem que me explicar nada, não somos namorados — Vanessa o interrompeu. Não queria admitir, mas estava com ciúmes.

— Mas eu queria que fôssemos. — Os olhos dele brilhavam mais que qualquer coisa e a boca de Vanessa perdeu completamente a umidade interior. — Se eu pudesse voltar no tempo, ficaria calado ontem de manhã quando a Júlia sugeriu que a gente dividisse a barraca. Eu só falei aquilo porque pensei que você estava sendo pressionada a fazer uma coisa que não queria.

— Não preciso que ninguém fale por mim — ela respondeu com rispidez.

Ele está se declarando pra você. Dá uma chance pra ele, Vanessa.

— Eu estraguei tudo entre a gente, né? — Ele baixou a cabeça, mas Vanessa não amoleceu o coração. — Não quero te perder.

— Eu vou passar a noite aqui, você não vai me perder, sabe onde me encontrar, não costumo fugir pra festas no meio da madrugada. — Ela entrou na barraca e fechou o zíper com força.

Se ele pensa que pode ficar bêbado por aí e sair com um monte de meninas e depois entrar na minha barraca como se nada tivesse acontecido tá muito enganado, Urso.

Não seja tão dura. A gente sabe que o Thiago não bebe, e ele já contou que comeu os bolinhos sem saber de nada. E ele disse que quer ser seu namorado, e não apenas dar uns beijos.

Você é um Urso Bobo de coração mole. Eu não.

Mal entramos e o celular dela vibrou com uma mensagem de Thiago.

Thiago
Só consigo pensar em você... Não sei como consertar as coisas entre nós. Não fiquei com ninguém ontem, até onde me lembro só pensava em você, fui naquela festa pra esquecer a burrada que eu fiz.

Vanessa
Parabéns, você esqueceu mesmo. Nem lembra o que aconteceu.

Thiago
Só sei de uma coisa, eu gosto de você, gosto de verdade, gosto de um jeito que nunca gostei de ninguém. Se você me der uma chance, vai descobrir que sou um cara muito azarado e que essas coisas estranhas sempre acontecem comigo, mas vai ver também que não sou um mentiroso. Gosto muito de você, Vanessa. De verdade.

Vanessa visualizou a mensagem e não respondeu. Imaginei que o menino morria do outro lado, esperando a resposta. Uma regra básica da comunicação por mensagens: visualizou "tem que responder".

Thiago
Se você não quiser falar sobre isso agora eu entendo, mas, por favor, não me afasta de você. Podemos falar de outras coisas, como antes.

Thiago
O Bobo gostou do suéter?

Vanessa
Gostou.

Ela respondeu uma palavra seca e fiquei com muita pena dele.

Vanessa, por favor. Pra que fingir que não está toda derretida se eu sei que você tá apaixonada por ele?

— *Você* sabe, Urso, mas ele não, e vai continuar sem saber até eu decidir que ele merece.

Você está brincando com os sentimentos dele, e isso não se faz.

Minhas palavras atingiram o ponto certo. Outra pessoa havia brincado com os sentimentos dela no passado, e isso foi uma coisa que ficou marcada na memória. Vanessa decidiu tentar conversar normalmente com ele e a noite que antecedeu o seu aniversário foi até divertida. Acho que só neste mundo de hoje duas pessoas que se gostam preferem ficar deitadas a três metros de distância falando por mensagens a se encontrar e conversar, um olhando para o outro.

Thiago até pediu para eles darem uma volta, mas Vanessa negou o pedido e sei que foi por pura covardia, porque se os olhos brilhantes dele pedissem um beijo talvez ela não negasse, e Vanessa estava decidida a conseguir uma prova verdadeira dos sentimentos de Thiago por ela. Não queria cometer o mesmo erro e confiar na pessoa errada.

Sou contra esse negócio de prova de amor, porque geralmente envolve a pessoa fazer algo que ela não quer. Vanessa não pensava nisso, em pedir algo para ele, mas no fundo sua dignidade foi abalada. Rejeitada na frente dos amigos e depois ficando com a cara emburrada, isso era culpa dela mesmo, mas ele também tinha sua parcela de responsabilidade.

Vanessa estava se apaixonando, mas o amor é complicado e não basta que as duas pessoas compartilhem esse sentimento. Às vezes é necessária a ajuda dos amigos para unir um casal, mesmo se esses amigos forem imaginários.

43

• • •

A Voz

O dia amanheceu repleto de esperança romântica com a menina cheia de cores que doem os olhos das pessoas. Deduzi isso pelos sonhos do merdinha, que passou a noite suspirando. Sua alegria foi a níveis altíssimos quando Vanessa chegou para tomar o café da manhã usando o nada sensual, diga-se de passagem, pijama de ursinho. Todos cantaram "Parabéns para você" usando um misto-quente como bolo de aniversário.

Por que a sua namoradinha ainda não tirou o pijama?

— Gente, esses dias foram maravilhosos — Júlia disse entre um pão de queijo e outro. — Ter vocês aqui comigo foi muito importante.

— Pra gente também, agora temos uma amiga rica — Thiago completou sem conseguir disfarçar a felicidade de ter se acertado com Vanessa.

— Que nada, essa grana vai ser repartida entre tantas pessoas que se der pra guardar alguma coisa vai ser um milagre. — Júlia sorriu e prometeu sempre convidar os amigos para as competições e na próxima se hospedarem em um hotel.

— Estou feliz de dividir meu aniversário com vocês — Vanessa declarou emocionada.

Agora vê se aprende, seu bosta! Se alguma garota quiser dividir qualquer merda com você, aceita!

— Eu curti dormir agarradinho com você — Ricardo disse, beijando o pescoço de Júlia. Instantaneamente o rosto de Vanessa corou e ela levantou para ir buscar as coisas dela. O ônibus deles sairia em uma hora.

O sentimento de ir para casa incomodava um pouco Thiago. Nada de bom o esperava lá. Ao seu lado a menina também compartilhava certa melancolia no olhar, e eu já não aguentava mais a paisagem de árvores e vacas que nos perseguia pela estrada. Se Deus existe e pode ouvir as preces de uma voz sarcástica dentro da cabeça oca de um garoto merdinha com gel no cabelo, ele me atendeu. O ônibus quebrou no meio do nada.

Suando muito, o motorista, um cara forte de uns cinquenta anos, enxugava a testa com uma toalhinha muito encardida. Ele informou que um novo ônibus da empresa chegaria em cinco horas para resgatar os passageiros. Metade dos lugares estava vazio e a maioria ocupava dois bancos para descansar, apesar do calor no interior do ônibus.

— Quer saber, não aguento mais ficar parada aqui nesse calor. — A menina arco-íris levantou. Ainda usava o presente de Thiago e sinceramente acho que ela não havia percebido que era um pijama. — Preciso dar uma volta, vocês topam? Não quero passar meu aniversário dentro de um ônibus enguiçado — ela falou tão alto que um grupinho no fundo do ônibus chegou a ficar em silêncio para ouvir a conversa.

— Que tal pegar uma carona e ir pra casa? — Júlia disse, fazendo uma careta e recostando a testa no banco. — Eu tô supercansada — acrescentou, desanimada. Ela e Ricardo estavam ajoelhados nos bancos da frente e olhavam para Vanessa.

— Só gente rica tem a cara de pau de ganhar muito dinheiro e não ficar feliz para sempre — disse Ricardo —, mas eu te perdoo, porque até essa sua carinha mal-humorada me deixa feliz.

A Júlia tá cansada de quê, hein, Thiago? De dar uns amassos e ganhar muita grana?

— Quem é que vai dar carona pra quatro pessoas? — Ricardo balançou a cabeça em tom de negativa. O garoto olhava pela janela e Thiago lembrou que as pessoas às vezes fazem isso quando estão com medo. O *Valter fazia.*

— É mesmo... E ainda é perigoso — disse Thiago, o rei da covardia, e baixou a cabeça para evitar encarar Vanessa. A menina estava de pé no corredor do ônibus, os braços na cintura, impaciente.

Vocês estão em quatro. Qualquer coisa, vocês dão um pau no louco que der carona pra vocês. E, além disso, vocês são jovens malucos, quem tem que ter medo são as outras pessoas.

— Pensando bem, Ricardo, nós é que somos os loucos. Então é para as pessoas terem medo da gente, não o contrário.

— Pode ser, mas até a gente arrumar carona, o outro ônibus já chegou aqui — Ricardo respondeu.

Quando for usar minhas piadas, tenha a dignidade de me dar os créditos, seu farsante.

Todos acharam graça e desceram do ônibus, animados. Vanessa caminhou na beira da estrada, pedindo carona. Um pequeno caminhão parou fazendo um barulho alto e eles não tiveram tempo de discutir muito a ideia.

— Vão pra onde? — o homem perguntou e sua voz tinha um chiado estranho. Thiago achou que a falta de alguns dentes era o motivo.

— Rio de Janeiro — Vanessa respondeu. — Tem espaço pra mais quatro?

— Ô se tem, mas só se vocês não ligarem pras pulgas do meu carangão. — Um cachorro magricelo sem raça definida saiu do caminhão enquanto o motorista se apresentava e perguntava o nome deles. O cachorro cheirou as pernas de Vanessa e foi fazer xixi na roda.

— Vamos, gente? — Ela olhava diretamente para Thiago e eu soube reconhecer o teste. Se ele não ficasse ao lado dela nessa questão, perderia mais um ponto.

— Eu topo!

Eles bateram um na mão do outro como dois amigos. Nunca dê esses cumprimentos de *mano* com uma garota que você está a fim de pegar. Será que ele não compreendia que era a porta de entrada para a *friendzone*? O merdinha mandou bem e conseguiu convencer Ricardo a entrar na cabine fedorenta do caminhoneiro. O homem aparentava ter saído de um filme de terror. O sapatinho de bebê pendurado no retrovisor interno balançava, atraindo atenção, e uma das primeiras coisas que ele disse quando o caminhão ganhou a estrada foi:

— É muito perigoso pegar carona, sabia? Tem muita gente doida neste mundo.

Os quatro se entreolharam, mas Júlia logo se distraiu com o cachorro deitado aos seus pés. Mal dava para os quatro sentaram ali, e de vez em quando o braço do homem encostava na perna de Thiago na hora de passar a marcha. Thiago foi na frente com Vanessa, e Ricardo e Júlia em um espacinho atrás do banco do passageiro.

— Soube de gente que pegou carona na beira de estrada e sumiu. Vocês não têm medo, não?

José olhou de esguelha para Thiago. Todos aguardavam uma resposta.

— Somos quatro, ninguém vai tentar fazer nada de ruim com um grupo grande. — Thiago buscou Ricardo no retrovisor e encontrou o olhar apreensivo do amigo.

Relaxa, Thiago, que esse homem é tão magro que não aguenta nem um tapa.

— É, pode ser — José concordou. — Mas o que aconteceu com o ônibus de vocês? Tavam dormindo quando ele quebrou? Foi de madrugada?

— Não. Foi agora há pouco — Vanessa respondeu e o homem a examinou com os olhos.

Até o caminhoneiro esquisito percebeu que sua namoradinha tá usando pijama na rua. Não é possível que só ela tá achando essa roupa normal.

44

• • •

O Urso

Vanessa esqueceu de me colocar na mochila e aquele olhar de acusação do caminhoneiro me incomodou muito. A viagem foi até rápida. O motorista aparentemente meio psicótico só era um homem solitário, as longas viagens sem companhia o deixavam muito carente de contato humano e por isso ele conservou o perigoso hábito de dar caronas, mesmo após a experiência de alguns assaltos e até uma agressão física.

José só queria conversar com pessoas, e eu, apesar de ser um urso lindo de suéter, não fui considerado uma pessoa por ele. O homem demonstrou estar um pouco contrariado com o modo afetuoso que Vanessa me tratava e deixou isso claro em uma parada de caminhoneiros.

— Estiquem as pernas, eu vou tirar a água do joelho.

Vanessa, que estava ao lado da porta, desceu primeiro e não ouviu quando o homem sussurrou para Thiago.

— Sua amiga tem problema?

A raiva foi tanta que parei de ouvir o que eles falavam e, se minhas mãos se mexessem, eu taparia os ouvidos. Distraí a Vanessa para ela não ouvir.

Nessa! O que você acha de comprar alguma coisa pra comer? Estamos perto, mas vai que a gente pegue um engarrafamento...

Bem que eu tô com um pouquinho de fome.

Minha menina estava feliz e a última coisa que eu queria era estragar o aniversário dela. Faltava pouco para chegar ao local onde tinham marcado para descer e encontrar o pai da Vanessa, que se ofereceu para dar carona para os amigos. Eu voltava à realidade e a utopia da feira nerd chegava ao fim, o único lugar onde andar comigo para cima e para baixo não era visto como um problema. Uma doença. Ouvir alguém acusar Vanessa de ter problemas mentais — e era assim que as pessoas maldosas falavam — me machucava demais.

A lojinha do posto se mostrou a evolução de um bar bem sujo misturado a uma oficina mecânica, e a variedade de alimentos se resumia a pão com linguiça e biscoitos quase fora do prazo de validade. Quando entramos, os frequentadores — noventa e nove por cento homens com café ou cachaça nas mãos — olharam para Vanessa com aquele misto de curiosidade, dó e julgamento. É bem difícil ser a cura e a danação de alguém que você ama, e às vezes penso em me fingir de morto...

A Vanessa sofreria, ficaria de luto, mas, como toda perda, deixaria um buraco que lentamente seria preenchido por outras coisas. Nada seria suficiente para preenchê-lo por completo e no fim ela estaria livre desses olhares e da temível pergunta: "Ela tem problema?" Todos têm, principalmente os adultos, mas acho que acontece algum apagão entre ser adolescente e ser adulto, então as pessoas esquecem como era difícil ser jovem e se tornam uns babacas que apontam pessoas na rua e perguntam se elas são retardadas.

Crianças também são cruéis, porém são crianças, e seus comentários vêm com cheiro de chiclete e dedos grudentos, e não dá para levar a sério coisas com cheiro de chiclete. Talvez eu esteja ficando velho e rabugento, quem vai saber quanto tempo um Urso falante poderá viver? Sim, meu tempo estava acabando, e nessa época eu não sabia disso. Imagine receber um comunicado que uma onda gigante está chegando e vai te matar? Eu não sabia que meu tempo estava acabando, mas isso era bom.

Os quatro pararam na entrada do estabelecimento, as portas duplas balançando ao vento, uma delas com o vidro quebrado e no lugar jornais e papelão velho, como em uma cena digna de filmes de faroeste.

Faça o que fizer, não coma o pão com linguiça.

— Acho que vou comer esse maldito pão com linguiça. Vocês já repararam como tem placa disso na estrada? — Ricardo olhou a foto do sanduíche pendurada na parede cheia de gordura.

— Algo me diz que uma mordida disso pode matar uma pessoa — Vanessa sussurrou para os amigos.

— Então essa vai ser a nossa iniciação. Todo clube precisa de uma — Thiago anunciou de forma solene.

— Sou uma jogadora nata e proponho uma competição. — Júlia abraçou Ricardo com força. — Uma competição em duplas. O casal que terminar o sanduíche primeiro ganha e o perdedor vai ter que provar que é digno do clube.

Os quatro riram, cada um pensando em que tipo de prenda poderia ser exigida dos concorrentes.

Se eu fosse você comeria bem devagar, porque a gente sabe que a Júlia vai obrigar você e o Thiago a se beijarem.

— Sim. Vamos pedir uma coisa bem louca. — Ricardo sorriu e beijou de leve os lábios de Júlia, uma imagem bonita de cumplicidade. Mesmo sem usar palavras, era nítido que eles se comunicavam só de se olharem.

Quando os sanduíches chegaram, Vanessa se arrependeu. Ali, de frente para ele, a coisa se mostrava um baita desafio mesmo. Um pão enorme de uns vinte centímetros partido ao meio, queijo superamarelo escorrendo, cheio de gotículas de gordura. Linguiças rosadas despontavam das extremidades, e a pergunta estava estampada na cara de todos: "Será que existe alguém que consegue comer um desses sozinho?"

— Você sabe que temos que ganhar. — Thiago pegou o sanduíche com vontade. — Porque, pelo riso no rosto da sua amiga, eu imagino o que ela vai mandar a gente fazer... Eu até comeria devagar de propósito, mas aí não teria graça.

— Talvez eu não coma tão depressa — Vanessa disse e Júlia deu o sinal de "valendo". Então eles começaram a comer, cada um com sua metade gigante.

Nem preciso dizer que Ricardo foi o primeiro a terminar, mesmo ele comendo toda a linguiça, já que Júlia só comeu pão e queijo. Júlia ficou em uma grande disputa, com mordidas empatadas com Thiago. No fim, Vanessa ainda tinha metade do sanduíche no prato e foi a grande perdedora. Restava apenas esperar qual era a sentença dos amigos, que comemoraram a vitória tirando fotos e fazendo bagunça.

— Andem. Deem um abraço, segurem o pão e digam: "Nós perdemos"! — Júlia dava as ordens para a foto perfeita.

45

• • •

A Voz

Compra uma balinha porque beijar a menina com esse gostinho de gordura fica difícil.

O coração do merdinha batia nos ouvidos e a excitação chegava aos pés, impossíveis de ficarem parados. Ricardo e Júlia pediriam como castigo um beijo entre Vanessa e ele, tinha certeza. Por isso, quando voltaram após alguns minutos discutindo qual seria o castigo, Thiago mal respirava. A revelação foi adiada por conta da interrupção do caminhoneiro.

— Vocês podem esperar na cabine. Eu tenho que falar com a empresa, já tô perto e se eles não estiverem prontos pra me receber eu fico esperando com a carga na pista. — O celular antigo parecia não funcionar muito bem ou o homem não sabia usá-lo.

Os quatro decidiram optar pela privacidade fedorenta da cabine do caminhão. Thiago achou melhor beijar Vanessa dentro do caminhão do que chamar a atenção do pessoal da parada, mas Júlia acabou com seus devaneios ao revelar o pedido.

— Já somos muito amigos e nos conhecemos bem — Júlia falou, sentada no colo de Ricardo no espacinho atrás do banco do passageiro. Eles se olharam com cumplicidade. — Nós queremos que cada um conte o seu segredo mais sombrio, aquilo que tornou o amigo imaginário real.

Thiago umedecia os lábios esperando enfim beijar Vanessa e demorou a entender o pedido de Júlia.

— Eu e o Ricardo também vamos falar os nossos.

— Que foi, Thiago? — Ricardo o provocou. — Não gostou do desafio?

— Não. Quer dizer, não foi nada disso — ele respondeu, se ajeitando no banco. Olhou para a frente tentando achar o motorista e ser resgatado daquele pesadelo. Mas o homem estava sentado em uma pedra rodeada de mato.

— Ontem à noite eu e a Júlia conversamos sobre isso e nos sentimos mais próximos um do outro. — Ricardo abraçou a menina com ternura.

Você sabe a resposta pra isso, merdinha?

Não.

Thiago achava que tinha nascido comigo. Cheguei tão cedo na vida dele que o momento exato que pronunciei a primeira palavra dentro de sua cabeça ficou perdido no tempo, esquecido entre as coisas de uma época muito infantil. Isso remoeu seu interior, afinal era a pergunta de um milhão de dólares. Muitos médicos a fizeram ao longo dos anos: "Quando foi a primeira vez que ouviu a voz?"

Sozinho ele nunca saberia, mas essa revelação poderia custar minha existência e tudo que construí. Uma coisa que eu não sou é idiota, passei anos erguendo um muro entre essa merda de garoto e a última lembrança que o fazia ser o que era. Eu me orgulho do trabalho bem-feito e não vou permitir que alguém ponha as mãos sujas naquilo que eu escondi tão bem que nem mesmo o garoto tem lembrança. Às vezes ele sonha e acorda suado com a sensação de saber algo. Nesses dias, uma sensação de poder o invadia e me atingia como uma bola de demolição, mas eu aprendi a me defender melhor que ele.

Vê se não fala nada imbecil, mas é difícil, não é? Tudo que sai da sua boca é babaquice. Não falar nada é melhor, Thiago.

Cala essa boca, não vou falar nada, nem sei o que eu poderia dizer.

Eles querem saber por que você é maluco. Só diz que nasceu assim e pronto.

Thiago não me respondeu. Sua mente vagou no pensamento mais perigoso de todos: tentava lembrar a primeira vez que me ouviu. E se não tivesse nascido louco?

— Posso começar, se vocês preferirem...

Júlia pigarreou e, com o aceno de cabeça de Vanessa e Thiago, ela começou a falar. No início pareceu até fácil para a menina dizer o que havia de errado em sua vida. Seus cabelos caíam sobre os ombros em duas tranças negras, os olhos brilhavam, um tipo de beleza triste. Ela falava e as palavras saíam arrastadas à medida que avançavam para um lamentável desfecho.

— Eu tinha dez anos quando meu cachorro morreu. Foi uma época bem difícil. Ele era um poodle branquinho, o nome dele era Bola de Neve. Eu fiquei com depressão e não queria comer, só chorava, e uns três dias depois de enterrar o Bola de Neve eu presenciei uma cena horrível. — As pupilas de Júlia dilataram, como se ela estivesse revendo a imagem na memória. — Um cachorro preto e marrom atacava um pequeno poodle branco. Tinha sangue pra todo lado e algumas crianças gritavam. Sem pensar, eu corri. Naquela hora o poodle era o Bola de Neve, e se eu fosse forte e corresse poderia salvá-lo. Ninguém conseguiu me segurar. Eu corri, selvagem como um animal, e me embrenhei na briga entre os cães, mas na minha inocência eu não queria machucar o cachorro preto e marrom. Mesmo com ele me mordendo, eu apenas chorava e abraçava o cachorrinho branco, já muito ferido e quase sem reação. Um médico disse uma vez para o meu pai que esse era o meu problema. Eu salvei o cachorrinho branco da morte e paguei um preço alto por isso.

Júlia ergueu a barra da calça, levando o tecido até abaixo joelhos, revelando duas pernas destroçadas. A pele repuxada e escura envolvia os ossos descarnados, finos e muito frágeis, passando a impressão de ali só existirem ossos sem músculos. Thiago ficou chocado com a cena e com o fato de nunca ter notado que Júlia sempre usava calças.

— Fiz muitas cirurgias plásticas, mas era isso ou perder uma perna. — Ela abaixou a calça, tímida com os olhares estarrecidos dos amigos. — Não me arrependo, pois o novo Bola de Neve viveu mais alguns anos.

— Você é linda — Ricardo disse e a beijou no rosto.

Que troço brabo, hein, merdinha? Você não aguenta nem tomar vacina contra gripe, imagina ter um cachorro comendo suas pernas e não fazer nada?

— Nossa... — Thiago refletiu em voz alta. — Você foi uma criança muito forte.

— Mas você acha que foi por causa disso que passou a ouvir os animais? — Vanessa perguntou.

— Sinceramente não sei, mas não sou burra, sei que é isso que os médicos acham. Verdade ou não, é uma coisa sombria que aconteceu na minha vida e contar pra vocês dá uma sensação de alívio, sinto que posso ser eu mesma.

— E nós te amamos assim. — Ricardo a abraçou forte, arrancando um riso do rosto vermelho prestes a chorar. — A Júlia achou que devia me mostrar. Essa boba pensou que eu a acharia feia por causa disso, então eu contei o meu segredo pra ela.

Thiago olhou para Vanessa imaginando qual seria a coisa mais triste da vida dela, uma possível explicação para o surgimento do urso. E ficou tenso ao constatar mais uma vez que ele não sabia nada sobre a voz em sua cabeça. Talvez fosse o único louco de verdade, e isso dava medo.

46

• • •

O Urso

O caminhoneiro bateu na lataria, assustando todo mundo, e disse que demoraria mais uma hora, pois teria que chegar no mesmo horário que outro caminhão. Vanessa mandou uma mensagem para o pai falando sobre o atraso e ficou encolhida ouvindo a história de Ricardo. Evitava olhar para o rosto de Júlia, pensando em como era difícil para a amiga esconder seu segredo, uma vez que ela o carregava na pele.

— Eu sempre gostei de imaginar coisas. As brincadeiras com o meu irmão nunca foram suficientes, eu queria ter mais amigos, então eu os imaginava. — Ricardo falava com certo ar de saudade de um tempo distante, quando ser daquele jeito era normal, *coisa de criança*. — Eu criava famílias inteiras que não existiam. Achava divertido, e ninguém se importa muito com essas coisas quando você ainda é um moleque banguela. Um dia uma dessas pessoas que eu criei se tornou má.

Ricardo precisou respirar fundo e Vanessa sentiu que algo ruim devia ser falado, mas faltava coragem ao amigo, e isso ela entendia bem. Sua vez estava chegando. *Foi só um sonho ruim.*

Conta pra eles, Vanessa.

Eles não vão acreditar, acho que foi tudo um sonho...
Eu estava dormindo, Bobo.

Foi real, você estava acordada.

Mesmo antes de chegar sua vez, minha menina era incapaz de esconder as lágrimas.

— O amigo do mal parou de fazer o que eu queria... Deixou de ser algo dentro da minha cabeça e se tornou real. Ele fez muitas coisas erradas e eu levei a culpa por todas elas.

— Coisas? — Thiago perguntou, sentando de lado e olhando para trás, o rosto vermelho e levemente suado. — Alguém se machucou?

— Sim. Um garotinho da minha escola. Ele era bem pequeno, tinha uns cinco anos e eu oito. Nós dois estávamos no escorregador e esse menino foi empurrado lá de cima. Ele estava na minha frente, e entre nós estava o amigo do mal, meu imaginário fora de controle. Eu o chamava de "o garoto de chapéu". Mas, sabem como é, só eu podia ver o garoto de chapéu. — Ricardo suspirou, entristecido com as lembranças. — O menino quebrou o braço e dois dentes, e todos me culparam, mesmo quando ele disse que o culpado *foi* um garoto de chapéu. Depois disso tudo mudou e minha família passou a me tratar de um jeito diferente. Eu parei de imaginar pessoas, aprendi que elas eram perigosas. O garoto de chapéu tentou me machucar muitas vezes, e foi nessa época que surgiu a sensação dos braços invisíveis. Só depois deles eu consegui dormir em paz, eles afastavam os monstros. Me protegiam, entendem?

— Seriam bem úteis pra mim esses braços... — Vanessa olhou para Thiago, torcendo para ele contar o segredo dele primeiro que ela.

— E o coelho? De onde ele surgiu, Ricardo? — Thiago quis saber, e eu percebi o quanto ele desejava alongar a história do amigo para a vez dele também não chegar.

— Eu não o imaginei, ele simplesmente apareceu. Primeiro ficava parado me olhando de longe, tão longe que eu quase não o enxergava. Daí o tempo foi passando e ele veio se aproximando, e um dia sem eu perceber ele já andava atrás de mim. Foi o coelho que matou o garoto de chapéu e todos os outros amigos imaginários que eu tinha. Até os bons. O coelho é a morte atrás de mim...

— Credo! Não pensa assim, amor, seja o que for não vai te fazer mal, ele não sabe da sua arma secreta, dos seus braços invisíveis.

— É, cara, relaxa — Thiago tentou ajudar. — Esse coelho é tipo o Godzilla. No começo você acha que ele é do mal, mas com o tempo você percebe que é o Godzilla que tá matando os outros monstros e salvando o dia. Foi assim no último filme.

— Um monstro criado para matar outros monstros, né? — Júlia concluiu enquanto passava os dedos pelos cabelos compridos de Ricardo.

Ricardo sorriu e a tensão de suas palavras suspensas no ar explodiu com uma batida forte no caminhão.

— Simbora, povo! — Era o caminhoneiro entrando na cabine. — Consegui adiantar, podemos ir!

Você acredita no garoto de chapéu?

Eu sabia a resposta, mas quis provocá-la para responder. *Sim,* ela confirmou secamente.

Viu? Isso sim é uma coisa difícil de acreditar, então eu tenho certeza que seus amigos não vão duvidar de você.

O restante da viagem foi tensa. Se por um lado eu incentivava Vanessa a contar a coisa mais sombria da vida dela, por outro, eu temia as consequências da revelação desse segredo. Eu era o único que sabia. E se, depois de falar em voz alta sobre o seu medo terrível, ela não precisasse mais de mim? Existem segredos que ao serem revelados perdem o poder, como alguém que nunca gostou de ganhar meias no Natal e quando revela isso passa a receber outros presentes, sem nenhum ressentimento. Mas existem segredos tão sombrios que nunca devem ser ditos em voz alta.

Eu estava lá para ajudá-la, sou parte do segredo, e o medo de ser apontado como algo que tem de ser deixado para trás como a tragédia do passado corroía meu conteúdo sintético. Ninguém deveria saber a verdade, sempre fui tudo que a Vanessa teve entre ela e as piores coisas, e se a solidão fosse o preço a ser pago...

Que assim fosse.

Nunca a deixei sozinha e gostaria que Vanessa fizesse o mesmo por mim. Acho que é assim que as pessoas apaixonadas se sentem. Isso é que é amor.

O que o Thiago vai pensar de mim?

Se achar melhor, então não conta.

Assim terminamos a viagem. Um aniversário cheio de altos e baixos, com alegrias e medos intensos revelados, sensações que chegavam à pele com suor e arrepios. O caminhão parou no posto de gasolina combinado e eles desceram, agradecendo a carona e as pulgas de brinde. Vanessa reconheceu o carro do pai estacionado e foi bastante constrangedor subir nele com os amigos.

— Por que você está de pijama, Vanessa? — seu pai perguntou. As mãos agarravam o volante com força, tensas por tantos motivos que seriam difíceis de listar. A tensão era viva dentro do carro como se tivesse um passageiro a mais.

Todos se entreolharam e o menino Thiago pareceu desesperado para chegar em casa. Um a um foram descendo do carro e Vanessa finalmente ficou sozinha com o pai. Oswaldo ficou mais animado sem a presença dos amigos dela e enumerou as guloseimas que tinha comprado para comemorar o aniversário na casa da ex-mulher. Mas tudo perdia o sabor para Vanessa quando estava tão próxima do obscuro.

Oswaldo quis saber detalhes que Vanessa contou sem emoção, apenas para não ser obrigada a continuar ouvindo a voz dele fazendo perguntas. Explicou por que pegou carona com o caminhoneiro estranho e repetiu o motivo de estar usando pijama.

— Você foi a primeira pessoa a achar isso estranho. Na Europa as pessoas usam pijama na rua o tempo todo.

— Não estamos na Europa, Vanessa — Oswaldo protestou. — Além do mais, as pessoas percebem, mas ficam com vergonha de comentar que uma menina crescida está com roupa de dormir na rua.

O sonho da feira nerd chegava ao fim e a realidade não se apresentava aos poucos para facilitar. Ao contrário, vinha com tudo para cima de Vanessa, lembrando que o pior estava por vir.

Segunda-feira e a escola.

47

• • •

A Voz

Após o soco que levou do pai, Thiago ainda não havia se encontrado com ele, graças às manobras dignas do serviço de inteligência nacional que antecederam a viagem do filho, executadas por Adriana. Mas agora não havia como escapar. Thiago entrava pela porta da sala com uma mochila enorme. A mãe veio feliz e o abraçou com força.

— Olhem, ele chegou — ela anunciou, como se Santiago e Gustavo não o estivessem vendo. — Como foi de viagem, meu filho?

— Tudo ótimo, só um pouco cansado...

Santiago e Gustavo permaneceram calados assistindo à reprise de uma luta. Uns babacas. Comendo pipoca e ignorando a presença dele, como se fosse um nada. E tudo isso porque o escrotinho do filhinho perfeito viu o irmão sair do motel com um cara. Gustavo leva a medalha de prata de maior cuzão de todos os tempos. Parece que esse moleque nasceu só para herdar o legado de mau-caratismo de Santiago.

Bem-vindo ao inferno e ao seu lugar na primeira classe, bem pertinho do capeta.

Meu pai não é o diabo.

Tem razão, o diabo não tem nada contra os gays, ou seja, até o capeta é mais gente fina que seu pai.

Gustavo levantou do sofá todo mauricinho, pronto para sair. Desconfio até de que esperou Thiago chegar só para esfregar aquele ar de "sou o filho preferido" na cara do merdinha. Com a atitude patética de sempre, Adriana sorria para os filhos como se amasse os dois igualmente. Thiago baixou a cabeça. Olhar para o irmão em pé na sala, a três metros de distância dele, feria seus olhos. *Quando nos tornamos inimigos?* Ouviu Gustavo se despedir bem alto da mãe, certamente para provocá-lo.

— Tô indo, mãe, o Rodnei vai passar aqui pra me dar carona. Vamos pegar umas garotas. Só volto amanhã. — Recebeu um forte abraço do pai, que levantou para se despedir do filho que saía, mas nem acenou de longe para o filho que chegava.

Liga não, Thiago, cobra não tem braço, e se ela tenta te abraçar é pra te matar.

Então, agora Thiago era *o outro*, e aquele lampejo de pensamento o atingiu. Quando era mais novo, às vezes pensava que poderia ser adotado, mas com o tempo ele ficou cada vez mais parecido com a mãe. Se um dia ela deixasse os cabelos na cor natural e parasse de pintar de loiro-palha brilhante, eles iriam parecer mãe e filho de um comercial. É bem deprimente para um jovem pensar que ser adotado é um alívio. O nível de identificação de Thiago com a família era perto de zero.

Deixa de graça e aceita que dói menos.

O soco/xicarada na cara parou de doer fisicamente, mas a marca na alma demoraria a passar. Thiago se olhou no espelho e concluiu que o problema familiar que sempre fora a causa de tudo estava bem ali na frente dele: eu.

Você sabe de tudo... Deve lembrar o exato momento que disse sua primeira palavra na minha cabeça...

Deve significar alguma coisa o merdinha ter esquecido. A memória é também um sistema de defesa que pode ser bloqueado e transformado ao longo do tempo como forma de proteção. O merdinha gosta de pensar em mim como uma pessoa dentro dele, uma alma sobressalente, o que realmente me agrada. Os médicos, sempre contrários a esse nosso raciocínio, insistem em enfatizar que eu sou apenas uma parte do Thiago. E, se for esse o caso, a melhor parte, na minha humilde opinião.

Mas gosto de pensar na possibilidade quase romântica de que um dia eu venha a ser uma pessoa diferente dele. Melhor. O merdinha decidiu se isolar no quarto, pegou o caderno de desenho e fez uns rabiscos, e eu também fui para um canto dentro da cabeça oca dele. Tem muito espaço. Fiquei olhando seus desenhos e não me surpreendi ao ver o rosto de Vanessa aparecer no papel, iluminado por um belo arco-íris ao fundo, muita frescura pro meu gosto, mas era bonito.

Ele virou a página e começou a desenhar o coelho. A visão do animal perturbou a cabeça de Thiago como poucas coisas nos últimos tempos. Um coelho preto e cinza, segurando um facão sujo de sangue, os olhos brilhantes que pareciam ter vida dentro e fora da fantasia. *Perigosos.*

Por que você não desenha o rosto de quem está debaixo da fantasia?

Quem veste a roupa de coelho pode ser mais assustador. Eu vi esse coelho. Ele é a morte...

Sendo a morte ou não, o coelho ganhava importância e espaço no coração dos membros do clube, se alimentando do medo deles. Thiago desenhava o monstro do amigo porque desconhecia de forma material aquilo que o assombrava. A nebulosidade do passado facilitava seguir em frente diante da família, que não tinha interesse algum em remoer os problemas soterrados pelo tempo.

Thiago pensou se seria mais fácil ter as pernas deformadas ou temer algo tão distinto como o garoto de chapéu ou um coelho assassino. Ficou preocupado com a revelação de Vanessa e tentou imaginar o que poderia tê-la feito encontrar o urso.

Fala sério, merdinha! Você gosta desses malucos e faz vista grossa para essas loucuras.

Uma menina arrisca a própria vida para salvar um cachorro quase morto, simplesmente por não aceitar a morte de outro animal. O loirão é ainda mais perigoso, imagina monstros que atacam as pessoas. Até agora um menino de cinco anos se quebrou todo, mas a próxima vítima pode não ter a mesma sorte. Eu me pergunto o que tem de errado com essa menina colorida. Gente muito feliz me incomoda, o excesso de riso é na maioria das vezes um jeito de esconder a escuridão.

Pelo menos eles têm um motivo, uma explicação para serem como são...

Com ou sem motivo, sua mãe está certa, eles são perigosos. Pessoas já se machucaram.

Se você fosse uma pessoa, seria das mais covardes. Cala essa boca.

Uma hora depois de Thiago sair do banho, Adriana entrou no quarto com uma bandeja com o jantar.

— Achei que você quisesse comer aqui. — Ela arrumou espaço na escrivaninha e pôs a bandeja em cima. — Fiz seu prato preferido.

Por que ela não te chamou pra comer na sala com ela e seu pai? Eles não te querem mais por perto, merdinha.

— Obrigado, mãe. — Thiago a encarou. Ela desviou o olhar. *Culpada.* — Talvez seja melhor mesmo comer aqui.

> *BINGO! E o troféu rejeitado do ano vai para Thiago, o garoto escroto, e a voz extremamente sensual e inteligente dentro da cabeça dele.*

— Senti muito a sua falta, filho...

Thiago até acreditaria nas palavras dela se fossem acompanhadas de outros gestos, um sorriso feliz, talvez. Ele olhou a carinha sorridente de batata palha em cima do estrogonofe na bandeja. Se Adriana sorrisse daquela maneira em vez de olhar de rabo de olho para o corredor, ele acreditaria.

— Você tomou seus remédios esses dias, Thiago? Você prometeu que começaria um novo tratamento...

— Você tem a minha palavra.

Adriana abraçou o filho. Os dois em silêncio esperando que as respostas chegassem sem que fosse necessário concretizar uma pergunta.

> *Manda ela ir embora e vamos comer logo Lágrimas são um péssimo acompanhamento.*

48

• • •

O Urso

Quando chegamos em casa encontramos Chuck, uma surpresa de Santiago, mas o gato não demonstrou sequer um pingo de felicidade. Ronronou uma vez e foi dormir. O jantar de aniversário foi seu prato preferido: lasanha à bolonhesa. Teve bolo e brigadeiro, nisso seus pais acertaram. Nenhum parente foi convidado, outro acerto, e Oswaldo fez vista grossa para minha presença na hora de cortar o bolo. Cada um carregava sua dose de esforço para tudo correr bem.

Quase uma família feliz se não houvesse uma época em que eles quisessem se ferir. Ou o dia em que o café de Oswaldo foi jogado na pia da cozinha, pois continha veneno, e a noite em que Sara dormiu com um braço quebrado pelo marido. O ódio entre o ex-casal era infinito, e em meio a todo rancor Vanessa crescia sabendo diferenciar cada ruga de expressão no rosto dos pais.

Chegou a desenvolver uma ciência exata e eficaz para prever o momento de uma briga com precisão. Quando pequena, tentava distrair os pais com suas ideias infantis, mas conforme cresceu usou essa sabedoria para se afastar. *Se proteger.*

— Faça um pedido, Vanessa. — Sara pôs o bolo confeitado em cima da mesa. — Um pedido grande, o aniversário de dezoito anos é muito importante. Mas tem que ser algo bem específico, senão o desejo não se realiza.

Pega de surpresa, Vanessa não tinha um pedido em mente, e na pressão de apagar logo as velas acabou desejando uma coisa bem simples: Quero ser livre. Refleti sobre esse desejo secreto e pela primeira vez me perguntei se a liberdade dela não significaria o meu fim. Prefiro não acreditar nisso, porque, se fosse esse o caso, tudo que eu fiz durante esses anos perderiam o significado... Eu era parte dela, seu cúmplice em todas as coisas.

Após comerem o bolo, Vanessa sentiu que o aniversário chegava ao fim. Aqueles pensamentos infantis de que apagando as velas ela se tornaria adulta e poderia colocar uma mochila nas costas e conhecer o mundo sem precisar dizer para onde ia perdiam força e sentido. Mesmo se soubesse para onde ir e tivesse meios para isso, um dia teria que voltar e encarar as consequências.

Vanessa se despediu do pai e teve a aguardada conversa com Sara. A mãe esperou que ela tomasse banho e deitasse no sofá da sala. Assistir aos programas de domingo sempre iguais, ajustar o relógio para despertar na manhã seguinte e arrumar o uniforme. Uma rotina cumprida de forma automática.

— Quer conversar sobre como vai ser amanhã ou prefere acordar mais cedo? — Sara perguntou, a mão na perna da filha de forma afetuosa.

— Pode falar, mãe.

— Primeiro vamos na consulta com um médico psiquiatra e depois vamos para a escola. Lá vamos conversar com uma psicóloga e com a diretora do colégio.

— Então não preciso levar meu material? — Vanessa imaginou que não daria tempo para assistir a nenhuma aula e ficou sem saber se isso era bom ou não.

— Estive na escola e conversei com os professores e com a diretora. Mulherzinha nojenta... — Sara fechou a cara, adotou um olhar felino e a voz desceu um tom. Vanessa sorriu com cumplicidade. A mulher soltou o ar e continuou a falar, dessa vez com um sorriso no rosto. — Mas vamos resolver isso da melhor maneira possível, filha. — Sara acariciou os cabelos de Vanessa, o rosto levemente inclinado. — Você não vai poder levar o urso para o colégio.

— Isso não foi combinado... — O espaço entre as duas no sofá de três lugares era mínimo, os joelhos de Vanessa dobrados em cima do assento encostando nas pernas de Sara. De repente o toque pareceu eletrificado. O carinho da mãe só preparava seu corpo para a queda. *Uma ilusão*. Eu estava deitado no braço do sofá, ao lado de Vanessa.

Isso é um ABSURDO!

— O Bobo fica dentro da mochila, não incomoda ninguém! — Vanessa se levantou, descontrolada. — Ninguém pode me impedir de andar com ele, mãe. Nem você nem NINGUÉM! — O grito reverberou pelo apartamento, atingindo as paredes e voltando com força para punir os ouvidos de Sara, já que a boca não media as palavras. — Isso é um absurdo!

A gente não pode aceitar isso! Não me deixe sozinho, Nessa... Por favor.

— Escuta, minha filha. — A mãe segurou as mãos de Vanessa de modo conciliador. — Pense um pouco. Já tentaram pegar o urso... E se agora quiserem roubar ou acabar com ele de uma vez?

— Não, não, não... — Nessa balançava a cabeça tentando se desvencilhar de qualquer aproximação de Sara. Chegou a empurrar a mãe, que fez menção de abraçá-la. — Ele é tudo que eu tenho. O Bobo é tudo pra mim. — As lágrimas chegaram com força e ela correu para me abraçar.

Eu tô com você, Nessa. Ninguém vai separar a gente.

— Mãe, você pode interceder, fazer um documento com um advogado. Eu não consigo ir sem o Bobo. — Minha menina tremia, um misto de medo e raiva. Em meio às lágrimas, olhou os restos do bolo de aniversário em cima da mesa e um sentimento novo surgiu, um tipo diferente de determinação...

Por favor, Vanessa não deixa isso acontecer.

Ninguém vai nos separar. Eu prometo.

— Pelo amor de Deus, Vanessa, ele vai ficar aqui te esperando. — Sara respirou fundo. — Essa não é uma questão negociável, minha filha, a escola não quer outro incidente. O urso não pode entrar e ponto-final.

— Eu vou dormir com essa notícia. — Vanessa passou pela mãe com um olhar estreito e desafiador. — Parabéns, você conseguiu estragar o resto do meu dia.

Vanessa saiu andando sem dar atenção ao que a mãe falava para se desculpar, quando a porta do quarto se fechou e uma última frase entrou:

— Adultos encaram seus problemas.

É normal do ser humano atacar para se defender. Sara pediu desculpas e tentou manter a calma, mas Vanessa não fez o mesmo. Irritada com toda a situação, apenas agrediu quem tentava ajudar. No fundo eu desconfiei de que essa nova regra da escola não passava de um acordo maligno entre Sara e a direção. Um meio para me destruir. Minha menina ficou tomada de raiva. Esse sentimento precisava ser direcionado para algum lugar com urgência. Guardá-lo dentro dela seria muito perigoso.

Lise! Ela era culpada de tudo e Vanessa desejava revidar esse sofrimento. Deixá-la sair impune de todo o mal causado a nós dois era realmente insuportável.

Vou nos vingar, Bobo. Essa garota maldita vai pagar por tudo isso que estamos passando.

Péssima ideia. Vai entrar em mais confusão... Deixa essa nojenta pra lá.

Mas ela não deixou... E foi a prova de amor e compromisso de que eu precisava.

Se a vida começa aos dezoito, esse era um mau começo. Os problemas davam insônia e dor no corpo. O café da manhã parecia azedo e a segunda-feira uma sentença de morte. A consulta com o médico se mostrou uma mistura de todas as outras, sem grandes novidades e inúmeros pedidos de exames. Os médicos sempre acham que você nunca fez exames o suficiente.

Depois disso fui deixado no carro e não pude acompanhar a tal conversa com a psicóloga e a diretora. Queria ter unhas para roer e espantar a ansiedade. Uma hora e meia depois, elas voltaram e, pelo olhar de Vanessa, a coisa tinha pegado fogo. As duas permaneceram caladas durante o almoço e Vanessa voltou sozinha para casa.

O que aconteceu?

Estamos em guerra, Bobo. Eu e você contra o mundo inteiro.

E o clube?

São nossos aliados, mas não quero que eles saibam de nada por enquanto.

O grande problema de fazer dezoito anos é que aos olhos da justiça você já é adulto, logo, pode ser preso se resolver se vingar da sua inimiga do ensino médio, uma garota mimada e nojenta de dezesseis anos. Vanessa sabia que os amigos do clube seriam contra qualquer atitude que pudesse colocá-la em tão sérios problemas. Normalmente, eu também era.

Contudo, se Vanessa começasse a me deixar em casa para ir à escola, logo faria o mesmo para sair, ir às reuniões do clube e às consultas médicas. Então, teríamos segredos... E chegaria o dia em que ela não precisaria mais de mim.

49

• • •

A Voz

Adriana acordou o filho. Perder mais aulas do curso pré-vestibular estava fora de cogitação. Ela sentou na cama, chegou cedo, um ato já conhecido. O ritual que precedia uma conversa chata.

— Bom dia, filhote — disse, inclinando a cabeça para beijar a testa dele. — Tenho um assunto pra conversar com você. Eu falei com seu pai e nós achamos melhor você não ir ao casamento do seu primo.

Sonolento, ele demorou para compreender o real significado das palavras.

— Sua prova é no sábado, mas eu vou para Petrópolis na sexta com seu irmão e seu pai. Vai ser bom para você ficar sozinho antes da prova, vai poder relaxar. Essa prova é muito importante. Desta vez você passa.

Acorda pra vida, Thiago. Ela não quer que você vá.

— E depois você pode descansar no domingo. Segunda-feira nós estaremos de volta. Vai ter a casa livre. Pode trazer seus amigos, se quiser.

— Eu posso pegar um ônibus depois da prova. O casamento é só sábado à noite e minha prova é de manhã. — Thiago sentou na cama e abriu bem os olhos remelentos para ver a reação de Adriana e testar a realidade evidente. *Rejeitado.*

— Você nunca foi próximo do seu primo Rodnei... — Ela levantou, arrumando o cabelo preso em um rabo de cavalo. — Ainda mais depois daquele incidente no Natal.

— E se eu quiser ir? — Thiago levantou sem ligar se usava uma cueca por baixo do short.

Isso mesmo. Vamos nessa porra e acabar com essa palhaçada!

— Você vai ser bem recebido, Thiago.

— Será? Por que tá parecendo o contrário.

— Não fala besteira. — Adriana segurou a maçaneta por um tempo, evitando olhar para o filho. — Me avisa o que você decidir.

Você nunca foi tão desconsiderado nessa família. Acho que acabou a época de ser bonzinho, não acha?

Ele me deixou no vácuo, mas estava muito puto com a situação. Faltando uma semana para o vestibular, Thiago tinha dúvida se ainda queria ir morar em outro estado. E o único motivo para duvidar era o climão dentro de casa. Decidiu ficar, abrir mão do sonho de mudar de estado para manter os amigos e talvez até uma namorada, mas a tensão de viver naquele apartamento beirava o limite do insuportável. Ir embora seria um grande alívio.

Você também quer ter tudo, garotão. Pelo amor de Deus, só não me vem com ideias absurdas de querer casar com a garota e essas coisas do século retrasado. Nosso negócio é só pegação.

— Vê se não enche a casa de macho neste fim de semana — Gustavo disse entredentes ao cruzar com Thiago no corredor.

— Vai tomar no cu, Gustavo.

— Isso é coisa de veadinho que nem você. — A última palavra se perdeu na palma da mão de Thiago. O merdinha é um cara pacífico, diria até lerdo, mas tudo tem limite. Infelizmente o irmão, três anos mais novo, era mais forte e esfregou o limite de Thiago na fuça dele.

Quando as pessoas brigam de verdade não há tempo para insultos. A ofensa se concentra no punho fechado encontrando o maxilar do adversário. Gustavo deve ter aprendido bem essa lição, porque foi isso que ele fez. O soco acertou o queixo do merdinha com tanta força que ele bateu a cabeça na parede. A orelha ardeu com o choque, como se tivesse levado um tapa. O ouvido zumbiu e Thiago ficou tonto, mas Gustavo não esperou o irmão se recompor e o empurrou com as duas mãos. Em segundos os dois estavam embolados no chão do corredor.

Reage! Bate também, merdinha!

Se Thiago me ouviu, não fez nada, e Santiago apareceu para separar a briga, antes de Gustavo dar um *fatality*.

— Chega! Adriana, controla seu filho, não dá pra aturar isso. Eu não aguento mais. — O pai puxou Thiago pela gola da camisa e o empurrou em direção ao banheiro. — Você é doente, mas não vai enlouquecer esta família. Eu não vou permitir.

— Para! — Adriana gritou chorando. — Vem, Thiago.

A cena explicava bastante a polarização dentro do apartamento. De um lado, o time mais forte, com Santiago e Gustavo. Do outro, sempre com olhos encovados e pílulas debaixo da língua, Adriana e Thiago.

Thiago saiu e deixou a mãe sentada, chorando no corredor. Teve pena dela e de seu sofrimento, mas o sentimento durou pouco, afinal grande parte disso tudo podia ser creditado a ela, a sua indulgência com Santiago e aos atos de autossabotagem. Toda essa merda respingava em Thiago, sensível demais para compreender que os problemas dos outros deviam continuar dos outros, mantidos assim para a saúde dele.

Ele foi para o cursinho e ouviu a reclamação do professor de matemática. Além de ter faltado às aulas, havia perdido o simulado também. Mas Thiago já tinha perdido tudo mesmo, inclusive a paciência, e apenas concordou com a cabeça. Chegou adiantado para a consulta com o novo médico e mandou uma mensagem para a mãe dispensando a companhia dela. O psiquiatra o recebeu de mau humor, mas o merdinha ficou até o fim. A palavra dele tinha valor, prometera à mãe que faria o novo tratamento.

Passou a vida nesse *novo tratamento* e já sabia que só havia duas opções: tomar os remedinhos da caixa amarela nos horários corretos e deixar de me ouvir, ou largar tudo e me ouvir. Eram três horas da tarde quando o grupo do clube recebeu uma mensagem. Pelo visto todos tiveram um dia bem desagradável.

Júlia
Preciso da ajuda de vocês. Recebi a denúncia de um canil que maltrata os animais. Mataram uma cachorrinha pug. Abriram a barriguinha dela, arrancaram os filhotes de dentro dela e depois abandonaram a bichinha pra morrer. O pessoal da ong onde sou voluntária acabou de me contar.

Vanessa
Eles podem denunciar pra polícia.

Júlia
Ninguém faz nada! A polícia foi até lá e ninguém foi preso.

Ricardo
O que você quer fazer, amor? Se a polícia já sabe...

Júlia
Estou cansada de engolir essas coisas. Perdi a paciência! Vou invadir esse canil e roubar esses filhotes e todos os outros cachorros.

Era exatamente assim que Thiago se sentia: de saco cheio de tudo. Mandar o irmão tomar no cu de manhã foi libertador. Experimentou o doce e refrescante sabor de dizer um bom palavrão para quem merecia ouvi-lo. E Gustavo precisava ser diariamente mandado à merda pelos próximos vinte anos. Talvez assim ficariam quites.

Thiago
Você não está sozinha.

Ricardo
Você não está sozinha.

Vanessa
Vocês são loucos. Mas vocês não estão sozinhos. Vamos salvar esses cachorros.

Aquele ímpeto de missão impossível contagiou a todos. Transgredir regras se tornou um ideal e embarcar em confusões virou um estilo de vida para esse bando de desajustados. Ricardo, o único com carteira de motorista, conseguiu o carro do pai emprestado para usar aquela noite. Eles se encontraram para analisar o endereço do sítio pelo Google Maps. A segurança era bem ridícula. O sítio, localizado em Maricá, em uma área rural, só tinha muro na frente, e as laterais eram cercadas com arame farpado e plantas.

Thiago teve medo de ser pego em flagrante, levar umas porradas, ser baleado ou preso, mas os relatos de Júlia sobre como os donos do sítio abriram a sangue-frio a barriga da cachorrinha com uma faca bem afiada para retirar os filhotes mexeram com seu senso de justiça. Segundo o pessoal da ONG, os donos do canil estavam sem dinheiro para fazer a cesariana, mas queriam os filhotes, que seriam vendidos por quase dois mil reais cada um.

Seriam criminosos aquela noite. Não importasse o monte de merda que um membro do clube estivesse envolvido, nenhum deles estaria sozinho.

50

• • •

O Urso

Aconteceu aquilo que eu temia. O dia da Vanessa foi repleto de novidades, e eu fiquei de fora. Ela me contou algumas coisas e disse que nós sairíamos à noite para ajudar uns animais. Mas a sensação de ser deixado de lado machucava muito. Pelo menos o desejo de se vingar de Lise foi substituído pela vontade de resgatar os cachorros.

Fui posto na mochila e saímos para encontrar os outros membros do clube às oito horas da noite. Vanessa disse que iria dormir na casa de Júlia, e cada um dos amigos conseguiu um jeito de sair de casa. Passariam a noite fora na grande aventura, ela disse, mas eu não encarei assim. Aquilo era simplesmente errado.

Vocês vão ser presos! Invadir a casa de alguém e roubar? Como você não vê que isso é errado? Esses amigos estão te levando para o mau caminho.

Não fala besteira. Estamos fazendo a coisa certa.

Um sinal pra mostrar que é errado é o fato de você ter que mentir pra sua mãe. Se fosse certo, você poderia dizer a verdade. Eu não concordo...

Quer ficar em casa então? Posso te deixar aqui, se quiser.

Como ela pôde fazer isso? Dizer que me deixaria em casa?! Nossa ligação se desfazia ao passo que os novos amigos tomavam o lugar que antes era só meu. Em silêncio fui deixado dentro da mochila, olhando o mundo pelo buraco sem poder opinar. Thiago nos buscou na portaria do prédio. Os sorrisinhos entre eles simplesmente me enjoavam. Ele já não me parecia a salvação para os problemas da minha menina, e sim um sério agravante. Algo que nos afastaria ainda mais.

Por que esse menino está todo quebrado outra vez? Ele é problema pra gente, Vanessa.

— Como você está se sentindo com tudo isso? — Vestido todo de preto com um boné na cabeça, Thiago realmente parecia um assaltante. O rosto estava marcado pela briga com o irmão, mas, diferentemente do áudio que ele havia mandado no grupo, tinha sido apenas uma briga e não uma surra.

Esse menino é um encrenqueiro.

Não seja ciumento, Bobo.

— Eufórica e com medo — ela respondeu, e deveria ter medo mesmo, pois estavam prestes a cruzar um limite muito perigoso. Era exatamente isto que me incomodava: eu sempre estive ao lado da Nessa para protegê-la, e de um dia para o outro minha proteção não era importante quando os novos amigos estavam por perto. Ninguém quer ser substituído.

— Promete que se alguma coisa sair do controle você vai fugir. — Thiago segurou levemente o braço de Vanessa antes de atravessarem a rua.

— Jamais. — Eles ficaram se olhando, os rostos próximos. — Estou levando nosso lema muito a sério. Não estamos sozinhos.

— Eu também. Você nem imagina quanto.

Chegamos à casa de Ricardo. Combinamos de esperar meia-noite para sair, hora bem sinistra. Vanessa gelou quando Júlia levantou o assunto do sombrio segredo do passado. Com os problemas na escola quase tinha esquecido da revelação prometida.

— Vamos ter que esperar três horas e acho que é um bom momento pra gente retomar aquela conversa... — Júlia olhou para Vanessa.

Minha menina se sentiu acuada, as mãos subitamente úmidas e geladas.

Você não é obrigada! Não precisa dizer nada pra eles.

Eu me desesperei vendo a real possibilidade de Vanessa quebrar nosso maior elo e revelar aos amigos nosso segredo. Eu podia protegê-la, e por muito tempo isso bastou.

Enquanto estiver com eles não estarei sozinha, Bobo.

Era um caminho sem volta. Ela iria contar. Então me abraçou e eu não sabia direito se era para se reconfortar ou para me pedir desculpa. A lembrança triste varreu rapidamente seus pensamentos e ela me apertou com força. Os amigos aguardavam calmamente. Júlia apertou o joelho de Vanessa e Thiago encostou mais o corpo ao lado dela, como se fizesse uma barreira para protegê-la.

— Quando eu fiz seis anos, minha mãe quis fazer uma grande festa de aniversário. — Vanessa refletiu com saudade. Suas mãos tremiam de leve, e ela as colocou entre as pernas para conter a sensação. — Mas meu pai não concordou com os gastos. Isso gerou muitas brigas... — Vanessa ficou calada por alguns minutos. Ninguém disse nada. Foi como se soubessem que a verdade ainda não havia sido dita. Thiago passou o braço nos ombros dela e a incentivou a continuar, e Vanessa buscou e segurou sua mão. — Na época eu não entendia bem essas coisas, ainda não entendo... A festa acabou de repente quando o meu pai chegou. Nem partimos o bolo e as pessoas foram embora, só no dia seguinte eu assoprei as velinhas. Fui dormir com o barulho dos meus pais brigando, e naquela noite, de madrugada, a porta do meu quarto se abriu. — Incontroláveis, as pernas dela tremeram e Thiago apertou Vanessa em seu abraço. — Eu dormia com o Bobo ao meu lado. As coisas são meio nebulosas, talvez o Bobo tenha falado comigo antes. — O olhar perdido dizia mais do que era possível imaginar. — Só sei que eu falava com ele e nesse dia o Bobo me respondeu. — As lágrimas escorreram do rosto e a voz arranhou a garganta.

Sentados ali na mureta da varanda da casa do Ricardo, os quatro amigos alternavam os olhares entre o chão e o rosto de Vanessa. Ela continuou a falar, mesmo que todos já soubessem o desfecho da história. A respiração de Thiago acelerou, incomodado com o choro de Vanessa, que o atingia profundamente. Júlia enxugava lágrimas com os polegares e Ricardo revezava um olhar de preocupação entre os três amigos.

— Ele entrou no meu quarto. O monstro entrou e deitou em cima de mim. O corpo dele era tão pesado que senti meu coração bater nos ouvidos... Bateu tão forte que, se ele disse alguma coisa eu não escutei, mas o Urso Bobo falou comigo. Falou dentro da minha cabeça. Disse que tudo ficaria bem se eu mantivesse os olhos fechados. — Thiago deitou a cabeça de Vanessa no ombro dele e acariciou os cabelos dela. — Quando saiu, o monstro disse: "Cuida dela, urso".

Demorei a acreditar... Vanessa tinha compartilhado sua lembrança mais triste, um segredo nunca revelado. A sensação foi estranha para mim, mas no coração dela uma pressão foi liberada.

— Sua mãe sabe? — Thiago perguntou com raiva, deixando claro que era difícil falar naquele momento.

— Acho que não...

— Isso é muito sério, Vanessa, sua mãe deveria saber. — Ricardo encarava Thiago, estudando a reação dele. — É um crime horrível.

— Faz muito tempo, já passou. — Vanessa levantou, enxugando as lágrimas com as costas da manga da blusa vermelha. — Vocês têm que me prometer que isso não sai daqui.

— Seu segredo é nosso também, mas ainda acho que a sua mãe deveria saber, Vanessa — Ricardo lamentou, e pela primeira vez eu o vi como um adulto de verdade. Ricardo era o mais velho do grupo, mas conservava um ar jovem e descontraído. Dessa vez ele demonstrou uma maturidade na voz nunca vista antes pelos amigos.

Todos concordaram em guardar o segredo, menos Thiago. O menino ficou de olhos bem abertos, fixos no horizonte, que se resumia às plantas da mãe de Ricardo, e, quando Vanessa se sentou ao seu lado de novo, ele imediatamente entrelaçou seus dedos nos dela. Eu reconheci no rosto dele a afeição que eu sempre tive ao consolar a Vanessa e me senti como um brinquedo velho, deixado de lado.

Substituído.

51

• • •

A Voz

Ricardo se mostrou um grande motorista de fuga. Estacionou o carro e ficou escondido, agachado e à espreita para ver se alguém passava e suspeitava do carro parado de madrugada em uma rua deserta.

> *Se você for pego e falar que foi uma voz na sua cabeça que te mandou fazer essa merda, eu juro que arrumo um jeito de te matar!*

— Eu e o Thiago vamos entrar e você fica de vigia, Vanessa — Júlia disse para a menina arco-íris. Todos estavam com muito medo, e eu achei graça do jeito que andavam e agiam, como se fossem espiões de filmes de comédia.

— Posso fazer um barulhinho de coruja? — a menina perguntou. — Porque se eu ficar gritando as pessoas vão perceber.

Thiago e Júlia concordaram com a cabeça. Ele levantou o arame farpado da cerca para Júlia passar e, quando chegou a sua vez, Vanessa o deteve por um segundo. Lascou um beijo no garoto, uma coisinha meio insossa de lábios fechados, mas foi o suficiente para soltar o último parafuso no lugar da cabeça do merdinha. Ele passou pela cerca e uma ponta do arame rasgou sua camisa.

Tenho que admitir que ele ficou bem corajoso depois disso. A casa era cercada de árvores e elas facilitavam que eles se escondessem. Os cachorros estavam todos juntos em uma casinha de madeira cercada de tela, que mais parecia um galinheiro, lotada com mais de dez cachorros. Um pequeno e muito magro latiu e, apesar do som fraco, no meio do silêncio da noite lembrava um alarme de carro.

Júlia jogou pedacinhos de carne entre as aberturas da tela, acalmando os animais. Thiago conseguiu colocar três cachorros dentro da bolsa. Era o máximo que podia carregar deixando a cabeça dos animais livres do lado de fora, mas os bichos não gostaram e começaram a latir. Ele fez a primeira viagem, Júlia também, abraçada a duas cadelinhas grávidas. Escondendo-se entre os troncos das árvores, chegaram até a cerca. Cinco animais estavam salvos.

Então outro cachorro apareceu latindo, solto no quintal. Esse não lembrava em nada os cachorrinhos de olhos esbugalhados da raça pug. Estava mais para um pastor-alemão, orelhas em pé e muitos dentes ameaçadores. Júlia manteve a calma, mas Thiago... Nem preciso dizer que ele correu como se não houvesse amanhã. O cachorro partiu para cima deles e logo uma luz dentro da casa se acendeu. Era o sinal para eles fugirem.

A menina arco-íris fez o inútil som de coruja, como se o cachorro correndo atrás deles já não fosse um bom sinalizador de que a missão tinha chegado ao fim. Thiago passou a bolsa com cachorros para Vanessa e eles ouviram o motor do carro ligar. Olhando de relance, dava para ver Ricardo gesticulando. Faltava só Júlia, com suas pernas curtas e frágeis, alcançar a maldita cerca.

O pastor-alemão foi mais rápido e a alcançou. Ele a derrubou e começou a morder a barra de sua calça, fazendo movimentos rápidos e sacudindo a cabeça para os lados enquanto rosnava. Rasgou um pedaço do tecido e latiu ameaçadoramente antes de cravar os dentes no All Star verde.

Ele vai comer ela! Foge, garoto! Foge, garoto!

O idiota não fugiu, pelo contrário, voltou para socorrer a menina. Thiago chegou querendo bater no cachorro, mas Júlia não deixou. A garota era muito doida por bichos mesmo. O cachorro a machucava, mas ela se mantinha firme.

— Leva os pugs — suplicou enquanto se virava de frente.

— Ei! — gritou uma mulher da janela da casa. — Que é isso? Socorro! Ladrão! Ladrão!

Thiago pegou os dois cachorros do chão, que a essa altura latiam bastante, e os levou rapidamente para Vanessa.

— Vai! — ele gritou, mas ela hesitou. — Você prometeu, vai!

Thiago voltou e, sob os protestos de Júlia, deu um chute no cachorro, que rasgava a roupa dela. Furiosos, os donos da casa saíram. Um homem correu atrás deles com um pedaço de pau. A distância era bem grande, uns setenta metros, e mal dava para saber como ele era, mas sua voz era grave e ameaçadora para encher de medo.

— Parem! Parem! — o homem esbravejava. Os cachorros seguiam latindo, mas Thiago só conseguia pensar se Vanessa tinha fugido. Estar apaixonado deve diminuir em uns cinquentas pontos o QI de uma pessoa. Com um cachorro rasgando sua calça e um homem armado com um pedaço de pau em seu encalço, o merdinha ainda pensava na garota.

Thiago golpeou a cabeça do cachorro mais uma vez. O bicho soltou os tênis de Júlia e mordeu o merdinha bem na canela.

— *Aahh*, merda! — Thiago gritou enquanto Júlia tentava segurar os braços dele e impedir a série de socos que ele dava na cabeça do cachorro. Vendo o animal apanhar, o dono do sítio gritou mais e, enfurecido, diminuiu a distância. Thiago deu um soco muito forte na lateral da cabeça do cachorro e o animal uivou fino e se afastou, um pouco tonto.

— PARE! — o homem berrou já perto o suficiente para ver bem o rosto deles. O cachorro ensaiou um novo ataque e Thiago protestou, mostrando os punhos.

— Para! Você vai machucar ele. Para! — Júlia gritava e Thiago teve que abraçá-la por trás e jogá-la por cima da cerca. Ela se arranhou toda e rasgou as roupas. O merdinha não teve a mesma sorte de alguém jogá-lo do outro lado. Júlia até tentou, mas ele precisou passar entre os fios de arame farpado. O dono do sítio já estava a uns dez metros, e, vendo que não conseguiria alcançar os dois a tempo, jogou o pedaço de pau com toda a força. A madeira acertou a perna de Thiago e o músculo contraiu na hora.

Eita! Que corno mirolho do caralho!

A dor foi excruciante e Thiago fraquejou. Júlia o puxou com as duas mãos e caiu sentada do outro lado. Como ela não ajudava mais afastando os arames da cerca, Thiago passou entre eles, espremido feito o recheio de um sanduíche. Ele se rasgou inteiro, o peito e as costas, e metade da blusa ficou presa na cerca. Com as costas sangrando e o coração prestes a explodir, ele correu, acompanhado de Júlia.

O homem pegou o caminho do portão e, apesar de perder alguns segundos abrindo o trinco, ganhava na corrida e estava bem perto de alcançá-los. O pastor-alemão vinha ao seu lado e já ultrapassava o homem. Sentindo a raiva do dono, o animal estava com a fúria renovada Se os alcançasse, seria fim de linha para alguém.

VAI! VAI! VAI!

Por sorte, Thiago e Júlia conseguiram entrar no carro. Ricardo arrancou cantando pneus e, para a surpresa de todos, eles escaparam.

— Cacete! Vocês estão bem? — Ricardo não conseguia tirar os olhos do retrovisor.

— Sim... — Júlia falou, tateando as pernas. Felizmente só havia ferimentos leves.

— Suas costas... — Vanessa levou a mão às costas de Thiago e todos pensaram que a menina se referia aos machucados, mas ela observava a tatuagem, o urso segurando um balão.

Agora não adianta mais esconder, merdinha. Ela viu seu ursinho carinhoso.

— Esse é o Bobo? Você fez uma tatuagem do Urso Bobo?

Uma gota de sangue escorria por cima do desenho, deixando a situação sinistra. A adrenalina impediu que aquilo fosse engraçado como eu havia imaginado. A revelação da tatuagem deixou todos chocados e até mais conectados.

— É ele sim, eu fiz naquela noite na feira nerd — o merdinha revelou. Na verdade tinha meio que esquecido daquilo, tantas coisas mais importantes haviam acontecido nos últimos dias que a tatuagem acabou perdendo espaço em seus pensamentos.

— "Você não está sozinho" — Júlia murmurou e todos ficaram quietos, em meio ao barulho do motor e dos cachorros espalhados no carro. A estrada era escura e deserta, e Thiago não podia se recostar no banco. Todo seu corpo doía, mas de alguma maneira ele se sentia bem.

Você nunca foi esperto, mas ficar com esse sorrisinho no rosto por causa de um selinho?

— O que a gente faz com esses cachorros agora? — Ricardo perguntou. — Quer dizer, pra onde eu dirijo?

— Vamos para a ONG. Eles vão ajudar — Júlia informou.

— Não seria melhor um hospital? As costas do Thiago estão bem feias. — A preocupação da menina arco-íris deixava Thiago nas nuvens. Aquilo doía para cacete, mas ele não perdeu a oportunidade de ser machão.

— Isso não é nada. Eu estou bem.

A escuridão do carro escondeu os olhos brilhantes de lágrimas do chorão. Ele sorria e chorava, mas estava entre amigos. Totalmente fodido, mas tinha amigos e provavelmente uma namorada, além de um carro cheio de pugs.

O que mais um homem poderia exigir de uma madrugada de terça-feira?

52

• • •

O Urso

Um daqueles monstros disfarçados de cãezinhos pugs mordeu a minha perna e me arrastou para o chão. Em seu frenesi com a tatuagem, Vanessa se esqueceu do verdadeiro urso.

Minha tatuagem.

Nem notou que eu precisava de ajuda. Fiquei lá no chão, sendo pisoteado e defumado na flatulência desproporcional daqueles animais. Como cachorros tão pequenos podiam soltar tantos gases fedorentos?

A grande ironia era pensar que todos se sentiam mais unidos com uma tatuagem que me representava. Então por que não me abraçavam? Eu estava ali entre eles, quase em todos os momentos. Mas lentamente eu passava de um integrante físico para um ideal...

Vanessa! Eles estão me matando. Me ajuda!

São cachorrinhos fofos, Bobo. Deixa de ser medroso.

Chegamos à tal ONG e um casal nos atendeu — o homem ainda de pijama e a mulher acompanhada de vários gatos. Eles tinham aquele olhar de gente que ama os animais, uma expressão permanente no rosto que revelava a disposição em ajudar. Vanessa já chegou dizendo que o menino Thiago estava ferido e o homem veio em seu auxílio.

— Júlia! O que aconteceu? — disse a mulher. Elas se abraçaram e um dos cachorros saiu do carro espantando alguns gatos. — Meu Deus! Você foi até lá, era muito arriscado, por que fez isso? — a mulher perguntou aflita.

O casal fez curativos em Thiago e recebeu os animais com extremo cuidado. Eles deram medicamentos aos cachorros e os examinaram um por um. Fiquei no colo de Vanessa até ela adormecer no sofá, dividindo o aconchego do seu colo com a cabeçorra do menino Thiago. Quem diria que chegaria um momento da minha vida que eu seria obrigado a isso?

Talvez eu estivesse mal-acostumado. Vanessa foi só minha por tanto tempo... Se fosse só o menino Thiago eu até não reclamaria. Ele tinha aquela bela tatuagem minha para provar seu amor por nós dois. Diferentemente dos outros, ele compreendia que eu era parte da Vanessa. Antes do nascer do sol todos estavam acordados, tomando café na cozinha apertada.

— Vocês se arriscaram muito roubando esses cachorros — o homem falou, mas seu olhar era dócil e compreensivo. — Ainda bem que esse caso não vai ter nenhuma investigação estilo seriado americano. Porque vocês deixaram tudo no local do crime: sangue, roupas, e eu não ficaria surpreso se alguém tivesse esquecido a carteira.

Todos riram, mas ficaram sérios depois, refletindo, e Vanessa buscou na memória onde estava sua mochila com os documentos.

— Eu prefiro o termo "resgatar" — Júlia acrescentou. — Roubar faz parecer que foi errado e sabemos que não foi.

Foi errado sim, Vanessa. Você tem que pensar sobre como a amizade dessas pessoas está te levando por caminhos perigosos.

— O importante é que todos estão bem... — Minha menina olhou preocupada para Thiago, que passou a noite deitado de lado no sofá. Por isso ela quase não dormiu, abrindo os olhos toda vez que ele se mexia. — Como você está? Ainda dói muito?

— Tranquilo, mas vou pra casa. Tô sem cabeça pro simulado do cursinho hoje.

Vanessa baixou a cabeça. Seria o primeiro dia em que enfrentaria Lise e os colegas de classe depois do "incidente". Foi essa a palavra que a diretora usou para se referir à agressão que eu sofri naquele dia. O suéter cobria meu corpo e o rasgo fora grosseiramente costurado, mas a lembrança de ser perseguido, jogado de um lado para o outro e julgado por olhos estreitos e risos maldosos não seria apagada. Ao contrário, ela se tornava um misto perigoso de medo e raiva no coração de Vanessa.

— Eu também não tô com vontade de ir pra escola.

— Aconteceu tanta coisa que nem deu tempo de a gente saber como foi ontem. — Júlia pegou mais café da garrafa térmica. O casal seguia fazendo tarefas domésticas. Eles moravam ali, mas tudo parecia improvisado. A mulher lavava a louça e o homem alimentava os cachorros. Sozinhos, os quatro amigos conversavam e o sol começava a nascer e entrar pela janela.

— Foi um saco! Agora não posso entrar com o Urso Bobo no colégio e sinceramente não sei como isso vai ser possível. Ele esteve comigo em todos os momentos.

Inflei o peito orgulhoso com a declaração dela e esperei o abraço apertado que sempre chegava depois de uma afirmação daquelas, mas foi Thiago quem apertou a mão dela embaixo da mesa. Eu me senti traído, mas esse menino Thiago me surpreendia mais uma vez. Queria sentir raiva dele, só que era bem difícil diante das fofurices que ele soltava.

— Posso cuidar dele pra você — Thiago falou.

Mas quem vai cuidar de você, Vanessa? Você tem que me levar junto.

— Obrigada, mas depois dessa noite não sei se consigo ir pra aula, muito menos me separar do Bobo.

— Essa menina tá te infernizando mesmo — Júlia se revoltou. — Quer que eu vá dar uns tapas nela na saída da escola? — Com as mãos na cintura, ela realmente parecia intimidadora, mas a atitude arrancou um sorriso tímido de Vanessa.

— Por mais que eu ache que você fica linda nervosa, bater na garota só vai piorar tudo pra Vanessa — Ricardo interveio, puxando Júlia delicadamente para sentar de novo. — O que eu acho é que você tem que ignorar essa menina, Vanessa. De verdade.

— Tem gente que não dá pra ignorar, Ricardo. — Ela sentou, inconformada. — Olha tudo que a Vanessa tá passando por causa dessa tal de Lise.

— Júlia, para de colocar lenha na fogueira. — Ricardo e Júlia começaram uma pequena discussão que até distraiu Vanessa. Havia algo de bonito no modo como um falava por cima do outro tentando chegar à melhor solução para o problema dela. Isso era amizade.

— Tá muito cedo pra segurar vela e ouvir discussão de casal. Você não acha, Vanessa? — Thiago perguntou com dificuldade, fazendo uma careta de dor. — Posso te levar pra casa.

— Ótima ideia.

As meninas se abraçaram e Ricardo cumprimentou Thiago daquele jeito animado. Mas acabou se esquecendo e batendo nas costas dele. O menino Thiago soltou um grunhido que fez os cachorros latirem do lado de fora.

O caminho de volta até a casa de Vanessa foi tranquilo. Eles não falaram muito, e Thiago aparentava estar com muitas dores, apesar do riso constante nos lábios. Diferentemente de outros momentos, ficar em silêncio caminhando ao lado dele não foi nem um pouco constrangedor. O vento fresco da manhã passava por eles e cada troca de olhar tornava o percurso menor e mais agradável.

Na portaria do prédio, Thiago segurou a mão de Vanessa com delicadeza e sorriu. Dentes brancos e levemente tortos na parte de baixo. As mãos dele eram quentes e grandes e envolviam as dela totalmente.

— Eu gostei da tatuagem, talvez um dia eu faça uma igual — ela disse. — Gosto de pensar que não estou mais sozinha.

— Não está mesmo. Eu andei pensando e decidi que vou tentar uma faculdade aqui no Rio mesmo. Não quero ficar longe de você, Vanessa.

Escuta o que esse menino está falando. Se você gosta do Thiago, não vai permitir que ele desista dos sonhos dele.

— Talvez a gente possa ir pra outro lugar junto...

O coração dela descompassou. Soube reconhecer o pedido nos olhos dele, porque eram um espelho dos seus. Cheios de desejos, não apenas para aquele momento, mas em uma vontade de ficar junto para sempre.

Eles não disseram mais nada, apenas se beijaram. Os lábios dele, inseguros no começo, quase não se moviam, mas a cada segundo a intensidade aumentava. Thiago a abraçava e investia a língua febril na boca de Vanessa. Ela se agarrava a ele como se o beijo fosse uma corda atirada em um mar revolto. As pessoas olhavam torto para a cena muito saliente no meio da rua, mas os dois ficaram assim até o porteiro chamar a atenção de Vanessa no interfone.

Fiquei pensando se nesse lugar para onde eles queriam fugir era permitida a entrada de ursos como eu.

53

• • •

A Voz

O merdinha foi cantarolando para casa. Com os ânimos renovados, passou o dia entre o celular e os livros. Decidiu escolher o curso de arquitetura perto de casa e encarar a convivência com o pai por mais um tempo, mas em compensação teria Vanessa e depois eles poderiam tentar juntos a prova para outro estado. Só o banho tirou um pouco sua felicidade. Os cortes nas costas não eram profundos, mas ardiam muito com o contato da água e do sabonete.

Santiago ligou para casa e Thiago atendeu. Ouvir a voz do pai foi pior que mil banhos nas feridas.

— Alô — atendeu sem ver o número no identificador.

— Passa pra sua mãe — Santiago ordenou secamente.

— Minha mãe não tá em casa — Thiago respondeu com igual descontentamento. Se tivesse visto que era Santiago nem tinha atendido.

— Thiago, o que você tá fazendo em casa? Pra que que eu pago uma fortuna de cursinho pra você, moleque? Depois não sabe por que não passou no vestibular.

Thiago não respondeu e pousou o dedo no botão de "desligar", pronto para apertá-lo.

— Então, vê se fica em casa neste fim de semana e passa nessa prova. Sua mãe não quer você no casamento do seu primo. Não depois de toda a vergonha que ela já passou com você.

— É ela que não me quer lá ou você?

— Você está proibido de aparecer nesse casamento, entendeu? Não me afronte!

O merdinha não teve coragem de desligar na cara do pai, e Santigo finalizou a ligação com um grito. Uma espécie de ultimato. Thiago acabou recorrendo a um calmante para relaxar e dormir um pouco. Havia ficado muito nervoso com o telefonema, mas o corpo doía em vários lugares e ele precisava de repouso. Antes de pegar no sono, refletiu como em poucas horas havia experimentado sentimentos completamente opostos. Fechou os olhos e pensou em Vanessa, em seu beijo, mas o mesmo coração que acelerava por uma garota batia forte e tenso com raiva do pai.

Adriana chegou em casa na hora do almoço e encontrou Thiago deitado de lado na cama. Fechou a porta lentamente. Ele estava acordado e fingiu dormir só para evitar falar com ela e conversar sobre Santiago ou o casamento. Só de pensar na ligação se sentia enjoado. O dia tinha começado tão bem...

Nem o cheiro do almoço fez Thiago levantar. Deixou a letargia embalar seus pensamentos, não sentia fome ou outra necessidade que não fosse fechar os olhos e pensar no beijo de Vanessa. No meio da tarde, Adriana bateu na porta de leve e o chamou, mas o merdinha não respondeu. As horas passaram com a casa silenciosa e Thiago conseguiu expulsar parte da raiva para dar lugar aos bons sentimentos. Levantou mancando e se olhou no espelho. O soco de Gustavo havia adquirido um tom alarmante de roxo e ainda tinha os ferimentos dos fios de arame farpado, a mordida do cachorro em uma perna e a paulada na outra.

Você tá sempre todo remendado, garoto. Se continuar assim, não vai passar dos trinta.

São marcas de guerra e me orgulho de quase todas.

A calmaria do lugar foi desfeita quando Santiago chegou. Sua voz alta ecoava tóxica pela casa, envenenando o quarto de Thiago, o único ambiente seguro. Thiago ligou o som e abriu os livros, a última coisa que queria era ser atormentado de novo pelo pai. Decidiu estudar um pouco e a música abafou qualquer vestígio da presença de Santiago no apartamento. Para enganar a fome, comeu metade de um pacote de biscoitos que encontrou dentro da mochila.

Tudo corria bem até Gustavo irromper no quarto de Thiago.

— Meu pai quer falar com você na sala. — E saiu da mesma forma abrupta com que entrou.

Thiago foi até a sala arrastando os pés e encarou Santiago por um segundo. Ele estava sentado com as pernas em cima da mesa de centro enquanto Adriana fingia fazer alguma coisa importante na cozinha, mas o corpo da mulher quase não se mexia. Estava estática esperando os próximos acontecimentos feito uma presa acuada.

— Só quero avisar que se não passar nessa prova não vou mais pagar nenhum cursinho pra você. — O pai bebeu um líquido escuro dentro do copo, vinho talvez, e voltou a falar: — É muito dinheiro desperdiçado com alguém que só quer dormir o dia todo.

O merdinha permaneceu calado.

— Você entendeu? — Santiago pegou o controle da televisão e mudou o canal. — Faculdade não é pra todo mundo.

Thiago deu as costas para voltar para o quarto, mas Santiago ainda não tinha acabado.

— Não me afronte, moleque.

— Santiago… — Adriana murmurou da cozinha.

— Meça forças comigo e vai ficar bem pior do que já está.

Thiago ouviu as palavras, mas não se virou para ver o rosto do pai. Imaginou que pudesse ver um sorriso nele, um equívoco. Santiago apenas sorveu o restante do líquido e fez uma careta de desgosto.

Você escutou, merdinha. O velhote declarou guerra. Vai fazer o quê?

Eu vou ganhar.

Foi então que Thiago realmente começou a cogitar de ir ao casamento. Ele contou para Vanessa como Santiago era escroto querendo escondê-lo em casa e o ameaçando. Na certa alguém importante estaria lá e a possibilidade de fazer negócios alterou para pior o humor já ruim de seu pai.

Deixa essa merda pra lá, pra que ir nesse casamento? Você vai ter a casa livre e deveria estar pensando em trazer aquela garota pra dormir aqui.

Não é assim que as coisas funcionam. Eu gosto dela.

E você por acaso é homem pra saber como as coisas funcionam? Traz ela pra cá e manda ver.

Vanessa agitou o grupo para todos irem ao casamento. Durante a noite e a madrugada, as mensagens invadiram o celular de Thiago e pensei em como a vida dele tinha mudado em pouco tempo. Amigos podem transformar a vida de uma pessoa para o bem ou para o mal. Eu apenas tinha dúvida para qual direção Thiago estava indo. A caixa da morte transbordava, e, exceto pelo calmante daquela manhã, todo o restante estava intacto. Mas mesmo sóbrio Thiago estava feliz. Só quando saía do quarto lembrava que o mundo estava uma merda do lado de fora.

Ricardo conseguiria o carro do pai emprestado e a gasolina ficaria por conta de Thiago. Júlia mandou um longo texto reclamando com os amigos sobre as condições de trabalho do namorado e como o tio de Ricardo o explorava. Logo eles chegaram à seguinte reflexão: juntos poderiam resolver os problemas uns dos outros. Júlia queria que Thiago fosse com ela reclamar o salário atrasado do namorado. Ricardo usou o restante da noite para discutir com Júlia, em uma série de áudios cômicos.

O plano de invadir um casamento pareceu normal, assim como o fora o de roubar cachorros de raça. No fim da noite, Júlia inconscientemente arrancou o sorriso do semblante do merdinha, quando lembrou que só ele não tinha revelado seu segredo sombrio. Além do mau humor, a raiva surgiu latente no rosto dele. O segredo de Vanessa remoía suas vísceras, e foi nessa hora que Adriana entrou em seu quarto.

— Oi, filhote. Como você está? Ontem à noite foi legal?

— Ontem? — Thiago perguntou quase se esquecendo da festa que tinha inventado para dormir fora de casa. — Ah, correu tudo bem — mentiu, despreocupado em parecer convincente. Era um absurdo a mãe perguntar sobre a noite passada apenas meia hora depois de Thiago ser ameaçado pelo pai.

O olhar de Adriana mostrava a desconfiança. Ela disfarçadamente vasculhou os livros espalhados pela escrivaninha e relaxou um pouco.

— Desta vez você está mais tranquilo para fazer a prova. Eu posso sentir. Está mais confiante — mudou de assunto, evitando falar de Santiago.

— A minha nota do ano passado dava pra conseguir uma vaga aqui no Rio. Talvez eu faça isso desta vez...

Adriana encarou o filho, inclinando a cabeça um pouco de lado e sorrindo. Não sei se ela pensou que a mudança de ideia fora por medo de Santiago não querer mais pagar o cursinho caso ele fosse reprovado novamente.

— É melhor ficar por aqui, Thiago, sempre falei que se afastar do seu tratamento era um erro.

Thiago se virou para Adriana com certo ódio no olhar.

— Meus médicos não vão sentir muita saudade de mim, mas o pouco deles parece que é mais do que vou receber desta casa. — Apontou o dedo para fora do quarto, revoltado. — Deles eu espero qualquer coisa, mãe, mas de você... Essas coisas realmente machucam.

— Que é isso, filho? — ela disse com voz chorosa. — Você sabe que meu coração fica partido só de pensar que você pode ir embora.

— Às vezes não parece... Você costuma ficar do lado do meu pai o tempo todo. Sabe o que ele me disse hoje no telefone? — Adriana balançou a cabeça, parecendo negar a difícil realidade do relacionamento deles. — Ele disse que você tem vergonha de mim. — A voz do merdinha embargou. — Que você não quer que eu vá ao casamento com medo do que eu possa fazer...

Ela abraçou forte Thiago. Ele deixou um gemido escapar e a mãe percebeu. As costas ainda doíam e os curativos improvisados formavam algum volume por baixo da blusa. Thiago se afastou, queria sentir um pouco mais o carinho da mãe, mas tinha que cortar sua desconfiança pela raiz. Explicar os machucados era muito desgastante e ele estava cansado.

— Eu te amo, filho. Nunca duvide disso.

— Preciso estudar.

Adriana saiu do quarto.

Ela desistiu.

Seria a última vez que ela teria essa chance. O celular vibrou em cima da cama e o resgatou do que poderia ser o começo de um sentimento bem ruim. Então o mal foi guardado dentro do peito, mas seria liberado se qualquer pessoa dentro daquela casa o olhasse torto. Era só uma questão de tempo. Thiago olhou para a tela. Era a garota colorida enviando mensagens.

Vanessa
Como vc tá? As costas melhoraram?

Thiago
Só vc pode me fazer melhorar.
Quero te ver, já tô com saudade.

Vanessa
Eu também.

54

• • •

O Urso

Ah, o amor! Envolve todas as palavras de uma pessoa em nuvens de algodão-doce. Vanessa nem parecia preocupada pelo fato de que no dia seguinte teria que ir à escola sem mim. E o menino Thiago até foi útil quando sugeriu que eu entrasse na mochila de outra pessoa, afinal eles só estavam olhando a mochila da Vanessa. Juntos eles convenceram Jessica a me contrabandear para dentro da escola e assim a semana passou rápido. Como melhor amiga de Vanessa na escola, a menina estava em débito com a gente e aceitou o pedido sem titubear.

Lise e sua gangue de amigas malvadas se acharam vitoriosas e deixaram Vanessa um pouco de lado. Ainda faziam comentários maldosos, mas eles se dissolviam diante da felicidade dela. Talvez o riso constante no rosto de minha menina tenha sido um escudo contra a maldade daquelas garotas. Os bons tapas que Vanessa deu em Lise naquele dia horrível acalmaram os ânimos. Apaixonada, Vanessa exibia cores brilhantes e intensas e seu perfume inebriava todos a sua volta. Era amor verdadeiro. Mandar todas à merda também ajudou a cortar uma nova onda de hostilidade pela raiz, e minha menina andou pelos corredores gingando e mandando beijos como em um clipe musical.

O novo terapeuta disse para dona Sara que Vanessa estava realmente feliz, e isso contou para a mãe apoiar mais um fim de semana dela fora de casa. Essa história de invadir um casamento me cheirava mal. Fiquei com um pressentimento ruim, mas, comparado à invasão e ao roubo dos últimos dias, aquilo era menos grave. Afinal, quem nunca entrou de penetra em uma festa?

— Vanessa, não estou gostando desse seu agarramento com esse rapaz... Ele nem veio aqui em casa pedir para te namorar! — Sara esbravejava enquanto Vanessa experimentava vestidos na frente do espelho. Iria de penetra na festa, mas isso não significava ir toda desarrumada.

— Em que década você vive, mãe? — O vestido azul com flores coloridas na barra rodou no ar quando ela se virou para Sara. — Eu tô ficando com o Thiago, nós não vamos casar amanhã. Relaxa, dona Sara.

— Me fala que está usando proteção... — Sara estava muito atrasada com essas orientações. Tinha esperado a filha fazer dezoito anos para mencionar o assunto, já era tarde para isso. Vanessa encarou a mãe, surpresa. — Se você aparecer grávida, seu pai mata nós duas. — Sara levou a mão ao peito, um gesto de fragilidade e preocupação. Ela ainda tinha medo do marido. Depois que uma pessoa sofre algum tipo de violência, ela muda para sempre, e, em algum lugar, a menina Sara que pulou de asa-delta da pedra da Gávea no aniversário de dezoito anos simplesmente morreu. Sua coragem se foi.

— Acho que já nos preocupamos muito com o que o meu pai pode fazer. — Vanessa pegou um vestido verde e curto.

Sara segurou a mão da filha com firmeza.

— Um dia você vai me perdoar?

Vanessa parou.

A memória vinha em forma de avalanche. As lágrimas acumuladas em uma represa sombria dentro dela chegaram de uma vez e, caso respirasse muito rápido, seria impossível contê-las. Lembrou que enquanto o corpo pesado do monstro esmagava o dela, ouviu passos no corredor. A cama estalou e os passos cessaram. Tinha alguém lá...

As lágrimas transbordaram sem nada para impedi-las. Sobre o tapete colorido de unicórnios do quarto, as duas se abraçaram. *Ela sabe.*

— Eu só quero o seu perdão, minha filha. Me perdoe por ser fraca, por esperar tanto tempo para reagir... — Sara apertava Vanessa em um abraço sofrido enquanto soluçava. — Eu amava o seu pai... Ele era um homem bom. — Balançou a cabeça, negando as próprias palavras, e tive dúvidas se ela desacreditava da bondade do ex-marido ou se a negação era contra ela mesmo e o dia em que não entrou no quarto da filha para ver se estava tudo bem. — Achei que fosse só uma fase.

Ela sabe...

— Estou do seu lado, Vanessa, e sinto que estamos cada vez mais distantes. Antes você tinha o urso. — Sara olhou para mim com um ressentimento acumulado durante anos. — E agora só quer saber desses amigos novos.

Sara era uma pessoa que temia a solidão e por causa disso se sujeitava às situações mais absurdas. No entanto acabou sozinha, e Vanessa, apesar de lhe perdoar, sentia que essa era uma lição que a mãe aprenderia da pior maneira possível. Ela se soltou do abraço e disse as mais difíceis palavras que Sara poderia ouvir.

— Eu te amo e isso vai ter que bastar, mãe. Porque eu vou embora um dia e acho que isso está bem perto.

Sara se ajoelhou no chão, olhando para o rosto de Vanessa refletido no espelho. Antes de sair e fechar a porta, Vanessa disse:

— Eu te perdoo...

Nesse instante, senti que minha hora também chegava. Um urso não vive para sempre.

As pessoas achavam curioso ver três jovens com roupas de gala em pleno meio-dia na porta do local da prova de Thiago. Vários pais esperavam seus filhos, e vendedores ambulantes lucravam vendendo canetas pretas por cinco reais cada uma. Júlia se abanava com um leque prateado e os três estavam de dedos cruzados esperando Thiago sair. Ricardo vestia um fraque azul, e o cabelo emplastrado de gel, preso em um coque perfeito, lhe dava um ar de artista de cinema.

Vanessa escolheu o vestido curto esvoaçante. Nunca tinha visto minha menina tão linda e me senti até meio malvestido para a ocasião. Thiago chegou correndo e tirou Vanessa do chão com um abraço. Mesmo de salto ela ainda era mais baixa que ele.

— Acho que fui bem! — ele disse e os quatro comemoraram.

— Agora sim, podemos ir — Júlia falou ao abraçar Thiago para logo em seguida ajustar o paletó de Ricardo. — Quase nos atrasamos por causa deste aqui... Você tinha que ver a roupa dele antes de eu arrumar.

Os meninos trocaram olhares e Ricardo balançou a cabeça negando com um sorriso qualquer pergunta que Thiago pudesse fazer a respeito daquele assunto, mas Júlia esclareceu com orgulho.

Então pegaram estrada. Ricardo ao volante e Júlia no banco da frente. Aquilo deveria ser a mais pura felicidade, a música alta, a brisa fresca da serra de Petrópolis entrando no carro. Vanessa levava a mão do lado de fora e sentia o vento passar por entre os dedos. Seu coração palpitava toda vez que olhava para Thiago. Achava que ele estava tão bonito vestido todo de preto. O terno deixava o menino muito adulto. *Sexy.*

Vanessa, por favor, não pense essas coisas. Eu estou aqui, sentado entre vocês dois. Se comporte.

Ele é tão lindo, Bobo, que às vezes tenho vontade de morder o corpo dele todo só pra ver se é de verdade.

— Tá pensando em quê? — ele sussurrou no ouvido dela depois de deixar um beijo quente em seu pescoço. Vanessa encolheu o ombro, prendendo o maxilar dele ali. Thiago passou a língua na orelha dela e Vanessa soltou um gritinho histérico.

— Ei, vocês dois aí atrás. — Júlia virou o rosto. — Tá tudo muito lindo, mas o que vamos fazer? Só chegar na festa e pegar a mesa de alguém?

— Não. Eu tenho um plano — Thiago disse, dando uma piscadela.

55

• • •

A Voz

O merdinha estava vivendo um sonho. Você sabe que um garoto virou homem quando ele acaba de dar aquela mijada, se olha no espelho e pensa: *eu sou foda.*

Desfaz essa cara porque nem é tão grande assim.

É grande o suficiente.

Descansaram um pouco em uma parada no final da serra. Não queriam chegar antes do horário da festa. Thiago e Ricardo pagavam o lanche que as meninas haviam pedido quando, do nada, ao escolher um stick de balas no caixa, Thiago foi surpreendido pela confissão de Ricardo:

— Você é como um irmão pra mim, cara.

Thiago deixou as moedas do troco caírem no balcão e encarou o amigo.

— Você também... — ele respondeu, sentindo um aperto no coração. O irmão do amigo estava morto e Ricardo não tinha mais seu parceiro na vida, mas Gustavo estava vivo e Thiago se deu conta de que era mais apegado a Ricardo, que conhecia havia pouco. Ricardo apertou o ombro de Thiago, aquele gesto de respeito que o merdinha só observava de longe. Automaticamente os olhos dele se encheram de lágrimas.

Para com essa veadagem, por favor.

— Você sente muita falta do seu irmão? — Thiago perguntou, logicamente algo bem infeliz de perguntar, mas Ricardo não ligou e respondeu. Eles levaram as bandejas para a mesa de quatro lugares e Ricardo distraiu o grupo contando histórias engraçadas sobre o irmão.

— Meu irmão era um cara de bom coração. Ele não podia ver ninguém sofrendo que ia lá e tentava ajudar. Seria um ótimo médico... — Tomou um gole do suco e sua voz voltou ao normal. — Uma das melhores lembranças que eu tenho dele é de quando eu era bem pequeno. Eu estava passando por uma fase superdifícil... Eu não conseguia dormir por causa do medo do garoto de chapéu.

— Isso foi depois que o garotinho se machucou na escola? — Júlia perguntou e limpou a boca, suja com o molho do sanduíche que comia.

— Foi — ele confirmou e passou o polegar na bochecha da namorada, que ainda estava suja. — Minha mãe começou a me encher de remédios, meus pais pareciam ter medo de mim. Eu quase não dormia e quando pegava no sono eu acordava gritando. Meu irmão tentava me ajudar dizendo que passaria a noite acordado vigiando se o garoto de chapéu iria aparecer no quarto. Passei umas semanas nesse desespero.

— E o que aconteceu? — Vanessa quase não tinha tocado no lanche. Olhava fixamente para Ricardo e apertava a mão de Thiago em cima da mesa.

— Um dia eu acordei e vi que ele tinha cochilado sentado na cadeira. Entrei em desespero quando compreendi que meu irmão não poderia me proteger. — Júlia abraçou Ricardo e lhe deu um beijo de lábios gelados pelo refrigerante. — Meu irmão se ajoelhou na beirada da minha cama e chorou comigo. Ele era uma criança também, só alguns anos mais velho, mas teve uma ideia que mudou tudo. Ele me disse para imaginar com toda a força. Usar todo o meu poder, mesmo que gastasse tudo para criar uma arma para me proteger...

— Assim apareceram os braços invisíveis — Vanessa sussurrou, olhando para Thiago.

— Mais ou menos. Nós conversamos durante horas e eu só consegui dormir com meu irmão abraçado comigo. Aquela sensação foi tão boa e eu me senti tão bem que acordei e eles estavam lá. — Ricardo olhou para o próprio corpo. — Os braços que ficam prontos para me proteger quando estou dormindo.

É, Thiago, esse teu irmão postiço é doido mesmo.

Após os relatos de Ricardo, os quatro terminaram o lanche e foram para o casamento. O plano era tão simples e óbvio que até poderia dar certo. Ele iria mostrar o dossiê "O Rodnei é um filho da puta" guardado em seu computador desde aquele Natal para todo mundo na festa. Estaria fazendo um favor para a noiva, que provavelmente não sabia como o Rodnei era babaca; afinal, é melhor ter a festa de casamento arruinada do que acabar se casando com um escroto por pura ignorância.

Saíram os quatro do carro. As meninas jogando os cabelos como supermodelos e os garotos ajeitando a gola da camisa. Os seguranças barraram Thiago, que interpretou com perfeição a soberba de alguns ricaços.

— Tira a mão de mim, você tá maluco? Quer perder esse empreguinho? Eu sou herdeiro dessa merda toda, não preciso de convite.

O homem titubeou, mas saiu da frente quando alguns dos convidados que também chegavam cumprimentaram Thiago. A mansão era muito imponente. A frente toda de vidro e madeira terminava em um belo jardim e uma entrada com espaço para muitos carros que rodeavam uma antiga fonte de mármore. Quando saíram do campo de visão dos seguranças, deram a volta pelo jardim, passando por vários coqueiros, e entraram pela cozinha.

Os chefes de cozinha reclamaram, mas Thiago os ignorou. Ele e os amigos passaram entre os garçons e chegaram à sala, um cômodo muito grande com três ambientes diferentes, divididos entre uma mesa de jantar de doze lugares, um espaço amplo para a televisão e outro para leitura, repleto de poltronas acolchoadas.

Thiago pediu para os quatro ligarem o gravador dos celulares. Eles se preparavam para cruzar as portas duplas e chegar ao local da festa.

— Aguentem firme, se meu pai souber que vocês são meus amigos, ele vai surtar e eu quero tudo isso gravado.

Como combinado, Ricardo e Júlia se misturaram entre os convidados. Eles só entrariam em ação depois. Vanessa deu o braço para Thiago e eles esperaram um pouco para não entrarem com os amigos. Queriam passar despercebidos...

Os dois formavam um belo casal. Ela beijou o rosto dele e sussurrou que o amava. Achei muito precipitado, eles estavam juntos não havia nem uma semana. Thiago ficou com a maior cara de babaca e nem conseguiu responder. Apenas beijou a menina.

Mas eis que o mal invadiu o paraíso. Santiago acabava de ver os dois. Ele descia a escada do piso superior e parou no último degrau, dardejando-os com um olhar assassino.

— Que é isso? — ele perguntou, furioso. — Por que você veio, Thiago?

— Eu fui convidado — ele respondeu com um riso debochado.

— Ainda trouxe uma prostituta para fingir que é sua namorada?

O sangue subiu à cabeça de Thiago. Ele teve vontade de reagir, não apenas por Santiago insultar Vanessa, mas por todos os anos de descaso.

— Retire o que você disse. A Vanessa é minha namorada. — Thiago deu um passo à frente e a menina continuou segurando a mão dele com força.

— Ela sabe que você é veado? — O homem cuspia as palavras enquanto andava na direção deles, cada vez mais perto. — Conta pra ela, Gustavo. Fala que você viu seu irmão sair do motel com um macho. — Santiago levantou a voz e Vanessa deu um passo para trás, quase caindo sentada no sofá atrás deles.

— Não sei por que você trouxe essa garota, Thiago. — Gustavo olhou Vanessa com cobiça, perscrutando a menina e fazendo a vergonha chegar ao rosto dela.

— Não era pra você ter vindo. — Santiago copiou o mesmo olhar de Gustavo dirigido a Vanessa e depois encarou Thiago. — Mas já que está aqui, tenta não estragar nada, garoto.

— Não fale como se tivesse vergonha de mim. — O merdinha apontou o dedo para o peito do pai. — Porque sou eu que tenho vergonha de ter um pai como você.

Santiago empurrou Thiago, que caiu no sofá, e Vanessa soltou um grito que atraiu a atenção de Adriana e do irmão dela, que passavam pela porta da sala bem na hora.

— Você é uma vergonha pra esta família! — As veias saltaram do pescoço de Santiago, combinando com a cor do seu terno de grife. Ele apontou o dedo no rosto de Thiago, caído no sofá. — E, se você fosse realmente meu filho, eu não iria suportar a humilhação de ter meu sangue em você, garoto.

Santiago saiu da sala e Thiago ficou olhando de Adriana para Gustavo. A mãe tapava a boca com as duas mãos, completamente pálida. A menina arco-íris teve muita presença de espírito e ajudou o merdinha a se levantar e grudou nele com medo de alguma atitude impensada. Mas Thiago não teve forças para responder, apenas olhava Adriana se aproximar e se sentia agradecido por ter Vanessa ao seu lado.

— Filho, eu não queria que você soubesse disso assim — a mãe choramingou.

— O Thiago é adotado, mãe? — Gustavo perguntou meio desorientado, olhando na direção em que o pai tinha ido.

— Não! Ele é meu filho. — Adriana abraçou Thiago com força. — Mas o Santiago não é o pai dele.

Thiago começou a rir. Adriana entrou em desespero e pediu para o irmão dela trazer um calmante. Acho que ela pensou que se o filho descobrisse a verdade surtaria.

— Não precisa, tio. Eu estou bem. — Thiago apertou a mão de Vanessa com força. — Essa é a melhor notícia que já recebi em toda a minha vida.

Mas vamos combinar que o Santiago honrou o nome de personagem mexicano de novela pastelão.

Adriana sentou com a mão no peito.

— Traz um calmante pra mim então. — Nesse momento ela notou Vanessa. — Essa sua amiga, quem é?

— Essa é a Vanessa, minha namorada.

— Mas... — A mulher ficou sem reação. — Eu pensei que...

— Eu não sou gay, mãe.

— Mas, mesmo que fosse, qual seria o problema? — O tio de Thiago cumprimentou Vanessa animadamente. — A moça vai pensar que somos loucos.

— Ela é doida também, tio — Gustavo falou.

— Cala a boca, menino, vai ajudar o seu primo, vai. Você está bem, Thiago?

Thiago soltou um suspiro longo e olhou para Vanessa com um lindo sorriso no rosto. Nunca vi alguém ficar tão feliz por ser um bastardo.

— Estou ótimo, tio.

Merdinha, esse casamento está bem melhor que o Natal dos horrores. E agora, além de maluco, você é um bastardo. Eu amo esta família.

56

• • •

O Urso

— Se nós vamos estragar o casamento, não vejo por que não posso comer um pedaço do bolo antes de todo mundo — Vanessa sussurrou no ouvido de Thiago.

— Não vamos estragar o casamento. — A marcha nupcial começou a tocar e os convidados olharam para trás para ver a noiva entrar, desfilando pelo tapete vermelho. — A noiva ainda pode ficar casada se quiser continuar com um imbecil.

Essa é a primeira noiva que eu vejo. Tão linda.

Eu conseguia ver tudo de dentro da bolsa prateada de Vanessa. Minha menina nem fez questão de me esconder direito. Independentemente de mim, as pessoas já cochichavam por causa do barraco de Santiago. A felicidade do menino transbordava e incomodava as pessoas a sua volta. Vanessa estava orgulhosa de Thiago e olhava para ele como se o garoto fosse um super-herói.

O menino Thiago está reagindo muito bem à notícia de que foi enganado pela mãe todos esses anos, não acha?

Ele é a coisa mais fofa deste mundo.

Pensei que eu fosse a coisa mais fofa deste mundo.

Deixa de ser ciumento, os dois são fofos.

Para não levantar suspeitas, já que todos estavam observando Thiago e Vanessa, Ricardo e Júlia ficaram encarregados da parte mais perigosa da missão. Deixar os arquivos de Thiago no lugar daqueles com o vídeo de homenagem aos noivos. Vanessa disfarçou muito bem e passou os momentos antes da cerimônia ao lado de Thiago, conhecendo alguns parentes, mas de onde estava pôde ver como Júlia enchia a cerimonialista de perguntas e Ricardo se abaixava para mexer no computador.

Ninguém percebeu a movimentação, porque todos se dirigiam para a área da cerimônia. Cadeiras de estofado dourado foram enfileiradas no jardim para os convidados assistirem ao casamento. O tal noivo, um rapaz alto e muitíssimo antipático, notou a presença de Thiago logo nas primeiras fileiras e fez uma cara feia. Na certa ele achou que, no momento em que o padre perguntasse se tinha alguém contra aquela união, Thiago levantaria e estragaria tudo.

Com o fim da cerimônia, a mãe de Thiago apareceu com os olhos vermelhos e a maquiagem visivelmente retocada com grossas camadas feitas às pressas.

— Thiago — ela disse, esperando as pessoas se afastarem um pouco. — Se você quiser, posso arrumar um carro pra você voltar para casa. — Ela segurava a mão do filho, muito nervosa. — Eu sei que você tem muitas perguntas, mas prometo que vamos conversar sobre isso depois...

— Mãe — Thiago interrompeu —, eu nunca estive tão feliz. — Com o braço na cintura de Vanessa, ele a apertou contra o corpo. — Não preciso de nada, vou embora daqui a pouco. Meu amigo Ricardo trouxe a gente de carro.

Adriana enxugou lágrimas novas com um lencinho bordado. Pelo menos ela tinha a desculpa de estar emocionada com o casamento do sobrinho. Segurou a mão de Vanessa e disse com a voz embargada:

— Obrigada por ficar ao lado do meu filho. — De repente ela me notou dentro da bolsa de Vanessa e fez uma careta horrível de choro. — Obrigada, Vanessa. Se você faz meu filho feliz desse jeito, saiba que vou te receber como uma filha também.

O coração de Vanessa acelerou e senti que minha garotinha ficou emocionada. De alguma forma estranha aquela mulher entendia que Vanessa era diferente e aceitava isso.

Nem todo mundo na família desse menino é do mal, viu?
Quem diria que a sogra seria do time do bem.

Thiago pegou uma mesa perto do telão. Apesar de ter oito lugares, ninguém sentou com o grupo do clube. A fofoca de que não éramos bem-vindos devia ter se espalhado.

— Tudo certo para o show? — Thiago perguntou para os amigos.

— Eu não tirei os olhos daquele computador — Ricardo respondeu, enchendo a boca de salgadinhos.

— Então esse casamento vai dar muito o que falar — Vanessa comemorou, levantando um copo de refrigerante e fazendo um brinde.

Uma mulher bonita chegou à mesa deles para tirar fotos e pedir para deixarem recados gravados para os noivos. Os quatro fizeram várias poses divertidas e tiraram mais de dez fotos, mas na hora que a mulher pediu para Thiago deixar uma mensagem para os noivos, eles ficaram em silêncio.

A câmera enquadrou o rosto dos quatro. Thiago, ainda marcado pelo soco de Gustavo, sorriu como se aquilo nunca tivesse acontecido.

— Que recado vocês querem deixar para os noivos? — a mulher perguntou de novo, contagiada pela animação deles.

— Eu só quero dizer... — Thiago falou, olhando para os amigos — Que esse casamento está sendo maravilhoso pra mim, porque estou com meus amigos, com a garota que eu amo... — Ricardo assobiou, colocando dois dedos na boca. — E com o urso dela. Vanessa, pega o Bobo pra ele aparecer no vídeo. — Eu me senti importante. Thiago já tinha dado a ideia de eu aparecer nas fotos, e Vanessa me pegou em cima da mesa, me abraçou forte e sorriu para as câmeras. — Olha só, ele tem até um suéter, e fui eu que comprei. — Os amigos caíram na gargalhada, mas a equipe de filmagem ficou séria. — Eu só queria dizer para os noivos e para a minha família que eu sou louco, sempre fui. — Thiago balançava a cabeça e sorria. Os quatro abraçados o apoiariam em qualquer situação. — Estes são meus amigos, que também são doidos, mas eles são mais a minha família que a maioria das pessoas nesta festa, porque com eles eu posso ser o cara desastrado que ouve uma voz maluca na cabeça. E se a noiva do meu primo gostar dele sabendo que ele é um babaca escroto... — O homem que segurava a câmera olhou para a fotógrafa, assustado. — Bom, se ela ainda assim quiser ficar casada com ele, quer dizer que esse filho da puta teve sorte e encontrou um amor de verdade.

Thiago olhou profundamente para Vanessa. Eles se beijaram, me espremendo no meio do abraço, mas eu não liguei muito. Era uma das coisas mais bonitas e perfeitas que alguém já tinha dito em voz alta. Foi uma declaração de amor, e naquele momento eu soube que Vanessa amaria o Thiago para sempre.

Nessa! Vocês estão me esmagando.

E talvez o menino Thiago pudesse me ouvir, porque ele apertou mais a Vanessa contra o corpo dele.

57

• • •

A Voz

Thiago ter encontrado Vanessa foi como achar um diamante em meio a uma tonelada de carvão. De todas as pessoas do mundo, a menina o escolheu e isso mudava tudo na vida dele. Por mais que eu tivesse minha cota de sarcasmo destinada a ela, estava muito claro, não podia negar que a inscrição da tatuagem era muito verdadeira. O desenho tosco nas costas dele dizia bem mais para seu coração que os conselhos recebidos durante a vida ou todos os tratamentos juntos. Eles não estavam mais sozinhos, e não era apenas pela presença de seus *imaginários*.

O merdinha assinou o livro de presença do casamento e fez um coração em volta do nome deles. A lua se escondia entre as nuvens e a música da festa tocava suave. O cheiro de Vanessa, chiclete mentolado, competia com as flores nos vasos, e o bastardinho adorava quando o vento batia nos cabelos dela, espalhando seu perfume. Vanessa pegou a caneta e pediu para Thiago virar de costas. Ele obedeceu, sorrindo, e, quando foi autorizado a se virar, ela mostrou o pulso. Nele dois corações foram desenhados a caneta e conectados com aquela bendita frase: "Você não está sozinho".

Pude ver o urso dentro da bolsa dela e juro que ele fazia uma careta. O idiota também havia entendido o recado.

Éramos um casal agora.

• • •

A música foi interrompida e a cerimonialista pediu a atenção de todos para reproduzir um vídeo em homenagem aos noivos. Havia chegado o grande momento. Os quatro mantiveram certa distância. Sairiam da festa quando a videomontagem que o merdinha havia preparado começasse a ser apresentada para todos os convidados verem.

Tenho que admitir, bastardo, isso foi bem melhor que entregar uns papeizinhos difamatórios no Natal.

Os quatro estavam sentados na mesma mesa solitária perto do telão. Dali tinham uma visão privilegiada. Rodnei e a noiva recebiam uma luz especial enquanto as câmeras disputavam o melhor ângulo para captar a emoção no rosto deles. Os recém-casados ocupavam duas cadeiras no centro do salão sob o olhar de todos quando o vídeo começou. Dois noivinhos apareceram no telão ao lado da frase: "Rodnei, um verdadeiro príncipe moderno".

No início ninguém entendeu as imagens reproduzidas, fotos de mensagens trocadas entre Rodnei e alguns amigos. Os convidados acharam que se tratava de uma declaração de amor até um áudio de Rodnei admitindo roubar dinheiro do pai ecoar pela festa. A tia de Thiago correu para retirar o vídeo, mas o pai de Rodnei não permitiu. Uma série de imagens degradantes foi exibida. Thiago viu Rodnei se levantar, transtornado, e esse foi o sinal para os quatro deixarem a festa.

Foi a melhor sensação do mundo! Puta merda, saímos do casamento jogando um braço na frente do outro, malandramente. Nada poderia nos tirar a sensação de que mesmo errados estávamos certos.

— Vocês acham que eles vão correr atrás de nós? — Vanessa perguntou enquanto corria, retirando os sapatos. Um deles acertou um enfeite de jardim, que caiu e quebrou ruidosamente.

Os quatro passaram correndo pelos seguranças, que ficaram sem saber como reagir quando reconheceram Thiago. Alguns parentes levantaram revoltados e uma confusão se instalou perto do telão. A noiva chorava e empurrava Rodnei. De longe o merdinha constatou alguns convidados disfarçando o riso.

Ricardo apertou a mão de Thiago, ambos satisfeitos com a missão cumprida. Eles entraram no carro e foram embora. O merdinha estava feliz, tinha amigos verdadeiros. Pessoas que compreendiam seus medos, que os compartilhavam com ele. Quando alguém passa a temer o mesmo que você... É a maior prova de amizade.

Sua dor é a minha.

Foi isso que aconteceu no clube dos amigos imaginários. Eles foram unidos pelas fraquezas. Um bando de jovens doidos em busca da felicidade acabou por encontrar algo valioso.

> *Parabéns, seu bastardozinho. Não achei que fosse ter coragem. Você me surpreendeu.*

Thiago recostou a cabeça no banco do passageiro. Apesar de sorrir para os amigos, ele se olhava no espelho retrovisor. Vanessa se pendurava no banco dele, jogando um perfume doce para a frente do carro.

— Nossa! Que adrenalina — Ricardo falou. — Você acha que alguém vai vir atrás da gente?

— Claro que não! Somos malucos — Vanessa acrescentou, fazendo uma careta.

Quando o carro começou a descer a serra, eles pararam em uma dessas barraquinhas de madeira que vendem produtos locais. Fechada, ela dava um ar melancólico ao lugar. Os quatro subiram em algumas pedras, à beira do precipício. Uma lâmpada fraca iluminava a cabeça deles, um vento gelado bagunçava os cabelos, penetrando nas roupas. Frio e intruso.

Um vento vivo.

Libertador.

Foi como se a vida começasse ali. Eles se abraçaram e ficaram um tempo olhando as luzes ao longe, com a escuridão compondo a maior parte do cenário. A vida deles continuava confusa, mas eles tinham uns aos outros.

Thiago foi o primeiro a gritar para o horizonte. Logo foi seguido por Ricardo, que batia no peito imitando um gorila. Ali, à beira da estrada, cada um virou um animal. Thiago um lobo, Vanessa, um leão, Júlia, uma borboleta. E sabe-se lá que som uma borboleta faria, mas certamente não seria algo como:

— Finiufiniu!

— A vida adulta não precisa ser uma droga, gente. — Vanessa soltou o ar e segurou os joelhos. — Olhem esta vista!

— Não dá pra ver nada, Nessa — Ricardo disse, pulando de cima de uma pedra gigante.

— Exatamente! — A garota fez aquele negócio estranho com as mãos, tipo um "vamos lá, amiguinhos" de programa infantil. — É escuro, misterioso, mas tem uma luz no fim. É a vida.

— Ser adulto é parar de tentar ser feliz — Júlia falou.

— A gente não precisa ser assim...

— Tem um monte de problemas nos esperando no final desta serra — Thiago interrompeu, abraçando Vanessa.

— Não. Tem a vida e as consequências por termos vivido sem medo — disse a menina, pegando as mãos de Thiago e ensaiando uma dança. — Vamos fazer um pacto!

Thiago a girou e lascou um beijo em seus lábios.

— Eu te amo, Nessa — ele disse, descontraído. Ela devolveu o beijo só de lábios, muito sinceros e tenros, um puta saco! Exceto pelo brilho nos olhos, aquele poderia ser um beijo de irmãos.— Eu também vou te amar, se prometer viver sem medo.

— Viver sem medo — Ricardo repetiu e pôs a mão no centro de um círculo imaginário. Então eles fizeram aquele negócio idiota estilo anos 80 de unir as mãos e gritar.

Puta merda! Vocês vão fazer um pacto de sangue? Que palhaçada!

O merdinha tinha se apaixonado por uma garota legal, talvez passado no vestibular, libertado cães de um canil horrível e falado a verdade diante de toda a família: *Ele ouvia uma voz dentro da cabeça.*

Aos poucos, Thiago se desmontava do quebra-cabeças complicado e se remontava com peças novas, além do meu controle, complexas, diferentes. Chegava o fim da adolescência. Eu me calei, deixando o som do céu anunciar a chuva e o amanhecer. Os garotos babacas agora eram só babacas. Eu não sabia se Thiago continuaria me ouvindo, nem sabia se ele ainda precisava.

Começou a chover, mas ninguém correu para entrar no carro. Não sei os outros garotos tolos, mas o meu merdinha acabara de entrar para a vida adulta. Obviamente eles desconheciam esse fato. Talvez o Urso Bobo no banco de trás do carro pudesse sentir também. *Coisinha ridícula.* Só posso falar pelo merdinha. Thiago estava em paz e começou a pensar que era ele quem decidia a própria vida e, se realmente quisesse, poderia calar a minha voz, mas ele não quis naquele momento. Eu poderia ter zombado de outro beijo sem graça, mas não zombei.

O momento passou e eles seguiram viagem ouvindo músicas e falando besteiras. Mesmo com tudo errado ao redor, aquela amizade era uma coisa certa.

São todos loucos, você sabe.

Sim, e é maravilhoso.

A serra chegou ao fim e o dia amanhecia ainda meio escuro na rodovia. A chuva grossa caía deixando tudo brilhando. Do outro lado da pista, os veículos pesados jogavam pequenas ondas em cima do carro. Eles conversavam sobre como a festa teria terminado, e os quatro estavam divididos entre se Rodnei tinha sido perdoado pela noiva ou não. Vanessa discordava de Thiago e, para provocá-la, ele pegou o Urso Bobo do colo dela e o colocou sobre o painel do carro, como se ele estivesse dirigindo também. Brincando, a menina soltou o cinto para pegar o urso, mas Thiago a impedia, fazendo cócegas nela.

É sério isso? Beijinho tosco, cócegas estilo irmãozinho... É assim que vai ser essa merda de namoro? E a pegação, Thiago?

As mãozinhas dela entre as dele. Alegres. Eu estava me rendendo à alegria quando uma coisa podre e sombria invadiu o carro. Em meio à chuva, todos viram um coelho gigante tentar atravessar a rodovia. O medo chegou como um soco, atingindo a todos de uma vez. Ricardo virou o volante rapidamente, invadindo a pista contrária. O freio foi acionado e o carro girou, deslizando a traseira em direção a um caminhão.

Ferro com ferro se encontraram e o destino foi alterado.

Irreversível.

58

• • •

O Urso

Eu não o culpo.

Quando Ricardo avistou o coelho no meio da estrada e virou o volante para a esquerda, foi como entrar em outra dimensão. Enfrentar seu maior medo a oitenta quilômetros por hora é uma péssima ideia. O medo do garoto invadiu o carro preenchendo cada metro cúbico. Foram segundos. O bastante para ver além do tempo que demoraria para o carro se chocar contra o caminhão. Estávamos presos dentro do seu medo, exceto Vanessa... A minha menina não fechou os olhos como Thiago nem cobriu a cabeça com os braços como Júlia. Tampouco gritou acompanhando Ricardo. Vanessa encarou o destino de frente e compreendeu muito antes de todos. Estavam diante da morte: o ponto-final do medo. Ela pensou nos amigos e na família. Finalmente havia chegado a hora de ir e deixar alguém para trás.

Ela partiu.

A caixa da morte prendeu o corpo dela tão fortemente que se passaram horas para que o carro fosse retirado de suas entranhas. É estranho pensar que foi ela quem morreu, a única dentro do carro que normalmente não cogitava tirar a própria vida.

Nessa era a vida.

Vibrante e doce até na tristeza. Foi uma dessas coisas incompreensíveis e definitivas, algo que se é obrigado a digerir como um remédio amargo.

Eu, um urso bobo, fui lançado longe.

Estraçalhado.

Morto...

Tive o conteúdo do meu corpo espalhado no asfalto e chutado para o acostamento. E, de onde eu estava, consegui ver a fumaça sair do capô do carro, Thiago levantar do banco do passageiro com o braço em um ângulo anormal, cuspindo sangue ao mesmo tempo que gritava o nome dela:

— Vanessa! — Acho que o nariz dele também estava quebrado. — Não! Por favor! — Ele deixou o braço fraturado cair de lado, batendo no quadril, e urrou de dor, mas essa era só uma pequena parte do seu desespero. — Nessa! — Bateu no vidro de trás, mas ela não se mexia. Carros passavam desviando dos destroços e buzinando. O garoto engasgou e se apoiou no carro, cuspindo placas de sangue. Acho que era um dente. Do outro lado, Ricardo tentava retirar Júlia, mas ela também estava presa e não respondia às suas perguntas, apesar de ter os olhos abertos.

Muito amassada, a traseira do veículo pressionava Vanessa e Júlia. E era ali que morava a maior dor de Thiago: a visão do corpo retorcido de Vanessa... Uma imagem inesquecível. O motorista do caminhão estava estirado no acostamento. Uma mulher segurava a cabeça dele e carros começavam a parar para ajudar.

Mas e o coelho?

Uns cem metros à frente, todos viam um coelho gigante correr em nossa direção. Thiago levou a mão ao peito, tomando ar para tentar mais uma vez abrir a porta amassada. Sentindo a cabeça girar, olhou para Ricardo, que enfiava os braços dentro do carro para soltar as pernas de Júlia. Mas o coitado olhou e avistou o coelho se aproximando e começou a gritar.

— Rápido! Thiago, me ajuda. — Ricardo tentava retirar os braços de dentro do carro, mas o desespero atrapalhava. Um casal chegou perto, a mulher com um celular ligava para a emergência. O coelho surgiu e de repente Ricardo desmaiou e ficou pendurado pelas axilas. O homem-coelho trazia a cabeça embaixo do braço, expondo um rosto jovem e cheio de espinhas.

Era só um garoto fantasiado, com o carro enguiçado na estrada. Um rapaz alto e magrelo, assustado com o acidente do qual nem imaginava que fora o causador. Sua tragédia particular consistia em um veículo com pane elétrica cujo conserto custaria bem mais que os cem reais recebidos para usar aquela fantasia e animar uma festa infantil.

Talvez tudo tenha sido arquitetado pelo destino e a vida desses jovens tenha sido costurada uma na outra muito tempo atrás. Antes mesmo de eu nascer em uma fábrica de brinquedos no interior de São Paulo. Antes de a mãe de Júlia morrer e a menina se recusar a dizer adeus a todas as coisas que amara. Antes de o menino Thiago frustrar todas as expectativas... Em um tempo em que o clube não existia.

Eu, com minha sabedoria de urso — e, acredite, nós sabemos de muita coisa, pois estamos sempre atentos ao que acontece com nossos donos e a cada abraço quentinho ficamos mais espertos —, prefiro pensar que essa despedida não poderia ser evitada. Mesmo que o menino vestido de coelho escolhesse dormir na casa dos amigos ou desistisse da aposta de voltar para casa com a fantasia ou até que Ricardo temesse outra coisa. Mesmo assim, aquele carro jamais chegaria ao destino que os garotos haviam planejado, porque a vida acontece independentemente dos nossos planos e chega ao fim em um instante.

Seja você uma vovozinha, uma garota ou um amigo imaginário, um dia estamos aqui, no outro não.

Um dia após o acidente, o único olho ainda costurado em meu rosto avistou um carro parar. De dentro dele saiu um garoto despedaçado, braço enfaixado e rosto arrebentado. Thiago se apresentava para mim exatamente como da primeira vez. Com cuidado, ele recolheu o que restou de mim.

— Ela vai morrer, Bobo. — O menino Thiago se ajoelhou no cascalho, apertando um braço rasgado do meu corpo. Seu choro brilhando ao sol e refletindo no meu olho de vidro. — Vou consertar você, Bobo, e levar pra Nessa. Ela precisa de você... Você tem que ser forte.

Ele tremia e me apertava com força.

— Faz ela ficar, Bobo. Fala pra ela ficar, ela não tá me ouvindo, mas ela te ouve, fala pra ela ficar.

A mãe de Thiago se ajoelhou atrás do filho e o abraçou.

— Vamos, filho, não era nem pra você ter saído do hospital. Vai ficar tudo bem...

— Eu amo a Vanessa, eu amo essa menina mais que tudo. Ela é a luz dentro do meu coração, mãe.

O menino Thiago recolheu meus pedaços sujos de lama e me levou embora com ele. Eu queria falar que tudo ficaria bem, mas ele não me ouvia, minha voz estava tão fraca... Se Vanessa estava morrendo, eu também estava.

Dentro do carro eu me senti protegido no colo dele. Ele chorava de um jeito doloroso até de ouvir, as lágrimas escorrendo ininterruptas em dois pequenos rios. Tentei falar com ele e nunca antes tive tanta vontade de ser ouvido por outra pessoa.

Tenha calma, querido.

Thiago continuou com a cabeça encostada no vidro da janela do carro. O ar quente embaçando a paisagem que dali em diante representaria a tristeza mais profunda que ele já sentira. Eram apenas mato verde, casas humildes muito espaçadas e às vezes um animal pastando ao longe. Não posso afirmar que ele me ouviu, mas me abraçou com força quando voltei a falar.

Ela te amava, querido. Guarde esse amor dentro do seu coração e tudo vai ficar bem...

— Thiago, meu filho. Eu conversei com o médico e é melhor você tomar um remedinho. — A mãe dele tirou a mão direita do volante e a pousou no joelho do garoto. — Eu te amo, filho. Só quero o seu bem e não vou te obrigar a nada. — Sua voz estava embargada e percebi que ela também chorava. — Descansa um pouco.

O restante do caminho até o hospital foi silencioso e eu tive muito tempo para pensar. Aos poucos notei que as lembranças se dissolviam e se misturavam feito gotas de tinta em um copo d'água. Vanessa pequenininha correndo pelo parque se tornava a Nessa de poucas semanas atrás conversando comigo no Largo São Bento. Eram boas lembranças e eu me senti feliz de um jeito estranho, como se fosse esse o certo e a morte no final fosse algo bom.

No hospital, fui costurado grosseiramente — a mãe de Thiago fez essa gentileza e o menino não desgrudou mais de mim. Ele fazia plantão na sala de espera querendo visitar a Vanessa, mas o estado dela era muito grave e somente os pais podiam entrar durante trinta minutos. Thiago chorava em cima de mim quando alguém apareceu sendo empurrado em uma cadeira de rodas. Ricardo surgiu de cabeça raspada e com um curativo enorme.

— Me... me... des...culpa, irmão. — Ele desabou em lágrimas e Thiago o abraçou com mais força do que deveria. — Me perdoa.

Thiago não respondeu, também achei que não precisava. O tempo que eles ficaram ali abraçados dizia tudo. Dona Sara chegou e ficou conversando com Adriana um pouco longe deles, e, em um breve momento que o menino abriu os olhos, ele viu Oswaldo chegar. Thiago correu completamente descontrolado, me largou no colo de Ricardo e investiu contra Oswaldo aos gritos.

— Você não! Você não!

— Thiago? — Adriana gritou, mas era tarde. O menino já estava socando o homem, que, desprevenido, só tentava se proteger.

— Seu monstro! Ela era sua filha! Sua filha!

Alguns enfermeiros chegaram para conter Thiago, mas, antes que um tranquilizante fosse injetado no braço dele, o menino gritou para o hospital inteiro ouvir:

— Ele estuprou a Vanessa!

59

• • •

A Voz

Ele estava perdido.

Ao abrir os olhos, viu Ricardo sentado na poltrona do acompanhante, abraçado ao urso todo remendado. Ficou encarando o amigo. *Ele também devia estar sofrendo muito.* Sentindo-se culpado pelo acidente. Júlia não corria mais risco de morte, contudo teve que passar por mais uma cirurgia na perna. Ricardo abriu os olhos e esticou a mão para ele segurar.

Eles apertaram as mãos um do outro e Ricardo começou a chorar. Era tão estranho ver o garoto sem cabelo. Um grande curativo ocupava a lateral da cabeça dele e os longos cabelos loiros deram lugar a um couro cabeludo raspado com aspecto doente.

— Thiago — Adriana o chamou, entrando no quarto. — A mãe da Vanessa vai autorizar você pra… pra... — Adriana enxugou uma lágrima que escorria. — Pra você se despedir.

— Não, não! Tem que ter um jeito, o urso pode ajudar, você falou isso?

— Os médicos não vão deixar ele entrar por causa da contaminação.

Mas o merdinha deu um jeito, enfiou o urso dentro da blusa, entre o volume do braço quebrado e o corpo. A sala em que a menina estava era toda branca e fria. Um cobertor branco pousava sobre suas pernas e um tubo rasgava seu pescoço. Os vários aparelhos ligados a ela faziam muito barulho. Pensei em falar, mas me calei. Escolhi o silêncio. No fundo eu sabia que a dor era necessária.

— Oi, meu amor — ele disse com a voz esganiçada, os olhos afundados em poças vermelhas. — Olha quem veio pedir pra você ficar. — Ele tirou o urso de dentro da roupa e colocou ao lado dela. Pegou o braço da menina e pôs em volta do urso. — Fala pra ela, Bobo. Conversa com ela, pede pra ela ficar com a gente. — Thiago beijava a mão de Vanessa, sua pele era tão fria. Ele levou a mão dela até o rosto, queria tanto sentir o toque dela mais uma vez. Beijou a palma da mão e viu o desenho no pulso quase apagado, feito a caneta na noite anterior, os dois corações unidos com a frase: "Você não está sozinho". — Eu te amo, Vanessa. Vou te amar pra sempre. Eu e o Bobo estamos aqui e você nunca vai estar sozinha.

— Ei, rapaz. — Um médico se aproximou. — Mas o que é isso?

Médicos e enfermeiros vieram e retiraram Thiago e o urso da sala. Thiago segurava a mão de Vanessa e gritava: "Eu te amo! Fala pra ela ficar, urso! Fala pra ela!"

A cada palavra eu me sentia mais incapaz de dizer qualquer coisa. Enfim, o merdinha tinha aprendido a amar de verdade, mas a vida continuava a dar as coisas boas para ele em pequenas doses. Com Vanessa não foi diferente e naquela noite ela morreu. Parece que ela entrou no coração dele só para desbravar o caminho e mostrar que era, sim, possível... Amar e ser amado sem julgamentos.

A falta de amor que recebia de Santiago, o homem que achava que era seu pai, e a mágoa que sentia de Adriana por sempre apoiar o marido blindaram seu coração. Até Vanessa chegar e iluminar tudo com várias cores.

Merdinha?

Ricardo sentou ao lado de Thiago no velório. E ele não me ouviu ou fingiu muito bem. Thiago segurava um buquê de flores muito colorido, nada adequado para um enterro, e o colocou ao lado dos vários ursinhos de pelúcia que as pessoas levaram. Ricardo não disse nada, mas seu pai apareceu duas vezes com uma garrafa de água e ofereceu uns comprimidos. Thiago não perguntou o que eram, ele mesmo passara essas últimas vinte e quatro horas drogado.

O rosto de Vanessa estava tão bonito e calmo. Thiago ficava pensando se seria possível acontecer um milagre e ela acordar. Uma cerimônia religiosa foi realizada e algumas pessoas se despediram, sempre repetindo como Vanessa era jovem e alegre. Thiago e Ricardo não disseram nada, só ficaram chorando, abraçados o tempo todo. O caixão foi baixado e terra fofa cobriu o local. A tarde avançou e todos se foram.

Bastardo? Tá na hora de ir.

Ele me ignorou novamente e cheguei até a acreditar que não me ouvia mais. Ir embora significava deixá-la sozinha, e ele não sabia como fazer isso. Carregava o Urso Bobo junto dele, mas o bicho já não parecia mais tão idiota. Era uma coisa importante que só eles entendiam completamente.

— Eu amava a Vanessa. O que eu vou fazer da minha vida agora, Ricardo? — Sua voz deformada quase impedia o entendimento das palavras.

— Seja lá o que você decidir fazer, apenas não me exclua da sua vida. A Vanessa ainda vai estar viva se continuarmos com o clube. Ela vai estar com a gente.

Mas Thiago não queria a menina arco-íris como um imaginário. Ele a queria nos seus braços. Então caiu de joelhos, puxou o celular e ligou um áudio que deixou repetindo com a voz de Vanessa dizendo que o amava.

Ricardo se abaixou com dificuldade, pegou o celular de Thiago com a maior suavidade possível, interrompeu o áudio e disse:

— Eu te amo. Não é suficiente, eu sei, mas você é meu irmão...

Tá na hora de ir...

E assim, sem despedidas, eu fui e Thiago também. Thiago saiu abraçado a Ricardo, e o celular dos dois vibrou no mesmo instante. Era uma mensagem no grupo do clube, o primeiro sinal de Júlia.

Amo vocês...

Fui para aquela região escura da cabeça oca do merdinha e me escondi com seu segredo sombrio. Thiago não precisava mais de mim. Aquele era o limite entre a coisa ruim do presente e uma lembrança triste do passado. E talvez, se eu me calasse por muito tempo, acabasse perdendo a capacidade de falar e de ser escutado.

Mas eu não tinha mais nada para dizer a ele.

Epílogo

EPITÁFIO DE UM URSO BOBO

A vista do escritório nos brindava todo fim de tarde com o pôr do sol na baía de Guanabara e se você ficasse bem no cantinho esquerdo, perto da estante, dava para ver o edifício premiado. O projeto que consagrou Thiago no mundo da arquitetura.

Um prédio arco-íris.

O sol brilhava na fachada e brincava com as cores, exatamente como Nessa fazia. Não importava a quantidade de tarefas ou o quão urgente fosse a ligação, ele parava tudo só para ver o arco-íris brilhar. No começo, eu me sentia triste ao pensar que o monte de concreto e ferro era a única coisa que ainda existia dela. Mas com o tempo eu compreendi que, apesar de Vanessa ter morrido, ela estava em vários lugares... Quando tudo ficava quieto, Thiago se permitia olhar o sol e pensar nela, saboreando as cores e talvez pensando que deveria seguir em frente.

Ana, a secretária de Thiago, entrou na sala com uma pilha de papéis.

— O dr. Ricardo ligou, disse que está subindo — ela anunciou sem olhar para ele, só arrumando tudo perfeitamente sobre a mesa. — Já adiantei tudo e você tem o dia livre amanhã. Na verdade temos que esperar a resposta do projeto. Ou podemos começar o novo, mas aí estaríamos muito adiantados. Acho melhor aguardar o retorno.

— Obrigado. Então amanhã aproveite e tire o dia de folga. A semana foi bem puxada. — Thiago se virou, sorridente.

Ricardo entrou no escritório com estardalhaço, cumprimentou Ana delicadamente e abraçou Thiago, tirando-o do chão. Os cabelos longos deram lugar a um corte reto e a uma barba cheia e dourada. O terno não lembrava em nada as roupas estéreis de médico, mas aquele era um dia especial. Uma folga dos plantões e a inauguração do novo hospital.

— Opa! Vai amassar o terno, cara! — Thiago exclamou, batendo forte nas costas do amigo. — Tá elegante, hein?

— E você vai assim? — Ricardo protestou enquanto se realinhava. — Como eu vou arrumar um bom partido pra você desse jeito?

— Você de novo com essa história. — Thiago se jogou na cadeira giratória. — Vou pedir um café, você vai querer? — acrescentou, desconversando.

— A Júlia me obriga a tentar te arrumar uma namorada. — Ricardo afrouxou a gravata, fazendo uma careta. — Bem que eu queria um cafezinho, mas eu parei por causa dos remédios... — Sentou na poltrona de frente para o amigo, observando os objetos da mesa. — Você devia voltar com o tratamento também.

— Estou bem...

Ana entrou no escritório carregando uma bandeja com café e suco.

— Como você adivinha essas coisas? — Thiago perguntou.

— Intuição — ela respondeu, servindo as bebidas. — Uma vozinha na minha cabeça que me diz as coisas certas. — A secretária sorriu. — Sabe como é?

Ricardo ergueu as sobrancelhas e Thiago respondeu encarando o amigo com um sorriso conspiratório.

— Sim. Eu sei.

Thiago havia me colocado dentro de uma caixa de acrílico, um negócio feito por um designer, e de repente eu não era mais o Urso Bobo, virei um objeto de arte. Vanessa gostaria disso, eu sei. E de dentro da caixa, no alto da estante, eu podia ver e ouvir tudo que acontecia em sua vida adulta e agitada. Tantas pessoas entravam no elegante escritório com um sonho e saíam com algo transformado em realidade. Esse sentimento bom me alimentava.

Ele tinha conseguido quase tudo com que sempre sonhara. Sorrindo e apertando forte a mão de quem entrava em seu escritório, recebendo ligações importantes e se debruçando sobre a mesa de desenho. Algumas vezes cheguei a pensar que ele tinha me esquecido, mas, quando a secretária ia embora ou a porta de vidro de sua sala estava fechada com as persianas abaixadas, ele piscava para mim.

Do mesmo jeito que havia feito da primeira vez.

Impresso no Brasil pelo Sistema Cameron da Divisão Gráfica da
DISTRIBUIDORA RECORD DE SERVIÇOS DE IMPRENSA S.A